鹅羽

邱皖郑 ⊙著

作家出版社

图书在版编目（CIP）数据

鹅羽 / 邱皖郑著 .—北京：作家出版社，2022.9

ISBN 978-7-5212-1871-8

Ⅰ.①鹅…　Ⅱ.①邱…　Ⅲ.①长篇小说－中国－当代　Ⅳ.① I247.5

中国版本图书馆 CIP 数据核字（2021）第 056116 号

鹅羽

作　　者：邱皖郑

责任编辑：向　萍

装帧设计：周思陶

出版发行：作家出版社有限公司

社　　址：北京农展馆南里 10 号　　　邮　　编：100125

电话传真：86-10-65067186（发行中心及邮购部）

　　　　　86-10-65004079（总编室）

E-mail:zuojia @ zuojia.net.cn

http://www.zuojiachubanshe.com

印　　刷：河北京平诚乾印刷有限公司

成品尺寸：145×210

字　　数：210 千

印　　张：9.125

版　　次：2022 年 9 月第 1 版

印　　次：2022 年 9 月第 1 次印刷

ISBN 978-7-5212-1871-8

定　　价：56.00 元

邱皖郑（本名邱梅）

河南作家协会会员。法学硕士，专业律师业余写手。

"写作于我，是生命本能般的需求，有一种力量驱动着我、迫使着我，我不得不写。"

目录

楔　子

　　写秦卫花，实在是件迫不得已的事情。我原本不愿意写她，但她太会磨人，我被她闹得寝食难安。万般无奈之下，我于2020年春节因病居家休养期间，开始写她的故事。我不是专业作家，面对她在十七岁以后的人生旅途中所发生的那么多故事或者说是事故，对可能产生的巨大写作量是惧怕的，我建议她找个专业作家来写，但她固执地认为只有我能写出她的真、善、美，别的作家可能会把她写成淫荡邪恶的女人。秦卫花是怎样的人呢？我力争把有证据支撑的事实部分作客观呈现，无证据支撑的，不加以增减，当然，她的口述，在我这里也属于证据范畴，真实性如何，由读者判定。

　　郑重声明：故事中只有秦卫花的故事是真的，为了配合秦卫花的故事，我杜撰了她的生活场景，"移花接木"了许多人，纯属虚构，不可对号入座，告我侵权。

第一章

1

1999 年的 7 月，刚刚初中毕业、未满十七岁的秦卫花，做梦也没想到，多年后她会成为本省大富豪吴建雄的眼中钉。

初中毕业了，但没考上高中。考上或考不上，于她而言，结果都是一样的，因为即使考上了，父母也不会让她上。

秦卫花家姐弟四人，她排行老三，上面两个姐姐小学毕业后就离家外出打工了。姐姐们外出打工缓解了家里的经济压力，秦卫花的父亲秦老三才勉强允许她小学毕业后继续读初中。在秦老三的认知里，供女孩子读书到小学毕业已经很吃亏了，更何况还要去读那无用的初中。女孩子终究是要嫁人的，是别人家的人。送她到学校读两年书，会写自己的名字，会算数，上街买卖个东西能算清楚账，做父母的就算对得起她了；读到小学毕业，已是白白浪费了四年的光景和钱财，再去读初中，又会平白无故多浪费三年。

秦卫花是个聪明的女孩子，算计着如果初中毕业就出去打工，没有什么技术，只能像两个姐姐一样去工厂当工人或去饭店端盘子，吃体力饭。她不想走姐姐们的老路，她要走的应该是一条比姐姐们更宽更广的路。什么样的路比姐姐们的更宽更广呢？这个世界到处都是路，更宽更广的路也很多，但不是她秦卫花都能走的。她对此有着清醒的认知，但秦卫花也知道，自己的路并不会比姐姐们的路宽广太多。

在秦卫花有限的认知里，她认为如果能学一门手艺，那一定要比姐姐们靠体力挣钱的路宽广。但父母不会给她学技术所必需的费用，这笔费用要依靠她自己的体力劳动攒出来。

初中毕业考试一结束，秦卫花就直接背着住校用的一套行李去投靠在中州市工厂打工的姐姐们，挤住在大姐集体宿舍的小床上，大姐所在的工厂也正缺人手，建议她跟着一起当工人，这样她就不用每天和大姐挤一张床了，工厂会在集体宿舍给她安排一张单独的床。秦卫花不想做和机器打交道的工作，她觉得这样的工作单调乏味。她希望和人打交道，人是活泼多样的。她为自己设计的最初职业规划是去大饭店当服务员或去大商场当营业员，她觉得和人打交道比和机器打交道要有趣得多。

秦卫花背着姐姐的仿皮小坤包，在中州市的大街上奔波了三天，如愿以偿地在中州市一家顶级饭店——粤秀，谋了份工作。最初，秦卫花被安排在大厅做服务员，负责三张餐桌的服务工作。虽然第一次做，但手脚麻利的秦卫花干得游刃有余，深得客人好评。三个月后，她便被选拔做了前台迎宾。酒店的老板并不常到店里来，但也注意到她了，老板暗示她好好干，将来会提拔她。秦卫花心想：酒店就这么大，需要的服务人员虽然很多，但管理岗位就那几个，如果把我升上去，就有人下来，让谁下来呢？谁下谁就会对我有意见，我才不要和别人为这点利益争抢呢！再说，领班的工资也就比我多几十块钱，如果提拔至前台经理，工资一千出头，倒是很可观，但那是不可能的，店里的员工都说前台经理是老板的情人，我可不想做什么老板的情人，多丢脸！

2

秦卫花在粤秀干了半年多，吃饭店的免费饭，穿姐姐们淘汰的衣服，认真地存下每一分钱，到年底还没攒够两千元，而秦卫花计划上的美容美发学校，仅三个月的培训费就需要两千元。幸好有俩姐姐的帮衬，2000年，过了春节的第三天，秦卫花就离家到美容美发学校报名学习理发了。学了三个月，拿了个理发师技工证，就着急忙慌地到理发店找工作。但理发是个靠经验吃饭的行业，老板们并不看重她的技工证，只有技工证而没有理发经验的应聘者，是不能直接做理发师的。做理发师的第一步，是做学徒工，给师傅们做帮手。每家理发店对待学徒工的待遇各有不同，但有一个共同点，就是都没有工资，区别是有的理发店管吃住，有的理发店不管。秦卫花挑选了一家管吃住的风美理发店，在那里做了半年的学徒后，老板终于开始让她以理发师的身份工作。理发师的待遇基本上都是基本工资加提成，基本工资很少，全靠提成挣点钱。秦卫花很有理发天赋，小嘴会说、人又长得俊俏，很有客人缘。上手第一个月，就挣了一千多元。秦卫花清楚地记得，那是2000年12月1日的中午，老板娘将一千二百元递给她时，她觉得那钱是那么厚厚的一沓！2000年，中州市新售住房均价大约每平方米一千二百元，秦卫花觉得自己简直就是个大富翁！想想去年在饭店做服务员，每月三百一十元的工资，感觉现在简直是一步登了天。工作多年的俩姐姐现在每月工资还不到五百元呢！领了工资的第二天中午，秦卫花就赶到俩姐姐工作的厂里，慷慨地送给她们每人五百元的红包，算是对姐姐们这么多年所给的帮助、贴补的回报；又买了半只老马家的桶子鸡，请姐姐们吃了顿烩面，姐妹仨像过年一样高兴。这也成了秦卫花记忆中最美味的一顿饭。

2001 年的春节很快就要到了，理发行业是越到年底越忙，但年后会有一个大休息期。腊月二十六时，姐姐们工作的厂子早已放假，她们也已回家，而秦卫花所在的理发店却异常忙碌，有两个理发师傅提前请假回家了，理发店的人手更加不足。为每位客人提供满意的服务，是理发店赖以生存和发展的基础，增加客人与理发店的黏性很重要，客人一旦认定某个理发店可以信赖，一般都会成为常客，不会再轻易更换。当然，顾客如果发现更好的理发店，也会为了自己的美果断去别家。春节期间，一些老顾客一旦得不到及时贴心的服务，转而去别的理发店，那损失的很可能就不只是这一次的理发收入，而是顾客的永久流失。为了让每位顾客都能得到满意的服务，为了不让店里的主顾流失，秦卫花主动告诉老板，她可以一直工作到腊月二十九，大年三十早上回家就行。对此，老板欣喜若狂，理发店日常理发收费分配比例是老板拿六，理发师拿四，在春节前最后三个工作日里，老板调整了收入分配比例：理发师拿六，老板拿四。而在这年前最后的几天里，来的全是大活儿。中州市结过婚的女人有个习惯，喜欢春节前烫头发，仿佛烫头发是件时髦的事，平时灰头土脸的就算了，过年一定要光鲜一下，烫头发仿佛是光鲜的标配。几个家远的理发师又都陆续回家过年了，只剩秦卫花这唯一一个理发师和两个学徒坚守岗位，而烫头发的人又特别多，于是，久不亲自动手理发的老板也拿起了剪刀。从腊月二十六至腊月二十九这三天，早晨不到八点，预约烫发的客人就已等在店门口，一直忙到夜里一两点，理发店才能熄灯收工。

大年三十那天早上，虽没有预约的客人，秦卫花仍一早来到理发店，准备帮老板将店里的卫生打扫完毕后再回家。可就在这时，又来了两位顾客，想要烫头发，老板为难地看了看秦卫花，正准备拒绝，秦卫花却笑着招呼客人，认真询问她们的要求，倾听完客人对想要发式的描述后，立即开始为两人洗头、上杠子、上药水……一直忙到下午一点，俩客人的头发才烫好，也修剪出她们想要的样子，客人很满意，高兴地付了钱。

老板抱歉地对秦卫花说："你赶快回家吧，剩下的我收拾。"

秦卫花笑笑："不急，我帮你一起收拾。"

老板："那我泡两包方便面，咱俩吃了再干。"

秦卫花："不吃了，赶紧收拾完，我回家连年夜饭一起吃吧。"

下午两点左右，店里收拾停当，老板递给秦卫花一个大红包，这是她这个月近二十天的收入。原本应到下月初才发，因为过年，图个彩头，老板就提前把工资发了，秦卫花打开一看，整整三千元，顶上她父母在家种半年地的收入了。老板又拉开收款台的抽屉，把上午刚收的四百元烫头发的钱也拿了出来，抽出三张一百元的纸币递给秦卫花，说："辛苦啦！你这么能干、这么年轻，前途无量，能来我们店也是我的福分。"

秦卫花笑着谦让道："谢谢老板这样认可我，只是钱给得多了点吧？"

老板笑道："不多，算加班奖励。过年你就在家多休息几天，理发店定在正月十一开门做生意，你过完十五再来，刚过完年，客人不会很多。"

秦卫花笑着点点头，和老板一起锁了店门。

老板说："打出租吧？我怕晚了没有你回家的长途车了。"秦卫花点了点头。说话间，刚好来了一辆出租车，秦卫花潇洒地挥了挥手，出租车停在了秦卫花身边，这是秦卫花生平第一次打车，但看她挥手的样子仿佛是常事。

秦卫花没什么东西，和打工回乡的打工妹们大包、小包的行李形成了很大的反差，她只背了个双肩包，像个回家过寒假的大学生。到了长途汽车站，还有最后一班路过她家所在的县——长辉县的长途车，三点发车，她幸运地赶上了！秦卫花的家在距离长辉县城还有二十多公里的秦庄，秦庄在长辉县城和中州市之间，秦卫花在距离长辉县城二十公里的路边下了长途大巴车，步行三四公里就到家了。冬日里天黑得早，等秦卫花到家时，鸭蛋黄般的太阳只有一小半还盘桓在地平线上。

3

家是温馨的。

秦卫花的家是个四合院，三间上房是坐北朝南的水泥平房，前年刚翻盖的，学城里人也安装了宽大的铝合金玻璃窗。地基是按照建两层楼的标准打的，但因钱不够，就先盖了一层，父母住在上房的东边那一间，中间是堂屋，西边那一间是弟弟的，秦卫花和俩姐姐住在东边两间厢房里。厢房虽有些陈旧，但在三个年轻女孩的装点下看着还是很舒适的。东厢房里有一铺老式大炕，姐妹仨就一起睡在这张炕上，两间西厢房放粮食、农具和杂物。前面的两间房，一间是厨房，一间是兼过道和家人吃饭的餐厅，放了一张矮个儿的小四方桌和几把小椅子，家人平常就在那里吃饭。

秦卫花到家时，家里过年的一切已准备停当，只等她回来。院子、房间上上下下都打扫得清清爽爽，床上的被褥也都拆洗得干干净净。这是两个早她到家的姐姐的功劳！北中原人的年夜饭往往比较简单，复杂的是大年初一中午那顿。

饺子早已包好，就等秦卫花回家下锅了，大馍和包子蒸了两大筐，在堂屋的屋梁上挂着，猪肉煮了一大锅。乡下人不喜欢牛羊肉，牛肉太柴，羊肉有膻味，至于鱼，农村人不擅长做，大多也不备，家里条件好的人家，会买点带鱼炸一炸。秦卫花家今年不仅准备了往年都炸的丸子、莲尖、小酥肉，还炸了带鱼，带鱼是俩姐姐从中州市带回来的。

秦卫花进了东厢房，放下背包，准备去厨房帮忙，被俩姐姐拦住，姐姐们知道她这几天很累，让她先上炕躺着歇会儿。屋里很暖和，原来是姐姐们把炕烧上火了，秦卫花往炕上一躺，顿感一股倦意袭来，瞬间就进入了梦乡。

不知睡了多久，二姐把她叫醒了，说年夜饭好了，叫她起来吃饭。秦卫花起来一看，天已黑透了。菜已在堂屋的四方桌上摆好，四个凉菜是一盘变蛋、一盘花生米、一盘皮冻、一盘卤猪耳朵；两个热菜是两盆大烩菜，一盆猪肉烩粉条白菜、一盆丸子烩豆腐莲尖。堂屋虽是按城里房子的模样盖的，但没安装暖气，就在屋子靠北的墙边安装了个大铁炉，铁炉上有直径八厘米的铝铁皮烟囱，一节套着一节，最后穿过门框上部墙的一个窟窿伸到屋外，既解决了烧煤产生的一氧化碳排放问题，又有助于炉火燃烧产生的热量散发，还解决了堂屋的取暖问题，这样的炉火是没有暖气的北中原人家常用的冬季取暖设施。按照北中原的风俗，吃年夜饭前要放鞭炮，秦卫花的父亲秦老三放完过年的鞭炮，一家人便围坐在桌前。秦老三很高兴，要求除正在读初三的小儿子外，每人都喝点酒，喝完酒再下饺子，包好的饺子早已从厨房端到堂屋的长条几上，下饺子的锅也被从厨房端到堂屋，在炉子上坐着呢。

喝了点酒，秦老三的话就多了起来："当初接连生你姐妹仨，都是女孩，我在你爷爷奶奶面前很是抬不起头，三丫头出生后我和你妈东躲西藏，就那还是交了罚款后才生下老四。总算老天有眼，老四是男孩。将来呀，我比你大伯、四叔都有福，你大伯家三个男孩，刚娶两房儿媳妇，就欠账了，还有个儿子将来咋娶媳妇？你四叔虽说有俩儿子，但他只有一个闺女。这两年，我们家日子越过越好，就是靠闺女。以前靠俩大的，过罢年大姐要出嫁，这三姐又跟上趟了。"秦老三说罢把脸扭向秦卫花，注视着她，仿佛希望她表示点什么，秦卫花赶紧站起来，把兜里早已准备好的红包掏出来递给秦老三，说："爹，这是一千块钱，您老别嫌少，我刚开始上手理发，才干了两个多月，挣得不多。"秦老三接过钱，递给秦卫花的娘张大妮，说："收起来吧，多亏你生的好闺女，两个多月就攒了一千块，不少了。"又对着秦卫花说："还是你有眼光，学了理发的技术，吃技术饭比吃力气饭强啊！"在饭桌上，秦卫花知道大姐的婚期已经定下了，正月初八出嫁；二姐的亲事也说定了，正月初六举办定亲仪式。

那时候的北中原，农村的年轻人大都外出打工，只有春节才回家，春节是集中相亲、定亲、结婚的日子。

大姐的嫁妆早已备好，一套组合柜，买的时候就直接送到男方家了，一台二十一英寸的彩色电视机、一台洗衣机、一台冰箱都在西厢房放着呢，当然，买这些东西的钱不需要秦老三出，男方送过来三万元的彩礼钱，买这些东西花费还不到一万元，秦老三还净落两万多嫁女钱！

一家人其乐融融地吃完年夜饭，秦卫花姐妹三人一起收拾碗筷。在厨房，姐妹仨说着贴心话，秦卫花表达着对俩姐姐的感激，她整个初中三年的学费、生活费基本上都是大姐、二姐负责的；上技校的学费，大姐、二姐各帮了二百元，而这期间的生活费也是大姐、二姐贴补的；在理发店当学徒期间，虽然理发店包吃住，但多少总还有需要花钱的地方，大姐、二姐总是不等她开口要，就给她十块、二十块的，她也尽量少花钱，避免给大姐、二姐增添负担。想着大姐马上就要成为别人家的人了，不禁有些心酸；二姐定了亲，最多两年也是要出嫁的。想到这里，秦卫花带着哭腔说道："姐姐们不出嫁多好，我们一直生活在一起多好！"大姐笑道："傻丫头，哪里有不出嫁的闺女，闺女不出门，会成为笑话的。"大姐对她的未婚夫赵二春看来是满意的，两人曾共同在一所小学读书，赵二春比她高两届，在学校时并不认识，媒人介绍后才认识。赵二春是个泥瓦匠，现在已经是打工仔了，在中州市跟着建筑队盖房子，虽说活儿苦，但工资还可以，据说一年能挣两三万呢！工地上还管吃住，尽管住得简陋，吃得简单，但挣的钱净落。因为赵二春的技术好，有好几家建筑队争着要呢！

洗刷完毕，大姐、二姐要看春节联欢晚会，秦卫花困得两眼直打架，就先回房睡觉了。

大年初一的清晨，乡村的鞭炮声此起彼伏，震耳欲聋。大姐、二姐看春晚直至凌晨时分晚会结束才上炕睡觉，但天一亮也都醒了。看着夹在炕中间的小妹仍在酣睡，周围的鞭炮声对她仿佛没有任何影响，大姐怜爱地摸了摸秦卫花的脑门，说："看她累成啥样了，没有好挣的钱。"大姐、二姐边说边起床洗漱，帮助母亲张大妮做早餐。初一的早饭简单，把前几天蒸的包子或者馒头在锅上馏一馏，把三十晚上的剩菜热热就行了。饭好了，秦卫花还在熟睡，张大妮要把她叫醒吃饭，被大姐止住了："让她睡吧，她太累了，啥时睡醒啥时吃吧。"张大妮道："新春第一顿饭，怎能把她落了呢？"大姐道："把她的碗筷摆好，等她醒了热热吃不行吗？"张大妮到东厢房看了秦卫花一眼，见她睡得正甜，口水从嘴角流出，把嘴角的被子浸湿了一大片，确实不忍心叫醒她，便接受了秦卫芝的建议。十点多，秦卫花才醒来，坐在炕沿边的大姐见她醒了，说："睡到现在该饿了，饭菜我在锅里给你温着呢，你先吃，吃完要是还困，就接着睡；要是不困，再起床洗漱。弟弟和爸爸出门给本村亲戚和邻居们溜门拜年了，我们今天就在家里歇着吧。"大姐边说边在炕上放了个小炕桌，到堂屋把给秦卫花留的放在锅里热着的饭菜端来。随后，大姐又把毛巾在热水里摆了摆，递给秦卫花让她擦擦手。秦卫花穿上棉袄，接过大姐递过来的热毛巾，擦了擦手，开始吃饭。此时的秦卫花感觉自己被幸福包裹着，她想：书上说的幸福就是我现在这个样子吧！

秦卫花坐在床上吃完早饭，二姐就赶过来把碗筷收走洗刷，秦卫花舒展着身子靠在炕沿上和大姐聊天。秦卫花问大姐："嫁妆都齐了吗？还有没有需要添补的？"大姐道："什么齐不齐的，到天都齐了。娘去年就把做喜被所需要的棉絮准备好了，今秋买了四床缎子被面，早早地把喜被都缝制好了。婆家那边，前年相亲时给了一万块、两身衣服、一对金耳环；去年定亲时给了两万块、一个金戒指、三身衣服；年前'送好'说结婚日子时又给了三万块、一件呢子大衣、一件羽绒大衣、一件短羽绒袄、一件羊毛衫、三条裤子，衣服都是我自己到县上挑着买的，已经送过来了。还买了条金项链，也是我自己挑的，但是没有提前送过来，我婆子说结婚典礼上她给我戴上。"秦卫花拍手道："大姐，你可以呀，城里人结婚的三金你一样不少哇！那妈给你准备手镯了吗？"

在北中原有一个习俗，娘家妈要在闺女出嫁离家时给她戴手镯，寓意是把闺女拴住。至于镯子的材质，因家境的不同而不同。过去的大户人家嫁闺女，戴在手上的当然是金镯子；小户人家，一般都是银镯子，即使都是银镯子，也有许多不同，有像虾须一样细的镯子，也有十根甚至二十根虾须扭在一起的麻花镯子，那是气派的银镯子；家境贫穷的，往往是仿金的铜镯子；最不济的，也要给闺女的手上戴上红线编的绳子，寄托娘家人对出嫁闺女的爱与牵挂。大姐回答说："准备好了，妈比二大娘强多了。二大娘家的姐姐出嫁时，婆家给了那么多的聘礼，二大娘给姐姐的只是一个虾须银镯子，妈给我备的是麻花银镯子，都让我看过了。"秦卫花脑子里突然蹦出一个念头：给大姐买个金镯子！用金镯子拴住大姐的爱，她多么希望大姐能永远这样爱自己呀！但她清楚地知道，明年的这个时候，大姐就要在别人家过年了，享受大姐照顾的不会是她了，是那个叫赵二春的泥瓦匠。想到这里，她不禁有点嫉妒那个泥瓦匠，他长得那么黑，凭什么就要娶了大姐，享受大姐的伺候？她多么希望大姐晚几年再出嫁呀！这样，大姐就可以多照顾自己几年了！但大姐好像不这样想，大姐眼中的笑意透露着对即将到来的婚姻的满心期待和憧憬。秦卫花和大姐正聊着，二姐洗刷好秦卫花的碗筷回到东厢房，笑着对秦卫花说："你不要小瞧那个赵黑子，心眼多着呢，一有空就去找大姐，早把大姐的心骗走了。"

农村的青年们进了城，虽然城市还不属于他们，但他们也不再是传统意义上的农村人了，他们和老辈农村人的想法已有很大不同，对婚姻的实现不再满足于相亲、结婚、生娃的流程，而是希望能在结婚前培养出感情。普遍的做法是相亲后或订婚后相约一起到同一个城市打工，工余时间见见面，吃个饭，聊个天，通过相处来判断是否适合结婚，不至于结婚后才发现性格不合再离婚。

秦卫花边和姐姐们聊着天，边想着金镯子的事，当然，她不敢对姐姐们说出她的想法，因为她不知道一个金镯子需要多少钱，不知道她的钱够不够买个金镯子。突然，她有了主意，对秦卫芝说："大姐，你结婚当天我给你盘个城里时兴的新娘头吧？"大姐一听当然高兴，秦卫花接着说："那咱们现在进城给你买头花！"大姐犹豫地说："中午饭还没吃呢，今天过年啊。"秦卫花说："那明天吧？"大姐说："明天要去舅舅家拜年。"姐妹仨商定，初三上过祖坟，进县城给大姐买头花。

北中原的农村，初三这天不能到别人家拜年，是祭祖的日子。

正月初三，吃过早饭，姐妹仨和父亲一起去坟地上过坟后，便穿过村街，到村口的公路上等待搭乘去县城的客车。姐妹仨走在村街上就是一道风景。秦老三的仨闺女在村里原本就属于漂亮妞队列的，这几年都在城里打工，学着城里人的打扮，又因很少做农活，不着太阳，多了份城里人的白净和洋气。尤其是三闺女秦卫花，身材高挑、鸭蛋脸、高鼻梁、薄厚均匀的嘴唇是天然的桃红色，小嘴往上翘着，仿佛随时会吻你一口。皮肤褪去了农村人常有的黑红，红色中透出浅浅的白。虽然眉毛原本长得不够十分好，但秦卫花在美发学校也兼学了化妆，一双巧手为自己修整出了个足以乱真的可得十分的高挑柳叶眉。美中不足，长了一双小眼睛，即使画上眼线，打上眼影，涂上睫毛膏，看着还是不够大，一笑就看不见眼睛了，但仿佛别有一番风韵。现在的秦卫花还不知道怎么"对付"她的小眼睛。

出门前，大姐把一条旧牛仔裤送给了秦卫花。秦卫花从小到大几乎没穿过新衣服，一直都是捡俩姐姐淘汰下来的旧衣服穿。牛仔裤穿到秦卫花的腿上，裤边只到小腿肚，大姐的裤子秦卫花穿着实在是太短了，这一年她长了太多！二姐把一双长筒皮靴借给秦卫花穿，穿上就看不出裤子短了。大姐把为结婚准备的大红羽绒服拿出来给秦卫花，秦卫花不穿，大姐就把去年刚买的一件水红色羽绒服送给秦卫花，说她有了新羽绒服，这件旧的穿的机会就少了，放着还占地方。秦卫花接受了大姐的好意，随即穿上。姐妹仨走过村街，吸引了许多双羡慕、欢喜抑或嫉妒的目光。

到了县城，她们先去喜庆用品店给大姐买盘头用的头花，买完头花，秦卫花提议到金店看看，大姐说："去那里看啥？又没有啥要买的。你二姐的金戒指初六就送过来了。你的呢，等将来你婆家给你买。"秦卫花撒着娇说："你们就陪我去看看吧，反正天早着呢，来县城一趟，好歹逛逛。"俩姐姐拗不过，只好陪秦卫花去金店。进了店，秦卫花径直走到陈列金镯子的柜台前，见柜台标注的金价是一百零五元一克，标注重量最小的金镯子9.7克，秦卫花计算自己的钱，够买一只金镯子的，就让店员把那只最小的金镯子拿出来，秦卫花拿起金镯子就往大姐手上戴，大姐一边把手往后面缩一边说："老三干吗呢？"秦卫花笑道："试试又不要钱。"镯子戴在大姐的手上正合适，金灿灿的光在大姐腕间晃动，让她多了一丝富贵韵。大姐看着金镯子说："这是坐办公室的人戴的，我戴着干活碍事。"秦卫花说："我看戴着正好。"说着，就让店员算钱开票，拿着票就去交钱，大姐、二姐当时呆呆的，像傻子一样站在那里，疑惑三妹哪来的这么多钱。秦卫花交了钱，把票递给店员，店员又给镯子配了个漂亮的首饰盒。大姐这才回过神来，问她哪里来的这么多钱。秦卫花便老老实实地把自己挣的钱向大姐、二姐报了数，大姐、二姐在感慨小妹能干的同时又不免心疼她，这得剪多少头发呀！秦卫花说："理发店年前三个月挣的钱，能占一年收入的一大半，我烫一个头少则可挣三十块，多则可挣一百块。有一天我烫了十五个头，不停地上杠子、拆杠子，最后累得手都伸不直了。"俩姐姐心疼得泪都快出来了，秦卫花却笑眯着眼说："我才不怕累呢，要是一年到头都这么忙就好了，一年中只有快过年时忙些，过了年以后就闲了。"秦卫花还对二姐承诺，等她出嫁时，也送她一只金镯子！

能送给大姐一只金镯子，秦卫花的内心是欢愉的，有能力回报大姐，没辜负大姐这么多年对她的关爱是她最开心的。在村里，大姐应是新中国成立以来，出嫁时娘家陪送金镯子的第一人，这是多大的荣耀啊！而这份荣耀是她帮大姐实现的，秦卫花内心充满了自豪感；大姐的内心更是满溢着幸福，这幸福不仅仅是因为小妹送给了她一只金镯子，她更为小妹掌握了一个比她更好的谋生本领而高兴，她希望自己过得好，更希望妹妹、弟弟、父母也都能过得越来越好。

出了金店，大姐想带俩妹妹吃点好的，无奈街上的小吃店大都关门休息。那时的北中原，每逢过年，大小饭店大都关门歇业，只有汽车站附近的烧饼摊、包子铺还在正常营业。二姐说："过年油水大，不觉饿，一人买俩包子垫垫就行了。"二姐买了六个包子，姐妹仨一人拿了俩包子上了回村的客车。

车上的乘客不多，姐妹仨一路开心地又说又笑，好像有说不完的话，车里的其他乘客仿佛也受到姐妹仨欢乐情绪的感染，整个车厢里洋溢着欢乐的气氛。她们在村口的公路边下了车，快到家门口时二姐突然问："金镯子的事咋给妈说？"秦卫花和大姐都愣住了，是呀，咋给妈说呢？姐妹仨有个共同的想法：金镯子由妈妈在大姐出嫁那天当着迎亲人的面给大姐戴上是最体面的，但是，如果金镯子先给了妈，又担心她把金镯子留下来，不给大姐。姐妹仨的担心不是多余的。对于闺女，秦老三、张大妮认定是用来帮助挣钱娶儿媳妇的。虽然儿子现在还小，但早晚是要娶媳妇的，提前预备些东西，总是好的。大姐说："妈要给弟留下就留下吧！"秦卫花说："不行，这是我送给你的，小弟结婚时，如果需要我再给他买。"大姐说："妈知道你还留这么多钱不交给他们，也会生气的。"秦卫花知道，这么多年来，俩姐姐挣的钱，大头都交家里了，自个儿留下的是小头，而她是翻了个个儿，交小头留大头。秦卫花觉得父母在俩姐姐的帮衬下，已经不缺钱花了，有点闲钱，也都锁在柜子里，还不如放在她这里，她需要用钱的地方多着呢。姐妹仨一时也想不出个主意来，不知不觉已走到家门口，大姐把金镯子从手腕上取下来，装进首饰盒，放进包里，才和俩妹妹推开过道的大门进家，一同回到东厢房。秦卫花对大姐说："把镯子给我吧，先不让妈知道，我想好咋办了。"秦卫花把它放进炕头的箱子里，并加了锁。

初六，是二姐订婚的日子，订婚，女方家没有什么需要特别准备的。当地的习俗是吃罢早饭，媒人先到女方家，女方家讲究的，备上点心茶水招待媒人；不讲究的，媒人到女方家稍坐片刻后，女方及亲友团就随同媒人去男方家里。女方必到的人当然是订婚主角女孩，亲友团组成人员一般是订婚女孩的母亲、姑姑、姨、大娘、婶子等女性亲戚，去的人不宜过多，不超过六人是最妥当的。午宴时，男方家会有两个陪客，加上媒人，一桌宴席就能解决问题是最合适的；遇到女方家亲戚较多，女方父母又想所有亲戚兼顾，所有至亲的姨、姑、大娘、婶子、舅妈都请，而她们又都愿意去，那男方就需多备几桌酒席了。当然去多少人，男方需备几桌宴席，媒人都会提前告诉男方，依当地定亲仪式的风俗，女孩的同龄姐妹一般不去。之所以有这样的风俗，大约为防止男方看上相亲女主角以外的女孩而生出事端来吧？

初六上午，刚吃完早饭，二姐的媒人就来了，媒人是两个四十多岁的妇人，秦卫花在穿堂跟媒人打了个照面，客气地问候了一声就准备回东厢房，其中一个媒人却突然抢上一步，一把抓住秦卫花的手，一双小眼睛瞪得溜圆，一面在秦卫花的身上扫来扫去，一面大呼小叫："我说秦老三，张大妮，你俩咋恁有福气，生的闺女一个比一个漂亮，这三闺女咋长得这俊？将来定能找个好婆家，你老两口可要跟着享大福了！"秦卫花急急地挣脱媒人的手，说道："你不用想着给我找婆家，我这辈子不嫁人。"媒人笑道："不嫁，那是不可能的，怕是不想嫁我们农村人，想攀高枝，嫁城里人吧？城里人也未必都比我们农村人强，前村的李大强带着一帮人在中州市帮人盖房子，一年能挣好几百万，听说还要成立自己的建筑公司！不过他已经结婚有老婆啦，儿子又太小，才上小学，不赶趟。但这样的人家有的是，回头我帮你挑一个好人家。"秦卫花用力缩回自己的手，挣脱媒人，逃入东厢房，却听见张大妮在那里和媒人说着客气话，拜托媒人帮秦卫花找个好人家。

张大妮带着二姐秦卫红跟随媒人一起去她未来的婆家，随行陪同的有三姐妹的大娘、二娘和四婶。秦卫花帮助大姐秦卫芝在家里做出嫁前的收拾整理，秦老三领着人在院子里砌大灶。按照北中原的风俗，嫁闺女的人家，要在闺女出嫁的前一天设宴待客。秦卫芝初八出门，初七这天，秦老三的亲朋好友、同村互有往来的邻居们就会来贺喜添份子。添份子的内容很庞杂，可能是包有现金的红包，也可能是一件衣服料子，甚至是床单、被罩之类，份子价值大小根据关系亲疏远近不一而足。这样的喜宴，在北中原农村大都是流水席，随到随吃，主家一般也不亲自做饭、上菜，会请专门做流水席的师傅。主家只要提前备好食材、做饭用的锅灶、上菜所用的碗碟、待客用的桌椅板凳就好。届时，主家的女主人们穿上自己最漂亮的衣服，招呼接待女宾；男主人们也穿上自己最体面的衣服，招呼接待男宾。一般在正门稍侧的地方，会设置一个接待台，有专人负责登记来宾们上的礼金或其他礼品。

下午，二姐和母亲张大妮回来了，两人满脸的喜气，看来对二姐未来的夫家很满意。张大妮对秦老三说："你二闺女可是给咱家长脸了，婆家房子虽说也是个四合院，但正屋是新盖的二层楼，上下六间，彩电、冰箱、洗衣机都有，说今年夏天还要装空调呢！礼金给了两万，给二姐的金戒指上还镶着红宝石呢，咱村头一个！不仅给二姐备了四身衣服，还给我、大嫂、二嫂、四弟媳一人一块布料，把她们喜得不行。二嫂嫁仨闺女，我们妯娌都没沾过这样的光，今天跟咱二姐沾了这么大的光！她们拿了布料当然高兴得很，但我看她们心里有点酸呢。果子糖备得也太多，给了我们四十包果子糖，我给她们仨每人分了四包，她们啥时候给我这么多过？最多就给我两包。"张大妮虽用抱怨的语气说着，但听的人听到的都是满满的骄傲和自豪。

晚上，姐妹仨半躺在炕上聊天，秦卫花知道了二姐的未婚夫叫周家成，是个厨师，在北京一家大饭店里当三厨，每个月工资奖金加起来有3000多元，饭店管吃管住，而且在饭店干活，风不吹、日不晒，人长得白胖。定亲宴结束后，周家成很机灵地抓住机会和秦卫红单独说了会儿话，邀请她过年后一起去北京，去他做厨师的饭店当服务员。秦卫红动心了，但没敢直接答应，说回家和父母商议后再说。秦卫红不知道的是：同样的意思，男方母亲也在饭后喝茶时向张大妮提出来，但被张大妮断然拒绝了。张大妮心想：俩人在一起上班，天天见，万一把控不住，把生米做成熟饭，到时候嫁不嫁闺女就由不得她了，男方趁机在彩礼上打折扣咋办？她还指望靠闺女挣彩礼钱娶儿媳妇呢！当然，这些不能跟闺女说。

初七，秦卫花和家人正在吃早饭，秦卫红的未婚夫周家成很自觉地作为亲戚上门帮忙来了，虽然已经请了做流水席的师傅，但周家成坚持在厨上帮忙，他那忙碌的样子仿佛他已是秦老三的女婿了。一天的流水席下来，亲戚们都夸秦老三的二女婿周家成比大女婿赵二春还能干。秦卫花看见周家成挥着大铲子在灶上炒菜时，二姐偷偷地往周家成嘴里放了一个肉丸子，周家成满脸的欢喜，二姐的眉眼也都带着笑。

晚上，亲戚们都散了，帮忙的人也都陆续走了。周家成没走，他坚持留下来，说明天要继续帮忙抬嫁妆，秦老三只好把他安排在西屋和秦卫花弟弟同住。

忙碌了一整天的周家成也不嫌累，晚上邀请秦卫红出去散步。大冷的天，秦卫红也不嫌冷，竟跟他一起出去了。正月初七的月亮，细细地挂在天边，没有什么光亮，黑咕隆咚、天寒地冻的，散个什么步啊！秦卫花虽不理解，但也没有多问，大姐笑而不语，只是张大妮对着他俩的背影喊，让他们早点回来。

初八早晨，天还没亮，秦卫花就起床了，今天是大姐大喜的日子，她要让大姐做全村有史以来最漂亮的新娘，她洗漱完，大姐也醒了。二姐昨晚散步不知什么时候回来的，现在睡得正香。今天是不能让大姐做早饭了，秦卫花对大姐说："你先洗漱，我去厨房做饭，今天的饭好做，昨天的半成品我热热就行了，你就不要进厨房了。"大姐顺从地点了点头。早饭端上桌，二姐才起床，张大妮在饭桌上不满地白了秦卫红一眼，秦卫红装着没看见，仍笑盈盈的。周家成满脸堆笑，殷勤地帮每个人盛饭，今天是大喜的日子，张大妮虽对周家成昨晚把她的二女儿拐带了半夜才回来很不满，但也不便发作，勉强在脸上挂了一丝笑接过周家成递过来的饭碗。吃完饭，周家成帮着秦卫红收拾碗筷到厨房洗刷，秦卫花开始给大姐盘头，盘头用的是绢花，虽不如鲜花水灵，但颜色红得纯正，衬得秦卫芝乌黑发亮的头发和娟秀的脸很是娇媚。刚装扮好，迎亲鞭炮就在大门口响了起来，接秦卫芝的婚车到了，婚车是一辆小中巴，同来的还有一辆装嫁妆的大卡车。秦老三把迎亲的人迎进堂屋喝茶，他们客气地喝了几口茶，就开始往卡车上搬嫁妆。村里人听到鞭炮声，也纷纷拥到秦老三家看热闹。在北中原农村，结婚的日期，需找懂风水的人来选定，俗称"看好"。不仅结婚的日期要推算个吉祥的日子，连时辰也大有讲究，男方接亲的队伍几时到女方家，几时离开女方家，几时到男方家，据说都是有讲究的，事主一般都会恪守"看好人"给的吉时，按时"行动"。

待嫁妆搬完，新娘子就要出门了。出门前，母亲要在她衣兜里放上一个红包，叫压腰钱，预备到婆家遇到需要赏钱时用，也是娘给出门闺女的体恤钱，嫁妆是给婆家人看的，而体恤钱是秘密，是出门闺女和娘家人之间的秘密。在这块古老的土地上，几千年来男尊女卑的社会体系里，娘家所能给予的支撑，是女人在婆家地位的基础保障，压腰钱是娘家人为出嫁闺女不确定的未来预备的一个小保险。著名的京戏《锁麟囊》，讲的就是出嫁闺女用娘给的体恤钱赠贫，而在后来遭难时得到回报的故事。张大妮先是拿了个红布包，鼓囊囊的，放进了大姐秦卫芝大红羽绒服的内兜里，又帮秦卫芝把羽绒服穿身上，拉上拉链。接着从上衣口袋里掏出一个首饰盒，打开盒子，露出了粗大的麻花银镯子，看热闹的人议论纷纷，感叹张大妮两口子疼闺女。做这些时，张大妮的眼睛里泪光盈盈，大姐秦卫芝的脸上挂着泪，秦卫花不知不觉也已泪流满面。当张大妮把银镯子套在秦卫芝的左手上时，秦卫花突然哦了一声，好像突然想起了什么似的，众人扭头看她，只见她打开炕头的小柜子，拿出了一个精美的首饰盒，露出一只金灿灿的镯子，看热闹的人不约而同地发出一片诧异的感叹声！秦卫花拿出金镯子，递给张大妮，说："妈，这是我老板送给大姐的结婚礼，差点被我忘了。"张大妮张着嘴呆在那里：这个金镯子怎么处理？自己收起来？可人家说是给大闺女的结婚礼！这个金镯子一定很贵，给大闺女又有点舍不得，正犹豫着，秦卫花又说："我老板说，只要我一直在她店里干，等弟弟结婚时她会送个更大的金镯子做贺礼。"张大妮回过神来，很不情愿地把金镯子戴在秦卫芝的右手上，刚才还噙在眼里的泪稀里哗啦地从眼眶里流了出来。

众人扶着秦卫芝上了接亲的中巴车，二姐、秦卫花、二姑姑还有三个堂嫂组成了娘家的送亲女队。送亲的队伍里，除了女性，还必须有男性尊长，一般是新娘子的叔叔、大爷或是舅舅，父亲是不能亲自送的，送秦卫芝的是秦卫花的二大爷和四叔。周家成和秦卫芝的弟弟作为新娘子的男性家人也在送亲的队伍里。

在中国几千年的嫁娶仪式中，普遍通行的规矩是送亲队伍里要有新娘子的同胞哥哥或弟弟，否则，这个新娘子的送亲队伍就会显得弱势，会让婆家人觉得新娘好欺负。迎娶过程中，婆家对送亲客人的招待可能会有失礼之处，对此，有权表达不满的只有新娘子的胞弟或胞兄。面对接待中的失礼，送亲队伍中的长辈如果明确表达不满，就会显得胸怀狭窄，所以不便明确说；新娘子也不能说，否则会被视为没规矩。胞弟或胞兄，在几千年的封建社会婚姻制度里，是新娘子在未来漫长的余生里婆家人不敢给气受的保障。是呀，在封建社会，女人若在婆家受了气，打是打不过丈夫的，只能靠哥哥或弟弟帮助教训夫婿了，难怪几千年来人们重男轻女，有时候女人甚至比男人更重男轻女！

接亲的、送亲的、媒人都坐在中巴车里，车里满溢着喜庆和吉祥的气氛。秦卫花和大姐、弟弟三人并肩坐在靠车门的三连座上，秦卫花的手握着大姐的手不肯松开，想着一会儿下了车，大姐就是别人家的人了，秦卫花的心里酸酸的。

坐在车里，秦卫花总感觉有一双眼睛在看着自己，而她又不知那眼睛来自哪里，这时沉浸在和大姐分别的伤感中，也无暇顾及那双眼睛。秦卫红和周家成喜滋滋地坐在最后一排，嘀嘀咕咕地说个没完，没有半点酸楚。

看热闹的人望着远去的迎亲车并不急于散去，那个金镯子点燃了看热闹人的神经，人们谈论着金镯子，羡慕着秦卫芝。关于金镯子的来源，人们更好奇，有人说是秦卫花勾搭上了她老板，所以老板才给她姐送这样的大礼。编造谎言的人想当然地认为秦卫花的老板是个男的。不知这样的谣言最初出自谁的口，那人基于什么样的心理，编出这样的谣言来！

迎亲的队伍走后，张大妮就回屋躺在了床上，她的心情很复杂：小姐的老板为何这么大方，给大姐送了一个金镯子当贺礼！她有点后悔，没把金镯子留下来，如果留下来，将来娶儿媳妇就又多了一样聘礼。虽然小姐说等弟弟结婚时老板会再送个大的，可谁知道将来会怎样呢？万一小姐将来不在人家那里干了，这金镯子岂不就泡汤了。想到这儿，张大妮心里就不舒服，以至于做中午饭的力气都没有了。秦老三喊她起来做午饭，被张大妮抢白了一顿。秦老三只好自个儿热了点剩饭菜，热好后喊张大妮起床吃饭，张大妮说头痛不想吃，秦老三也不强求，自己将就着吃了点。他知道张大妮不吃饭的原因，他也心疼那个金镯子。

赵二春的家和秦卫花家相距不过十公里，迎亲的中巴车到达时赵二春早已等在大门口，见迎亲车一到就指挥人放鞭炮。在众人的簇拥下，赵二春把新娘子从车上迎下来，一直背到堂屋。随后，在司仪的主持下，程序烦琐的结婚典礼开始了，秦卫花木木地看着这一切。

结婚典礼结束后，客人们开始入席吃饭，院子里摆的是流水席。送亲的娘家人被安排在东厢房里，分了两桌，一桌男宾、一桌女宾，男方家分别请了男、女陪客专门陪送亲的客人吃饭，以示尊重。席毕，送亲的娘家人和新娘子告别，还是由那个接亲的中巴车送回去。

秦卫花回到家时，太阳已西沉。一整天并没干什么出力气的活儿，却感到疲惫万分，进家就径直回到自己的东厢房，一头倒到炕上睡着了。周家成也跟着婚车回到了秦卫花家，说要留下来帮忙，等待大姐回门。

在北中原农村，有出嫁闺女三天回门的习俗，所谓的三天是"两头挂"，其实中间就隔一天。这天，出嫁的闺女要和女婿一起回娘家，娘家都盼着闺女带着满脸喜气回门。娘家妈会再问些体己的话：丈夫好不好？姑嫂咋样？公婆如何？倘若一切皆好，娘家人便可放心，说这是一桩好姻缘；若有不好，娘家人便凄然，却也无计可施，唯有劝闺女忍。这里面还有很多隐秘的话题，比如关于新婚夜可能发生的事。通常情况下，出嫁前一晚，娘家妈会第一次和闺女谈及这类事情，而回门时，这也是首先要问及的内容。如果不幸娘死得早，这样的义务或权利便由家里年长的女性亲戚代为履行。这些习俗都是漫长的包办婚姻历史流传下来的，新娘回门的状况也不尽相同，有欢天喜地回门的，也有哭着不愿回婆家的，如遇后一种情况，那就是大事件了！

4

初十清晨，秦卫花早早地起床，为迎接大姐回娘家做着各项准备。近晌午，一辆紫红色面包车停在了秦卫花家的大门口，她好奇地隔着厨房的窗子往外打量，只见车门被推开，大姐从车上下来了，脸上荡着盈盈的笑，浑身上下披着一种奇异的光彩，这是秦卫花过去在大姐身上不曾见过的。这光彩，让大姐看起来更美了，还有点让人陶醉的感觉，仿佛家里盛满米酒的酒瓮刚刚掀开盖子。秦卫花赶紧跑出去迎接大姐，赵二春从车上往下拿各种点心盒子，这时驾驶室的门也打开了，从里面下来一个高大壮实的大男孩，看着秦卫花笑，秦卫花客气地和那人打招呼。一抬眼，秦卫花的小眼睛和那人的目光相遇，她感觉那目光有点烫人，赶紧低下头，拉着大姐便进屋。

午饭是热闹的，饭桌上笑声不断，显然，大姐对这桩婚姻是满意的。秦卫花也因大姐对婚姻的满意而开心，但心底还是有点莫名的忧伤和失落。席间，秦卫花知道司机是大姐夫赵二春同村的儿时伙伴——李春根，前天也曾跟随迎亲队伍来接亲，今天闲着没事就做好事送大姐回娘家了。李春根和赵二春同龄，初中毕业后上技校，学的是电工，如今在北京一家装修公司做电工，由于技术好，老板很器重。同村有好几个人在这家装修公司干活，过年回家没能买到火车票，老板就让李春根用公司的车把同村人一起拉回来了。席间，大姐夫赵二春和李春根开玩笑，调侃他在北京看洋姐看多了，现在看不上农村姐了。从他们的话语中，秦卫花知道了媒人曾给李春根介绍了不少对象，按赵二春的话讲各个都漂亮，但李春根愣没相中一个！李春根的弟弟早已经订婚，现在连婚期也定下了，可他这当哥的亲还没相上，他妈正为他的婚事发愁呢。大姐夫说这话时，秦卫花也跟着笑起来并抬眼看李春根，不想李春根正笑眯眯地在看她。虽说笑起来眼睛有点眯缝，但秦卫花还是被那目光烫了一个激灵，那目光是那样炙热，仿佛还带着锋芒，要穿过她的衣服、穿透她的身体。她再也不敢看李春根了，可自己虽然不再看他，却分明能感觉到对方的那双眼睛始终围绕着自己。李春根的企图很明显，他的心思都写在眼里，要让秦卫花知道他一直在看她。从没有人用这样的目光看过自己，从那双眼里，秦卫花隐约感到一股压迫的力量，这让她莫名地慌乱，吓得心怦怦乱跳，脸也随之红了起来。看着秦卫花的脸在自己的注视下变得绯红，李春根仿佛受到鼓励似的，目光更加灼热了，嘴巴越发笑得合不拢。

　　饭后，秦卫红和周家成收拾碗筷，大姐拉着秦卫花到东厢房说悄悄话："那个李春根好像看上你了，昨个下午，他主动跑到我们家说要开车送我回娘家。我和你姐夫本打算骑摩托回呢。"秦卫花忙说："大姐，这事你不要操心，我还小，想多挣几年钱，将来开个美发店，自己做老板。"大姐说："要是找个好婆家，俩人一起干不是更好？"秦卫花："他又不是学理发的。"大姐笑道："死心眼，他不学理发，帮你出开理发店的钱行不？"秦卫花说："我不要他的钱，我自己挣，我不花男人的钱。"大姐笑着说："有男人愿意挣钱给你花是福气，啥都靠自己是苦命，你可不要放着福不享，自找苦吃。"秦卫花说："大姐，我知道你为我好，但我现在一点也不想考虑这事。"大姐见秦卫花态度坚决，便不再说了。

二姐洗刷好碗筷也回到东厢房，姐妹仨又说了一堆悄悄话。说话间天色渐暗，大姐起身，准备回婆家了。秦卫花拉着大姐的手，把大姐送上车，李春根已经把车发动好，正准备出发时却又放下车窗，他从车里探出头来问秦卫花："你啥时候上班？"

秦卫花本想说老板给放了长假，但又怕他来烦她，便说："明个就回去上班。"

李春根便说："明天我来接你，开车送你去中州，春运不好搭车。"

秦卫花急忙说："不用不用。"

李春根豪气地说："不用客气。我也想去中州看看呢，好多年没去了，我明天一早就来，你要等着我。"

秦卫花望着远去的小面包车，清楚地意识到大姐的心已不在这里了，那个赵二春轻而易举地取代了他们这一大家子在大姐心中的位置，秦卫花又不禁伤感起来。

二姐、周家成的单位都定在正月十一上班，张大妮还是没同意二姐和周家成一起去北京打工的计划，她担心万一他们在一起不小心逾了界，二姐的彩礼就要打折扣啦！再说，她也希望二姐晚两年再出嫁，这样就能多帮衬家里一点，等儿子考上大学再出嫁才好呢！儿子能考上大学吗？张大妮寻思着。

周家成失望地回家收拾行李准备回京，二姐收拾行李准备回中州。

正月十一一大早，秦卫红早早地起了床，她要赶早班车回中州。秦卫红正在厨房做早饭，突听窗外有汽车喇叭响，抬眼隔窗一看，只见李春根开着那辆紫红色的面包车已经停在了大门口。二姐没敢贸然开门，忙去叫秦卫花，秦卫花还在梦中，一听这个李春根到大门口了，梦全醒了，紧张地说道："他真来了？咋办？

我不想见他，更不想让他送我去中州，你告诉他我已经走了，赶快把他打发走。"

这时传来了敲门声，秦卫花急忙对二姐说："快去，别让他把爸妈也吵醒啦。"

秦卫红慌忙走到大门口，开了半扇门，并有意用身子挡着，一副不想让李春根进门的架势："你来晚了，我妹妹已经走了。"

李春根脸上原本洋溢着的朝霞般的笑容瞬间消失了，取而代之的是满脸的懊恼。他盯着二姐的眼说："二姐你别骗我，我可是个实诚人，她怎么走这么早？"

秦卫红看着李春根凄然的表情，差点改了口，但一想到秦卫花坚决的表情和语气便道："三妹确实一早就走了，我骗你干啥呢？咱俩要排年龄恐怕我得喊你哥呢。"一句话把李春根的脸说红了，李春根没发现，潜意识里，他已把自己放在了和秦卫花等同的位置上。李春根不死心地朝东厢房的方向张望，院子里一片静谧，东厢房一片静谧，上房的大门紧闭，秦卫花的父母好像还没起床，秦卫红没有让他进屋的意思，他只好告别，开车离去。

第二章

1

转眼已是2002年的春天，随着理发技术日益提高，秦卫花有了选择去更好理发店工作的资本，于是她离开了最初学习、工作的那家理发店。那家店在中州市西区，顾客多是工薪阶层，店里的收费标准提不上去，修剪头发的最高收费标准只有十元钱，每天活不少干，收入却不多。在一个老顾客的引荐下，秦卫花跳槽到东区的一家大型美发店——美伦美发中心，这家店堪称中州美发行业的领头羊，是省市电视台主持人的定点理发店。在美伦美发中心，秦卫花渐渐有了自己稳定的客源，她的顾客都是清一色的女性，每有男性顾客找她理发，她总是让给男理发师，因为她曾遇到过不文明的男顾客。

那是她在最初工作的理发店的一次遭遇。当时，她正给一个男顾客用刮刀刮脸，那人突然毫无征兆地推开她拿着刮脸刀的手，一把把她搂进怀里，她感觉大腿根处被一个硬硬的东西顶着，顶得她肉疼，她失声惊叫了起来，本能地用刮脸刀顶着那人，老板和店里的其他人都顺声朝这边看过来，那人仿佛发癔症被惊醒般，松开了秦卫花，扯下围在脖子上的围布，慌忙逃出店去。秦卫花吓得浑身直哆嗦，从那以后，秦卫花就不再给男顾客理发了。

　　凡事总有例外，秦自然就是这个例外，他是秦卫花唯一的男顾客，因和秦卫花同姓，他便称呼秦卫花小妹。秦自然是电厂技术员，秦卫花初次工作的那家理发店就在电厂的旁边。据说秦自然是大专毕业，学的就是电力专业，现在已是电厂一个班组的负责人了。秦自然长得文质彬彬的，唯一缺陷就是个儿矮，可能只有一米六五，比秦卫花还矮半头。秦自然的父母也都在电厂工作，虽只是普通工人，但电厂待遇好，家里住着三室一厅的集资房。秦自然有一个妹妹，不仅已经结婚，而且孩子都三岁多了，秦自然的婚姻问题还没头绪。他心高气傲，一心想要找个漂亮的女人做老婆，但因自己个头矮，漂亮的城里姑娘哪能看上他？朋友们就劝秦自然，如果不放弃漂亮这个高难度的找老婆标准，就只能从农村找了，秦自然倒不在意农村城市之别，但秦自然的母亲却是个老世故，偏偏看不上农村人，曾有人给秦自然介绍过漂亮的农村姑娘，皆因秦自然的母亲反对告吹。在秦自然母亲的眼里，她儿子可是个香饽饽，大专毕业、有文化、单位又好，虽说个头不高，但也一米六五，比她老头子还高五厘米呢！当年同车间有好几个小姐妹都对老头子有意，还不是因为老头子二十来岁时就是六级电工！他那时候不过是个大工人，儿子现在好歹也是个小干部。

　　秦卫花工作的第一家理发店，在秦自然工作的电厂旁边，离秦自然的家和单位都很近，他们之间最初是理发师和顾客的关系。自从秦卫花跳槽到美伦美发中心，秦自然又跟着秦卫花到美伦美发中心理发，算是秦卫花的铁杆主顾。秦自然的头发极短，小平头，刚开始大约每月理一次，后来半个月理一次，最近频繁到一个星期要求理一次。自从秦卫花到了美伦美发中心后，秦自然每次来的时间都相对固定，不是午饭时间就是晚饭时间，每次来的时候都带着保温饭盒，里面装的是从家里带过来的饭菜，这饭菜当然比理发店里的工作餐好吃多了。每次都是秦自然看着秦卫花先吃饭，吃完饭了再给他理发。秦卫花向老板介绍秦自然是她的本家哥，目的是想让老板免收秦自然的理发费。老板见秦自然每次来都带饭，也认定秦自然是秦卫花的哥。

秦卫花因为没有哥哥，对秦自然的关爱欣然接受而且很享受。和秦自然在一起，她感觉很舒服。秦自然的眼睛很大，目光干净温暖，她很喜欢。她也喜欢他看着自己一口口把饭吃完。有时候，饭菜有点多，秦卫花怕吃得太多会长胖，不想吃完，秦自然就面带愠色地说："这可是我亲自做的呦，不吃完就是不尊重我的劳动成果。再说，你那么瘦，要多吃点，女人太瘦没福气。"每到此时，秦卫花就老老实实顺从地把饭吃完，一点不剩，还把空饭盒的口朝下展示给秦自然看："看我吃得多干净，一点都不剩！"秦自然就笑着说："嗯，不错，但还没我家猫舔得干净。"秦卫花自然不干，就用拳头砸他的背，边砸边说："叫你欺负我，拿我比猫！"秦自然此时并不躲闪，笑呵呵地说："你还要继续努力，比猫还差一点，争取赶上猫。"到这时，秦卫花往往都会停手，秦自然很享受地等待下一拳，等了一会儿，下一拳迟迟不到，不禁扭头看，只见秦卫花的小脸浮现迷茫的神情，翘起的鲜红的小唇正在他的额头上方，他多么希望自己多长两厘米，那样他的额头就可以贴在她的唇上啦！大约就因为他矮了这两厘米，他们的这个游戏才得以一直继续下去。秦自然问："咋不捶我啦？就你那四两力气，捶在身上像猫挠痒。"秦卫花笑道："想被挠痒？我偏不挠了！"游戏往往到此结束，秦卫花开始给秦自然洗头、理发。

理完发，如果秦自然不赶时间上班，又没有顾客排秦卫花的队，他们会在那里聊天。聊什么，聊完后秦卫花往往也想不起来，只记得当时秦自然的大眼睛里一直含着笑，秦卫花也笑得眼睛眯成一条缝。

秦卫花一直住在理发店的集体宿舍里，一套两居室的套房里住了八个年轻人，除了秦卫花，那七个都是学徒工。理发行业，像秦卫花这样成为师傅级的理发师一般不住在集体宿舍里，都自己掏钱租房子住，秦卫花觉得集体宿舍很好，没有必要再租房子。另外，她认为住集体宿舍安全，一个人在外面租房子，差房子不安全，好房子贵，她可不想把挣的钱都用来交房租。有的女孩子还是学徒工，就开始谈起恋爱来，一旦恋爱，就不愿意住集体宿舍了，因集体宿舍不允许非员工出入。而秦卫花在恋爱方面一直不开窍，一有时间，就翻看店里订的时尚杂志，琢磨新发型，偶尔还琢磨琢磨服装。她的衣服都是在布匹批发市场买的布料，然后拿到裁缝店里，要求师傅按她设计的样子裁剪缝制，所以，她的衣服总是很时尚，还不会撞衫。

现在的秦卫花，看上去俨然一个城里人。她给自己制订了一个小计划，干够五年，开一家属于自己的理发店，因此，她需要节约，开店需要本钱呐！

2

每每遇到长假期，城里人都往外地跑，是理发店的淡季。五一假期时，美伦美发中心索性依据国家的统一假期标准关门停业，好好休息。老板准备带着家人去日本，已经找好旅游公司，并交了报名费，店里的师傅们得知五一放假的安排，也都纷纷和家人商定了出游计划，一个个摩拳擦掌，准备好好享受一下这个草长莺飞季节里的假期。作为服务行业的理发店，除春节放假时间长些，平时几乎无休。秦卫花没看过海，早早地和店里的一个小学徒订好了去威海的火车票，相约去看海。

假期的前一天，店里的员工们都在畅想着第二天出游的欢乐时光，店里却接到了五位外地客户预约假期来店里烫头发的电话。凡是提前预约的顾客，皆是注重时间效率的人，更是对个人的外在形象异常注意的人，她们通常是引领当地时尚的风向人物，平时舍得在自己头上花钱，也是美伦美发中心的免费宣传员，能给店里带来新的有实力的顾客。老板不想失去这样的顾客，就和秦卫花商量，问她是否愿意取消行程，如果愿意，假期店里的收入，提成比例秦卫花拿六，店里留四，退票损失也由店里承担。秦卫花稍加犹豫，和计划同行的小学徒商量后，答应了老板的提议。

秦卫花看重的不仅仅是这几天收入比例的调整，关键预约烫头的顾客皆是店里三个大师傅的客人。美伦美发中心的理发师傅是分级的，职位设置分三个等级，一级大师傅修剪发型收费标准是每人次六十八元，二级师傅是每人次三十八元，小师傅是每人次十八元，秦卫花目前在店里属于小师傅级别，如果能让这几位客人满意，就有可能快速晋升为二级师傅，对秦卫花而言，这是一次难得的晋升机会，店里的二级师傅淡季月收入也能维持在五千元以上呢，而秦卫花现在淡季月收入只能在两千元上下浮动。美伦美发中心的理发师晋升规则是：由小师傅升二级师傅，需要在小师傅职位上至少干够三年，但对于特别优秀的可以破格提升。破格提升也没有绝对明确的标准，大体以晋升到上一级别后，即提高收费标准后不会发生主顾流失为基础条件，服务行业等级证书的颁发者是顾客。秦卫花跳槽到美伦美发中心刚三个月，正常情况下，晋升到二级理发师的级别，需要在这个店里干三年才行，同样修剪一个发型，小师傅收费和二级师傅收费相差二十元，三年下来，这中间的收入差异是一个可以想见的庞大数字。

　　五一假期的最后一天，出游归来的老板回到店里，已是下午四点左右，店里尚有五六个顾客在排队等候理发，为了不让客人久等，连小学徒也上手理起发来，这个小学徒一定在心里暗暗高兴：提前半年做师傅了！大概也在心里感激秦卫花，多亏听了她的建议取消了旅游计划。秦卫花正在为一个烫发的女士做最后的整型。老板认识这位女士，她是这个店里的老主顾，三十多岁，开辆保时捷，别人一到假期就外出游玩，她好像一到假期就闲得无聊，到处找地方花钱、消磨时间。烫发向来只挑最复杂最耗时的项目，药水也挑最贵的，一个头花费六七个小时是常事。今天上午十点多就来店里了，现在正在做最后的定型，客人对秦卫花为她做的这个新潮发型很满意，很大方地在秦卫花的工作台上放了两千元现金。秦卫花说："等一下，还要找你两元钱呢。"那女士说："不用找了，算我请你吃烤红薯了。"原来这位女士选择的是标价一千九百九十八元的烫剪，这是店里最贵的烫剪标准。老板在心里给秦卫花竖起了大拇指。老板一扭头，发现坐在前台帮着收银的是秦自然，秦自然赶紧站起来向老板解释说："我看妹子实在忙不过来，就过来帮忙了，七天假期我来帮了三天的忙。我们不放假，和平时一样倒班，轮到我休息就过来了，您查查账，这几天的账我单独记着呢。"边说边把自己制作的账本递给老板，老板并不看账本，而是一个劲儿地对秦自然表示感谢："麻烦你继续帮忙记账，我得赶紧给等候的客人理发。"

　　晚上十点，打发走最后一个顾客，老板邀请大家吃夜宵，秦卫花说："我连去夜市的力气都没有啦，太累了！吃点汤面睡觉最好。"秦自然忙说："我看你们后厨有挂面，我早上来时在路上买了几个西红柿，开火十分钟就能吃上西红柿汤面！"老板接受了秦自然的建议，安排小学徒去后厨做饭，她和秦自然把这几天的款项交接清楚，秦卫花半躺在沙发上闭目休息。

吃完饭，秦卫花和小学徒回理发店的员工宿舍休息，此时公交车已停运，老板提出开车送秦自然回家，秦自然说他骑电动车很便捷，不需要送，回去不耽误上夜班。老板由衷地说："太辛苦您了！"秦自然轻松地说："不辛苦，我们现在都是机械化加数字化，夜班也可以休息。"

五一假期过后不久，秦卫花的操作台上方标着：理发38元！秦卫花原来的那个操作台则归那个假期陪秦卫花坚守岗位的小学徒啦。

第三章

1

七月的天气，空气湿热，秦卫花没胃口吃饭，只想吃西瓜和冰激凌。冰激凌是秦卫花的最爱，但冰激凌比烧饼贵，在这个夏季以前，以秦卫花的收入，为了维持生活，在冰激凌和烧饼之间只能选择烧饼，而今年的这个夏天，冰激凌对于秦卫花来说已不算贵，于是，冰激凌成了秦卫花的正餐，如果不是秦自然每星期来理一次发，给她带一顿饭，她这个夏天就只能靠冰激凌活着了。

那天傍晚，秦自然又来理发，给秦卫花捎带的饭是蒸饺和酸辣鸡蛋汤。蒸饺凉滑滑的，吃着很爽口，秦卫花一口气把秦自然带来的二十个蒸饺全部吃完，撑得直打嗝。秦自然笑眯眯地看着她吃，秦卫花说："现在连喝汤的地方都没有啦！"

秦自然说："不着急，等会儿再喝汤，我有事和你商量。"

秦卫花说："啥事？"

秦自然笑着说："你猜。"

秦卫花说："你涨工资啦？发奖金啦？"秦卫花从没问过秦自然的工资，但她知道他的工资不低。

秦自然说："比这些都好！"

秦卫花自语道："比这些都好，那是啥好事？你要结婚了？"这句话一出口，秦卫花不禁觉得心口一阵闷痛，这闷痛也反映到秦卫花的脸上，原本红扑扑的笑脸瞬间失去了红艳，只剩下了白。

秦自然看着秦卫花的表情变化，笑得更开心了，说道："差不多，但不完全对。"

秦卫花急切地问："你啥时候开始谈恋爱的？嫂子是谁？我认识吗？都没听你提起过，一提就要结婚？"

秦自然反问："你问过我吗？"

是呀，她从没问过秦自然这个问题，怎能怪他不告诉自己呢？秦卫花小心地问道："嫂子漂亮吗？"

秦自然笑道："和你一样漂亮！"不知何故，这句话把秦卫花的怒气掀了起来，她站起身，一拳砸在秦自然的胸口，道："不许你拿我和她比，永远不许！"

这一拳大概真的很重，秦自然忙用双手捂着胸口，连脸色也变了样，秦卫花吓坏了，赶紧蹲下身去一边用手去摸刚刚砸过的地方一边说："对不起，我不是故意的。"秦自然一把抓住秦卫花的手捂在胸口，说："要把我打死了，看你将来怎么办！谁给你送饭？谁给你包饺子？"

秦卫花嗔道："打死也不可惜，反正娶了嫂子以后，你就不可以再像现在这样给我送饭了。"

秦自然问："为什么不可以呢？"

是呀，为什么不可以呢？秦卫花第一次思考起她和秦自然的关系问题，她不是一直把他当哥哥吗？既是哥哥，怎么结了婚就不能再像以前一样照顾妹妹了呢？嫂子不让？嫂子为什么不让？哪有嫂子不让丈夫照顾小姑子的？她是小姑子吗？不是小姑子是什么？

秦卫花迷茫地睁大她的小眼抬头看着秦自然的眼睛，那清澈明亮的大眼睛满含笑意。秦自然坐在椅子上，秦卫花蹲在地上，第一次，秦自然比秦卫花高。他俯视着秦卫花，秦卫花的红唇恰好在他颌下，仿佛是下意识的动作，他双手捧着秦卫花的小脸，把自己的唇狠狠地盖在了秦卫花的唇上。秦卫花被这突如其来的吻惊得不知所措，大脑一片空白，这一切太突然，她没有任何准备，她想挣脱，但那双捧着她脸的手是那样有力，让她动弹不得。

不知过了多久，仿佛一个世纪那么漫长，又像一秒钟那样短暂，有人过来拿东西，才把他们惊开。秦卫花忙站起身来，回到刚才自己吃饭时坐的椅子上坐下，注视着坐在小饭桌对面的秦自然，秦自然眼里闪着异样的光彩，而秦卫花不知何故，突然觉得十分委屈，不知不觉中，眼泪像断了线的珍珠从眼眶里滚落下来。

秦卫花的眼泪让秦自然不知所措地说："别哭，我们要结婚的，要结婚的人都这样的。"

他这么一说，秦卫花的泪流得更汹涌了。秦自然吓得不敢再说什么，只能静静地看着秦卫花在那里无声地流泪，不时递过去一张纸巾，让秦卫花擦眼泪。秦卫花为啥要流泪呢？她说不出原因，只是觉得委屈，因为什么委屈呢？连她自己也没能弄明白。是因为她从没有想过要给秦自然做媳妇这件事吗？他是哥哥呀！接着又觉得自己的想法不占理，他和自己没有血缘关系，如何是哥哥？那自己为何拿人家当哥哥？就因为他给自己送过饭吗？那自己还免费给他理发了呢！要知道吃他的饭的代价就是要给他做媳妇，那当初就不吃他的饭了！可是为啥听他说要结婚，自己的心会痛呢？秦卫花一时也弄不清楚自己为啥流泪，如果不是有顾客找秦卫花理发，她的泪还会一直流下去。

听说有客人找自己理发，秦卫花赶紧擦了擦眼泪就去招呼客人了，把秦自然一个人丢在小饭桌前坐着。秦自然把饭盒盖好，秦卫花还没顾上喝酸辣鸡蛋汤。秦自然在心里琢磨：秦卫花到底是喜欢还是不喜欢我？为啥流眼泪？他不敢确信秦卫花是否喜欢他，但他相信秦卫花和自己在一起是快乐的。她是不是真把自己当哥哥了？秦自然有点后悔，不该放这么长的线来追女孩子。

2

秦自然回想起第一次见秦卫花的情形。那也是一个七月的傍晚，他吃过晚饭没什么事，天气那么热，头发又厚又长，像顶棉帽子扣在头上，他决定去理发，不做任何挑选地进了离家最近、他常去的那家风美理发店。

在店里，他见到了一个过去不曾见过的瘦高个儿女孩，穿着一件洗得有点褪色的花布连衣裙。女孩亭亭地站在那里，见他过来，脸上泛起了笑容，笑容是那样纯净，像雨后的杨树叶，小眼眯成一条缝，说："理发吗？要不要先洗一下？"在得到秦自然的同意后，她将秦自然领到洗头床上。待秦自然躺好，调整好位置，她先用手试水温，再问秦自然水温是否合适。她的声音是那样温柔顺滑，让秦自然感觉每个毛孔都是舒服的。她轻柔又恰到好处地用手搓揉着秦自然的头发，秦自然真切地感受到她十指的柔软，仿佛有电流从秦自然的身体穿过。洗完头发，秦卫花引导他到理发台前的椅子上坐下，问他是否喝水，秦自然点点头，她很快端来一杯插着塑料吸管的菊花水，递给秦自然后，又忙着招呼别的客人去了。秦自然快速地喝完菊花水，又喊再来一杯，秦卫花正在给别的客人洗头，店里另外一个学徒走来帮忙续杯，秦自然不觉有些失落。

秦自然常在这家店理发，和老板极熟，理完发也不着急走，又和理发店里的人聊了会儿天，直到理发店关门才离开。他知道了那个穿褪色花连衣裙的瘦高个儿女孩叫秦卫花，是新来的学徒工。

出了理发店的门，一阵凉风吹过，秦自然突然有点厌恶自己，厌恶自己对秦卫花的态度，虽然他很享受秦卫花的小手在头上搓揉的感觉。他这颗脑袋被许多洗头工、理发师搓揉过，为何这次感觉和往常如此不同？秦卫花那笑、那唇、那一笑便眯成缝的眼睛，像吸铁石一样吸引着他。经过自我剖析，秦自然认定是雄性荷尔蒙分泌过多所致。此时正值夏季，相关数据显示，夏季强奸案的发案率比其他三个季节都高，是冬季的三倍以上。夏季，雄性荷尔蒙分泌旺盛，人容易陷入迷乱。

秦自然在回家的途中，对自己进行了严厉的批判且成效显著。回家洗完澡，他不再想入非非，顺利入眠。而清晨醒来，内裤却是潮湿的，秦自然自感很醒醒，在心里狠狠地骂了自己一顿，同时强烈地意识到自己该找媳妇了！但不能找个洗头妹啊，一想到秦卫花那双让他迷醉而柔顺的手摸过许多男人的头，他心里就不舒服。以前关于找媳妇这事，着急的是她妈，从这天起，他和他妈可能要同步了。

秦自然开始答应他妈给他预约的各种相亲，看上他的，他看不上人家；他相中的，人家又看不上他。一晃大半年过去了，秦自然还没找到让他有电感、可正式交往的女朋友。

又一个春天来了，各种植物都在忙着开花，空气中弥漫着甜蜜的气息。这天傍晚，秦自然下班回家，路过风美理发店门口，看见几个女人正围着一个骑自行车卖草莓的人挑草莓，他的目光被一个女人曼妙的背影牢牢吸引：上身是一件浅桃色紧身半高领T恤，外罩一件同色镂空钩线半袖蝙蝠毛衫，即使隔着毛衫，也能感受到腰身的柔软；下身是一条米白色的紧身裤，包裹着修长笔直的大长腿和圆润的臀；脚蹬米色半高小尖跟皮鞋，整个背影散发着迷人的气息。

秦自然正看得发呆，忽听风美理发店的女老板喊他的声音："秦大科长，发啥呆呢？"女老板的喊声让秦自然回过神来，秦自然不好意思地冲女老板笑笑。女老板不等秦自然回话，接着说："秦科长，今年都到这个季节啦，您还没光顾过本店呢！我们哪里做错了，得罪秦大科长啦？"

秦自然忙说："单位澡堂有理发的，发的澡票用不完，就理发用了。"而实际情况是，自从秦卫花上次给他洗过头，秦自然一想到秦卫花柔软的手在自己头上搓揉的感觉，身体就发颤；而一想到秦卫花给他搓揉头发的手也在别人的脑袋上搓揉，尤其也在别的男人脑袋上搓揉，他就莫名地不舒服。于是，他决定不再见秦卫花。该理发时，就去离家较远的理发店，而恰恰是这绕道理发的缘由，揭示了他不曾忘记秦卫花。

女老板接着说："你的头发该理啦，给我个机会，让我亲自给你理，而且免费。"秦自然笑着说："谢谢老板，不过不接受免费。"秦自然边说边往理发店里走，那个迷幻的背影买好了草莓，提着草莓转身也往理发店里走，一扭脸，那可爱的翘唇……秦自然仿佛又被电击了一下。

秦自然满心期待地等着秦卫花过来给他洗头，结果走过来准备给他洗头的是另外一个学徒工。秦自然笑着对秦卫花说："让我的本家妹子给我洗吧。"老板笑着说："我们小秦现在是师傅了，不洗头啦。"秦自然接着说："那好啊，我今天试试她的手艺。"女老板笑着说:"对不起,手艺你也试不了,我们小秦不理男发,专攻女发。"秦自然有点小失落,但又有点小开心。秦自然理了发并不走,而是和理发店的人闲聊起来,同时不停地偷看秦卫花,期待秦卫花也能加入闲聊。但秦卫花一直在忙,上个客人的头发还没有整好,下一个客人已经在排队等候了,根本没有闲聊的时间。

以后的日子,秦自然即使不理发也经常去风美理发店,和理发店的老板、理发师、学徒工们聊闲天,看秦卫花给人烫发或理发,偶尔也带点小零食去理发店分送给女孩子们,很受店里的女孩子们的欢迎。大家热情地喊他秦哥,女老板调侃道:"听着像喊情哥。"小姑娘们嘻嘻哈哈地回应道:"是亲哥!"秦卫花偶尔遇到没顾客时,也会加入其中,跟随店里的小姑娘喊秦自然秦哥。

3

从春到冬又到春,日子流逝着,秦自然仍不停地继续着他的相亲,有时是相亲前先去风美理发店待一会儿,有时是相亲回来,路过风美理发店,见理发店还在营业,也会去坐一会儿,喝杯水,聊会儿天。

秦自然虽然不停地相亲,但一直没有相到一个可持续交往的女朋友,而秦卫花的理发手艺却是大大地进步,让秦卫花理发,经常需要排队等候,店里的其他理发师经常闲得等顾客。秦卫花向老板提出提高自己的理发价格,希望和店里的其他理发师傅拉开价格差,这样通过价格调整,既可以将她的部分顾客分流给其他理发师,减少她的劳动量,她也不会因为顾客的减少而减少收入,同时还增加了店里其他理发师的收入。老板有些动心,但在征求店里其他理发师意见时，遭到所有理发师的反对。风美是个小理发店，经营模式有点像个体户，所有的理发师不分级，理发价格相同，所有理发师平起平坐，很是平等，每个理发师都有相对稳定的主顾，之前从没出现过顾客宁可排队等某个理发师，也不让闲着的理发师理发的情形，秦卫花要打破平等，当然会遭到店里其他理发师的强烈反对，更何况，秦卫花是店里理发师中从业时间最短的一个，这里的理发师都曾是秦卫花的师傅呢！

4

改变不了别人，只能改变自己，秦卫花选择离开风美理发店，跳槽到了美伦美发中心。

秦自然追随着秦卫花到美伦美发中心理发，他每次来理发时，还顺便提一个保温饭盒，那里面装着他在家里给秦卫花做的饭菜，美伦美发中心的工作人员都误认为秦自然是秦卫花的哥，这好像也是秦自然对他和秦卫花之间关系的界定。

秦自然的相亲一直不曾中断，他为寻找到心仪的妻子而努力着，只是每当他面对秦卫花，偶尔产生想拥抱她、想亲吻她的唇的想法时，他才意识到他不是她的哥。在许多个入睡困难的夜晚，他睡不着觉时，就靠臆想秦卫花入眠。秦自然今天的举动不在他的计划内，他原本只想告诉秦卫花，他所在单位即将要分配新房，分房名单里有他，关于新房选择问题他想征求一下秦卫花的意见，以他的资历，可以有两个选项：如果选 90 平米的两房，可以任意挑选楼层；如果选 110 平米的三房，只能在一楼或六楼之间选择。为什么要征求秦卫花的意见呢？他好像也没有想清楚，只是一种本能的条件反射？在得知分房名单里有他的瞬间，他的脑袋里就闪出了秦卫花的身影。今天，秦卫花蹲在他身边，头发上散发的淡淡香气让他迷醉，她的柔软的小手抚摸着他的胸口，她那如樱桃般的唇就在他唇的下方，那仿佛是下意识的动作，不知怎么的就把那樱桃般的唇噙在嘴里啦，那唇温温的、滑滑的，那一瞬间，他感觉自己的魂已不在躯壳……这一吻让秦自然彻底沦陷，他下定决心：不再相亲了，就秦卫花了，所谓的爱，不就是两情相悦吗？人生苦短，他再这样寻觅下去，美好的青春时光就浪费了，浪费了多少甜蜜的吻……

秦卫花理完发再次回到小饭桌旁，秦自然把饭盒打开，说："赶紧把鸡蛋汤喝了吧。"秦卫花红着脸，顺从地拿起饭盒里的汤碗开始喝。秦卫花喝完汤，把饭盒递给秦自然，说："你回去吧。"而此时的秦自然，整个人像瘫了一般，仿佛是被钉子钉在了椅子上，动弹不得。

秦自然没有听从秦卫花的建议立即回家，仍坐在小饭桌旁的椅子上，秦卫花见秦自然坐在那里不动，也没再催，离开小饭桌，走到属于她的理发台前，继续给下一个顾客理发。

秦卫花下班，秦自然跟随她一起离开理发店，秦自然要求送秦卫花回宿舍，秦卫花点了点头。他们并肩走着，夜已经深了，路上没有什么人，纳凉的人们也都回家睡觉了，空气不再像白天那么燥热，微热的温度刚刚好。他们并肩走到楼道口旁边，灯的暗影处，平时儒雅的秦自然仿佛瞬间变了个人，他用双手将秦卫花箍到墙角，踮起脚尖，拼命地吻向秦卫花的唇。秦卫花刚开始还抗拒着，渐渐地，身体也软了下来，没有了抗拒的力气，任凭秦自然的唇在她的面部、颈部滑行。秦自然感觉自己像个火山一样要喷发了，这座积压了近三十年的"火山"感到身体内部灼热的岩浆在四处奔腾，血在往头顶上涌，他努力地压制着，却感到他的身体正在挣脱大脑的束缚，横生斜长。此时，他想到了床，他需要一张床；秦卫花此时感觉身体软绵绵的，整个人只想往下坠，坠到哪里？不知道，也不想知道。秦卫花闭着眼睛，感觉自己仿佛被一片灿烂的金光包裹着随风飘浮，突然，她感觉一个硬硬的滚烫的棍棒顶在了大腿根处，秦卫花像被火钳烙了一下，用力推开秦自然，转身快速跑上楼去，留下秦自然呆呆地愣在那里。

自从秦自然初吻秦卫花后，每天到理发店等候秦卫花下班，成了秦自然日常生活的组成部分。秦自然的异常行动很快就被他老妈发现了，在老妈的盘问下，秦自然交代出了和秦卫花的事。老妈叹口气，说："这么多年来你眼高于顶，给你介绍了那么多女孩，你一个也没看上，这是个什么样的人？能把你的魂勾住？既然这样，改天领家里来认认门。"

八月中旬，一个星期天的上午，秦卫花在秦自然的引领下进了家门，那是一套三居室的房子，窗明几净，房间的装饰和布置宣示着这家女主人的能干。秦自然的母亲见了秦卫花，认出是曾在家属院门口风美理发店理发的小秦师傅，这大半年没见，出落得更加水灵了，难怪儿子上了她的套。午饭的气氛很祥和，秦自然的母亲不时地给秦卫花夹菜，秦卫花红着脸只会说谢谢。

饭后，大家围坐在茶几旁喝茶聊天，秦自然母亲道："我前年都该退休了，一直没敢退，就是怕我退休时没人接班，退休后再有人想接班但错过了时机而不能办理手续了，我们这些普通工人，如果想让亲属进电厂工作，接班是最容易走的路子，其他路子，不仅走起来困难，还不一定能走得通。我们电厂待遇好，许多大学毕业生想进都进不来呢！看来我还是有远见的。"秦卫花问道："现在有人要接班吗？"秦自然的母亲笑道："当然有，正好可以让你来接班。"秦卫花愣了，这是她不曾考虑过的问题，在她的人生规划里，没想过到工厂当工人，至于接秦自然母亲的班，进电厂当工人，更不曾想过。她一直希望自己能成为一个有一技之长的人，靠技术吃饭，而不是做流水线上类似机器一样的人。而秦自然的母亲显然不这样认为，她那傲娇的语气让秦卫花感觉她让秦卫花接班仿佛是给了秦卫花莫大的恩泽。

事情来得太突然，秦卫花一时不知道该如何回答，只是诺诺地说："我干理发挺好的，我也喜欢，收入也不错。"秦卫花没敢直接说我理发收入是你工资的三倍。秦自然的母亲道："我知道你的收入不低，但那不是长计，电厂虽然工资不高，但福利待遇好，是国有单位，有面儿。"秦自然的母亲虽然没说秦卫花的理发职业上不得台面，但秦卫花听出来秦自然的母亲看不起她所钟爱的职业，内心不禁有点委屈，还有点愤怒：理发如何就上不了台面了？没有理发师，你们的头发怎么办？秦卫花虽然这样想，但并没有直接反驳，而是说："让我想想，这个消息对我来说有点太突然，容我回家和爹娘商量一下。"

秦自然的母亲大约觉得这件事对秦卫花而言是天上掉馅饼的大好事，秦卫花说考虑一下，便是对她这个给予馅饼的人不够尊重，甚至认为是秦卫花在故意摆谱，不禁有点不悦，说道："这还有啥考虑的，之前有好几个漂亮的农村姑娘都看上我们家自然了，死乞白赖地求自然娶她们，除了我们自然本身条件好外，少不了也因为嫁给我们家自然能解决城市户口，还能进电厂当工人，别说农村姑娘，就隔壁纺织厂的女工，有好几个也都在盯着我们家自然呢。没办法，谁让我们家自然看不上她们呢。他看上了你，这个馅饼掉你嘴里，你还在这矫情。"

秦卫花惊讶地瞪大她的小眼，秦自然母亲的话，让她第一次意识到，原来自己在别人的眼里是如此卑贱！她虽然也知道有些城里人瞧不起农村人，但她一直没有被瞧不起的具体感受，她的顾客都是城里人，而且都是时髦的城里人，让她理发时都是客客气气的，她有个顾客，还是什么领导，每次来做头发都给她带点小零食，有次还给她带来一大盒很贵的巧克力，她们没有鄙视她呀！还是她们原本是鄙视她的，只是她和人家没有关联，人家在心里鄙视而不在脸上流露？就像秦自然的母亲，也曾让秦卫花烫过发，对秦卫花整烫的发型很满意，不仅夸秦卫花心灵手巧，还说谁若能娶秦卫花做媳妇是天大的福气……原来这只是表面现象，在内心深处，她们是瞧不起她这个农村妞的。秦卫花第一次有了这样的意识，或者说她第一次认识到社会把人划分了等级，而她在很低的层级，她突然觉得头有点晕。

秦自然看到秦卫花原本白里透红的脸变得苍白，大颗的汗珠从脸上流下来，连忙示意他妈不要再说下去。秦自然的母亲也注意到秦卫花的脸色不对，忙说："哪里不舒服吗？到自然的房间里休息一会儿吧？"秦卫花勉强地笑了笑，说："没事，我得回去了，我只请了半天假。"秦自然拗不过她，只好骑电动车将秦卫花送回理发店。到了理发店，秦自然拉了一下秦卫花的手，感觉烫人，他意识到秦卫花可能发烧了，找个温度计量了一下体温，38.5度，这对于成年人来说属于高烧，要送她进医院，秦卫花坚决不去，说回宿舍睡一会儿就会好的，秦自然只好把她送回宿舍。这是一套两居室，因为是白天，大家都在理发店里上班，宿舍里没有其他人。秦卫花扶着墙走进了其中的一间卧室，卧室里摆了两张上下铺的高低床，虽然拥挤，但干净整洁。秦自然将秦卫花扶到她的床铺上躺下，打开空调，然后坐在秦卫花的床边，看着秦卫花因发烧而变得通红的小脸，忍不住又想吻，却被秦卫花用力推开了。

晚上九点，理发店的员工们陆续从理发店回到宿舍，都是女孩子，秦自然也不好意思继续待下去，又给秦卫花量量体温，见体温降下来了才放心地离开。

第二天，秦卫花退烧了，只在宿舍里休息了上午半天，下午又到理发店上班了，仍是笑盈盈的模样。秦自然晚上一下班，就去找秦卫花。秦卫花见了秦自然也不恼，只是表情淡淡的，秦自然想和她说句悄悄话，她假装很忙，顾不上。秦自然一直熬到秦卫花下班，送她回宿舍，在回去的路上，秦自然想吻秦卫花，被她冷冷地推开。秦卫花问秦自然："你妈的想法是不是也是你的想法？"秦自然点点头，说："你理发虽然挺挣钱，但如果想多挣钱，就得多干活，将来我们结婚有了孩子，就没有时间照顾他，孩子就要受委屈，我想你和我一样是不希望我们的孩子受委屈。电厂女工的活儿很轻，上班时间很宽松，可以有充裕的时间照顾家，将来我们的小家是要靠你来操持的，我是男人，主要责任是在工作上多争取上进。"秦卫花问："那你为啥以前不告诉我你的这些想法？"秦自然道："我还没来得及告诉你呢，本想慢慢和你商量，谁知我妈性急，第一次见面就和你说这些。"秦卫花说："我不是不可以放弃理发，但你妈瞧不起我的态度实在让我受不了，她那态度明摆着我找你是高攀了，好像我能嫁入你家，是我们家祖坟上冒了青烟，连我们家祖宗都得感谢她同意你娶我。她把我看得太低了，我不知道以后该如何和她相处……"从理发店到宿舍的路不长，没说几句话就到了宿舍楼下，秦卫花正准备上楼，秦自然抓着她的手说："不回宿舍了，跟我回家吧，我们明天就领证去，或者，你不愿意和我回家，我们去宾馆。"秦自然热切地望着秦卫花，秦卫花说："领证缓缓吧，我还没想好，我现在也没有力气去宾馆。"秦自然只好悻悻地离开。

此后的半个月，秦自然每天热切而来，悻悻而归，回到家里，母亲也是唠叨他，说他被秦卫花勾了魂，对于秦卫花这样不识好歹的人不能惯着，将来会上天。秦自然也觉得秦卫花这几天对他冷淡得过分，想当年多少漂亮农村女孩往自己身上贴，只因母亲觉得找个农村人做儿媳妇丢脸，婚事才拖到今日未定。现在母亲好不容易同意让秦卫花这个农村女孩做儿媳妇，秦卫花倒杠上了，秦自然不免对她也开始有些生怨。

时光进入了八月底，中州的天气已不那么燥热，晚上更是凉爽，秦自然仍像往常一样来接秦卫花下班，在宿舍的楼门口，秦自然把秦卫花拉到阴影处，准备吻她，秦卫花用力推开他，夺步进了楼道，秦自然忍了半个多月的怨气终于爆发了。人在情绪失控时难免会说些伤人的话，秦自然也不例外，他冲着已闪入楼道内的秦卫花大声吼了起来。秦卫花停下脚步，站在楼梯入口处，背对着秦自然，静静地听着那些从他的口中吼出的刻薄刺耳的话，眼泪在她的眼眶中打转，却没有流下来。待秦自然情绪平息后，秦卫花平静地说："我们分手吧，你也不要觉得娶我是不得已的屈就，我不认为你们比我高贵，也不认为嫁你是高攀，我的看法会让你和你的家人不开心，你们的态度也让我不开心，我们何苦呢？既然你妈现在同意你找农村女孩做媳妇，我想很快就会有漂亮女孩找上门的，那女孩若因能嫁入你家而感恩戴德，那定是各方都欢喜的好姻缘，放着好姻缘不要，干吗非要求我这孽缘呢？"秦自然听罢，觉得秦卫花说得有理，第一次意识到他被秦卫花吸引可能不仅仅是因为外貌，她有思想、有主见，这是他之前见过的那些农村漂亮女孩所没有的，那些女孩总是用花痴一样的眼神看着他，可能是因为他可以给她们城市户口、电厂工人的身份。

而秦卫花看重他什么呢？他给她送饭让她感到幸福，感到温暖？这份温暖让她依恋？秦卫花的冷静也传染给了秦自然，秦自然说："这段时间你这样冷冷地对我，让我很寒心，你提出分手，我不同意，但我也不会死乞白赖地乞求你嫁给我。我们今天先不谈分手的事，我给你几天时间好好考虑考虑，你有我的电话，如果你愿意收回你刚才所说的话，就给我打电话；如果你不给我打电话，我绝不会厚着脸皮再来找你。"说完，秦自然骑上车，头也不回地走了。

秦自然说到做到，再也没来找过秦卫花，秦卫花也没有给秦自然打电话，虽然那个数字组合的号码她能够倒背出来。

转眼到了十一国庆节，理发店又放假了，和上次五一假期一样，店里又只留下秦卫花和一个学徒工坚守，不一样的是，没有了秦自然的帮忙。或许是假期太忙太累的缘故，假期过后，秦卫花就病了，持续发了几天的高烧，病好后，她向老板辞工，说俩姐姐现在都离开中州去北京打工了，自己独自一个人在中州打工太孤单，她计划去北京，和俩姐姐同在一个城市，可以互相有个照应。老板问她到北京准备干什么，她回答说继续干美发老本行，因为她喜欢美发这个行业。老板问她是否已有有意向的理发店，秦卫花答还没有，说以前没想过离开中州，这次生病让她感到在中州很孤单。她计划到北京后先在姐姐们的集体宿舍里将就几天，再慢慢地找工作。老板见秦卫花说得真诚，思忖着秦卫花在美伦理发店一直表现不错，她去北京虽然继续干美发但也带不走美伦的客户，自己不如做个顺水人情。前段时间，她在北京参加行业会，结识了黑贝美发美容中心的老板，老板曾向她诉苦说好理发师不好找，稍微好一点的都琢磨着自己开店了，留下的都想当大师傅，没人愿意做二师傅。作为理发店的老板，深知二师傅即中级理发师是维护理发店基础客源的根本保障，理发店不能没有中级理发师。以秦卫花现在的手艺，做大师傅也够格，但理发师刚到一个新地方，一般不会得到大师傅位置，除非是老板专门挖过去的人。再说，北京理发大师傅的标准应当比中州高得多，秦卫花去北京做中级理发师也合适。想到这儿，老板就对秦卫花说："我给你推荐一家理发店如何？"秦卫花惊喜地望着老板，没想到她这么大度，本来还担心辞工老板不高兴呢，谁知他还愿意帮自己。秦卫花连忙说："如果您能帮我推荐一家理发店，那是再好不过了，比我自己瞎撞要强百倍，谢谢老板！"老板笑着说："不客气，等你在北京站住脚，我去北京，也就多了一个熟人不是？我抓紧时间帮你联系，有消息了再告诉你。"秦卫花真诚地谢过老板，说她需要先回老家住几天，就不在店里等消息了。留下村头小卖部的电话号码，有什么情况直接打电话告诉村头小卖部的老板即可，小卖部的老板会转告她的。

美伦理发店的老板很有人情味儿，专门为秦卫花送行。秦卫花申请辞工的当天，理发店晚上打烊后，老板请大家一起去吃夜宵，虽然是大家常去的大排档，但因为是老板请客，又是为秦卫花饯行，竟吃出了别样的氛围。秦卫花是伤感的，但大家伙都说着喜庆的话，祝贺她有机会去北京发展，憧憬着秦卫花将来在北京立足，他们到北京也有熟人啦！包括老板在内的每个同事，挨个向秦卫花敬酒，刚开始，秦卫花喝水回敬，喝着喝着，被同事们的情绪感染，在他们的劝说下，不知不觉也换成了白酒，那晚的酒，让秦卫花喝出了眼泪。饯行宴结束的第二天，秦卫花睡了个大懒觉，逛了逛商场，给父母各买了身衣服，乘晚班车回到了北中原的老家。

5

　　秦卫花到家时，已是傍晚时分，正是家家户户炊烟升起的时候。看着各家各户屋顶上升起的炊烟，她感到一股莫名的温暖。十月中旬的北中原，地里的庄稼都成熟了，正在等待收割，一派丰收的景象。那一刻，秦卫花第一次意识到原来她是如此深切地热爱着这片土地，不允许有人鄙视这块土地。这里给了她最初的生命，是她的根，虽然家乡不能让她富有，但她永远也不会嫌弃她，就像她永远不会嫌弃自己一样。

　　到家的第二天，秦卫花就和父母一起下地干农活。她好久没有干这样的重体力活了，虽然很累，但当汗水流出来时，仿佛把心头堆积的郁闷也带了出来，内心不再那么阴郁空洞了，有了明亮温暖的色彩。

　　秦卫花和父母正在玉米地里掰玉米，突然发现地垄的草丛中卧着一只大白鹅。大白鹅也发现了他们，惊恐地呼扇着翅膀试图飞起来，但一只翅膀耷拉着，飞不起来。秦卫花紧跑了几步，将那只大白鹅揽入怀中，发现它和家养的大白鹅长得有点不太一样，疑心是传说中的天鹅。秦卫花仔细地检查了它的翅膀，发现那只耷拉着的翅膀受伤了，伤口已经化脓，她立即抱起那只鹅，去村部的兽医站。兽医站的王医生看了看秦卫花怀里抱的鹅，又看了看翅膀上的伤口，对秦卫花说："这是只天鹅，它的伤我治不了，是弹伤，有许多霰弹片在伤口里，取出来太费事，不用给它治，活不了。虽然是天鹅，但毕竟也是鹅，回家给它宰了，还是一锅好肉。"秦卫花怔怔地听完王医生的话，又看看怀中的天鹅，一股莫名的伤感涌上心头：这就是传说中的天鹅？真是落地的天鹅不如鹅。秦卫花仍不死心，恳求王医生救救它，但他却锁上兽医站的门，骑上摩托，跟着在兽医站排队等他多时的农户一起去给人家看鸡瘟去了。王医生在摩托车上头也不回地甩下一句话来："不管天鹅还是家鹅，都是给人吃的，没啥金贵的。"

秦卫花看看怀中的天鹅，迟疑了一会儿，走向旁边的小诊所，诊所内没有病人，只有一位三十多岁的女医生，秦卫花恳请女医生救治一下天鹅。女医生笑道："我只给人看病。"秦卫花说："你就把它当人治。"女医生又笑道："当人治？你准备出多少医药费？取霰弹片特别费时间，取不尽，留下一个弹片屑，前功尽弃，属于无效救治，我花大半天时间取这只鹅身上的弹片，有病人来了我咋办？我不给人看病，在这摆弄一只鹅？"秦卫花嗫嗫地说："你看收多少钱合适？价钱你定，这会儿没病人，你先治着，等有病人来，你先给病人看病，给病人看完病再接着给它治。"女医生正色道："治疗费恐怕够你买十只鹅的啦，你还要给它治吗？"秦卫花认真地点了点头。女医生不知是受了秦卫花情绪的感染，还是因为没病人又不想放弃挣钱的机会，答应给鹅做治疗了。

女医生开始给天鹅清理伤口，天鹅好像知道是在救治它，乖乖地配合着医生，一双黑溜溜的眼睛温柔地注视着秦卫花。女医生对天鹅那只受伤的翅膀做了局部麻醉，将伤口周围的羽毛清除干净，用镊子一点点地将弹片取了出来，然后将伤口缝合包扎。幸而整个救治过程中没有病人来。女医生又给秦卫花一些药粉和包扎物，告诉她隔天替鹅换一次药："估计换三次药就痊愈啦。"结账时，女医生说："给三百五十块吧，不能再少了，够买十只鹅的啦。"秦卫花下地干活，身上并没带钱，和女医生商议把鹅留置在门诊，回家拿钱，女医生笑说："你要不来，我就亏大啦。"秦卫花羞涩地笑道："放心吧，不会的，我马上就回来。"女医生此时也没有更好的办法，只好答应她。秦卫花一路小跑回到家，拿上钱，骑上她妈平时赶集骑的小三轮车，又在三轮车的车厢里放了一个大柳篮，大柳篮里铺上厚厚的一层玉米叶，赶往村部的小门诊去接天鹅回家。女医生见秦卫花如约而至，长舒了口气，说："看你这么诚心救这只鹅的分儿上，我再少收你五十块钱，只收药钱，不收救治费啦。"秦卫花笑着说了声谢谢，在女医生的桌子上放了三百块钱，抱起天鹅就走。这时正有俩病人在诊所看病，秦卫花把天鹅放进柳篮里，骑上车，远远地听见女医生跟那俩病人说："在城里待了几天，就装城里人，花三百块钱给一只鹅做手术。"

天鹅的到来，为秦卫花的生活平添了许多快乐，她当然不敢告诉父母救治天鹅花了她三百块，母亲问她时她只道："三块钱。"张大妮说："恁贵，还不如直接杀了吃划算，再喂到过年，长出的肉也未必够这三块钱的。"秦卫花低头不语。

农村的晚饭时间和日光对应，秦卫花和家人总在天擦黑时开始吃晚饭，吃完饭，天色就暗了下来，秦卫花伴随着日光的节奏，进入了深深的睡眠。在梦中，她看到了秦自然在她前面的路上走，背影对着她，她想喊他，喉咙却发不出声音。

一个星期庄稼人的高强度体力劳动，没让秦卫花感到疲劳，反而让她感到莫名的轻松。每天在秋日艳阳的照射下劳作，那金灿灿的阳光仿佛进入了秦卫花的身体，让她内心又升腾起了金色的希望。秦卫花仿佛又回到了她的十七岁，那个有主见、有梦想、无惧无畏的小姑娘又回来了。笑意又回到了她的眼里，回到了她的嘴角，她暗暗地发誓，一定要混出个人样来，让秦自然和他的妈妈仰视她。

村口小卖部的老板转告秦卫花，说北京的理发店联系好了，近期她就可以去北京。天鹅的伤口已经痊愈，但刚刚痊愈的翅膀大概不适合长途飞行，天鹅仍安然地住在秦卫花给它准备的窝里——那个放在屋檐下的大柳篮，没有离开的意思。秦卫花便留在家里陪天鹅，继续和父母一起下地干农活，等天鹅彻底恢复，能自主飞行后自己再动身北上。

一天早晨，天刚蒙蒙亮，秦卫花听见空中传来天鹅的鸣叫声。她立即穿上衣服，来到院子里，只见一只天鹅在院子的上空盘旋鸣叫，而自家屋檐下的那只天鹅一边应和着，一边展开翅膀冲向秦卫花，用喙在秦卫花的手心啄了几下后便飞向天空。秦卫花抬头仰望着那只天鹅，那只天鹅在秦卫花的头顶盘旋了几圈，鸣叫了几声，恋恋不舍地向南飞去。秦卫花打开大门，跑向旷野，目送天鹅消失在天际，直到再也看不见才折回家来。张大妮起床发现鹅不见了，问秦卫花，她说飞走了，张大妮抱怨秦卫花没有用篮子把鹅罩起来，白花了三块钱的医药费和近半个月喂养的心血。秦卫花默不作声，只是低头抿着嘴偷笑。

秦卫花带着她刚从地里收获的小米，回到美伦美发中心，再次向老板表示感谢，并记下老板推荐的那家理发店的名称、地址和电话。秦卫花买好了去北京的车票，把行李从美伦美发中心的集体宿舍里拿出来后，才打电话告诉两个姐姐，说她即将到北京打工，两个姐姐很吃惊，是什么原因让小妹突然决定来北京呢？但小妹向来主意正，也没再多问。秦卫花告诉姐姐们她已经联系好了即将打工的理发店，准备住集体宿舍，等安顿好了再去见她们，不用姐姐们接站，下了火车她自己直接打车去理发店。

中州到北京的 180 次火车，晚上十点多从中州发车，早晨到北京，中州市的人民欢喜地称它"夕发晨至号"。车上有半数以上的车厢是卧铺车厢，卖得最好的票也是卧铺票。那时在中州工作的公务人员到北京出差，大都会选择这一趟车，夜里在车上睡一夜，第二天早上六点多到达北京西客站。白天在北京办理公务，晚上还有时间搞宴请，宴请结束，赶对应的回程车181次列车的时间仍然很宽松，晚上十点半从北京发车，次日早上七点左右到达终点站——中州站。

第四章

1

秦卫花决定犒赏自己一下：买了一张 180 次火车的卧铺票，她计划好好地睡一觉，然后精神焕发地前往新的工作岗位。在北京西客站的出站口，秦卫花意外地看见大姐和李春根正对着出站口站着，眼睛在出站的人群中来回扫视，显然是在找她。她暗想，李春根咋也知道她来北京呢？看见秦卫花，大姐忙笑着迎上来，说："听说你要来，春根主动提出开车来接，我想你带的行李也多，有个车总方便些。"大姐边说，边去接秦卫花身上的行李，李春根笑着对秦卫花说："老板的面包车正好在我这儿，今天需要拉装修工具到新工地，那是八点钟以后的事情，正好可以先来接你，再去工地也不迟。"秦卫花看了李春根一眼，李春根看她的眼神，不再是从前的那种灼热，而是带着淡淡的忧郁。上年的春节期间，李春根曾经托媒人去秦卫花家提亲，被秦卫花拒绝，理由是：现在顾不上考虑婚姻问题，等攒够钱开个自己的理发店后再说找对象的事。这话在李春根听起来，是秦卫花看不上他而找的借口。

春根的父母又托人给他介绍了几个女孩儿，春根相了相，都不满意。他对赵二春说，只要秦卫花没有结婚，他就等着，啥时候秦卫花嫁了别人，他再开始找。秦卫芝认为李春根老实厚道能干，又稀罕秦卫花，是打着灯笼也难找的好妹夫，但不知妹妹拗的是哪根筋，为啥看不上李春根。这次秦卫花要来北京打工，秦卫芝第一时间把这个消息告诉了李春根，李春根便一起到火车站来接秦卫花了。经过前两次的打击，李春根也不太敢奢望什么。但为着今天一早要接秦卫花，他连夜把那辆拉工具的面包车认真清洗了一遍。

在车上，李春根故作调侃地问："秦大师傅如何舍得大中州来北京啦？"秦卫花笑着说："不要花搅我好不好？中州再大也大不过北京，前几年刚学理发，那技术水平实在不敢来北京，现在经过几年的实际操作，感觉或许能在北京混下去，何况现在大姐、二姐都离开中州到北京来了，我自己一个人留在中州还有啥意思？"这是平常的实话，李春根听起来却不禁有点暗自窃喜。听这话，秦卫花心里除了姐姐们，并没有其他的羁绊，那她拒绝自己，并不是因为心里有了别人？真的是忙着攒钱开理发店而顾不上考虑婚姻问题？李春根又问："听大姐说你已经联系好工作的理发店啦？"秦卫花点点头，说："是，是我在中州工作的理发店老板帮忙联系的。"李春根笑着说："你真牛，你炒老板的鱿鱼，老板还帮你！"秦卫花笑着说："我有啥牛的，是我们老板人好，再说，我离开中州也不会带走她的客户，对她没坏处。"李春根又问："你即将打工的理发店在哪？"秦卫花回答说是万寿西路的黑贝美发美容中心，李春根故作夸张地说道："你真牛！那家理发店很高档的，我们老板的老婆常到那家店里做头发，还有许多大官的家人也在那里理发呢！"秦卫花疑惑地问："为什么只是大官的家人去那理发，那大官呢？大官不去吗？"秦卫花的问题让李春根突然感觉自己比秦卫花见多识广，自信心瞬间暴涨，顿了顿，说："大官出门都需要安保，所以不到理发店理发，都有专门的理发师，他们也是国家干部呢。"李春根的话让秦卫花意识到自己的见识原来真的很少，同时又升腾起一股莫名的希冀：我要是靠理发当上国家干部就好了！又想：秦自然和他妈肯定是不知道理发也能当国家干部的，他们不过是坐井观天的井底蛙而已！想到这儿，一丝笑意从秦卫花的眼底升起。

　　黑贝美发美容中心离北京西客站不太远，大清早，路上车辆很少，李春根开着那辆洗刷干净的面包车，和秦卫花、秦卫芝聊着天，仿佛转眼就到了黑贝美发美容中心。他们来得太早，理发店还没有开门，秦卫花站在理发店门口，感到这家理发店气派非凡：门脸很宽，巨大的霓虹灯招牌昭示着这家理发店规模巨大。据美伦美发中心老板介绍，黑贝不仅仅是理发店，还做化妆和整形。共租赁了三层门面，每层面积有近千平方米。一楼美发，二楼化妆和形象设计，三楼做医美整形。常有明星到黑贝做造型，如果幸运，碰巧被某个明星看上聘为助理，对于理发师来说可就是一步登天，换个天地生活啦。秦卫花对大姐说："你们回去吧，我在这里等店开门。"李春根道："不急，先吃早饭，吃完早饭我们再走。"正好旁边就有一家早餐店，李春根招呼秦卫花和大姐进店坐好，忙着端早餐、付钱，秦卫花争抢着付钱却未果，大姐端坐在那里，一副心安理得的样子。秦卫花感觉有点不自在，觉得占李春根便宜不好，大姐笑着说："春根不是外人。"吃饭时，李春根提议说："晚上叫上几个老乡，给秦卫花接个风，庆贺秦卫花来北京发展。我请客，请大家吃北京的烤鸭。"大姐笑而不语，秦卫花忙道："不行，我刚来，需要安顿的事太多，等一切安排好了，我请老乡吃饭，算我向老乡们报到。"大姐觉得秦卫花说得有理，也劝李春根，等卫花安置好了再说。

吃完早饭，春根、秦卫芝与秦卫花告别，留下秦卫花独自在黑贝美发美容中心门口等候开门，李春根赶往他的装修工地，秦卫芝忙着赶回赵二春承包的建筑工地。赵二春已是一个小包工头了，但是，由于没有自己的公司，接不到一手的活儿，只能领着一帮人接一些正规建筑公司转手的活儿。能接到二手活儿已算是幸运的，多数时候只能接些转了三四手的，就这样，也比单纯当砌墙工收入多。秦卫芝则负责给这帮人做饭，为了能让工人们既吃好又省钱，她每天天不亮就去蔬菜批发市场，为了方便买菜、买材料，家里也置办了一辆小面包车，雇了个司机，秦卫芝已俨然一副小老板娘的模样了。

　　二姐秦卫红和周家成上一年春节期间举行了婚礼，婚后，秦卫红跟随周家成到饭店打工，因她没技术，只能做服务员。秦卫红和周家成关于未来有两种打算：期盼周家成能晋升为饭店大厨，月薪将高达七八千元，一个人的收入就能养家，将来秦卫红怀孕有娃了，就可以在家歇着全职带娃；如果周家成不能成为饭店大厨，他们就一起辞职，开个夫妻小饭馆，自己做老板。两者比较，自己开饭店，干好了，钱不少挣，但人会很辛苦；干不好，亏本也正常，不是所有的饭店都挣钱的，常有经营不下去被迫关门的。周家成是个不愿意多操心的人，这么多年一直在别人开的饭店里当厨师，按时上下班，干一个月领一个月的钱，很自在，做别人饭店的大厨是他首选的奋斗目标。

　　秦卫花坐在黑贝的门口，从包里拿出一本时尚杂志翻看着，等待开门。

　　九点半，到了黑贝开门营业的时间，门被人打开，卡着点来上班的都是学徒工，他们打扫店里卫生，为师傅们上班做准备工作。秦卫花见开了门，主动上前做了自我介绍，然后就和他们一起做店里的整理工作。十点钟，初级理发师们准时到店。黑贝美发美容中心的初级理发师上下班时间是固定的，主要是为临时光顾的客人们服务，初级理发师的工资待遇由基本工资加提成两部分组成。十点钟后，中级师傅和大师傅才陆续到店里。中级师傅和大师傅只拿提成，没有基本工资，所以上班时间自由，他们都有自己相对稳定的客户，客人如果来理发，一般会提前预约，排好时间顺序，避免客人扎堆，耽误他们的时间，大师傅只要赶在客人到店之前到达即可。

十一点，黑贝美发美容中心老板来到店里，是个男的，秦卫花第一次遇见男老板。老板征求秦卫花的意见，问她是从初级理发师还是从中级理发师干起，秦卫花说："试试中级吧！"老板告诉她，黑贝的中级理发师理发基础价是六十八元起，没基础薪，店里不给中级师傅和大师傅提供集体宿舍，因为中级师傅、大师傅的收入都比较高，有能力选择比集体宿舍更好的居住环境，如果秦卫花不嫌弃集体宿舍的居住环境，可以为她提供集体宿舍。于是秦卫花选择以中级理发师的身份住进店里为学徒工和理发小师傅们准备的集体宿舍。

宿舍就在黑贝美发美容中心的地下负一层，三百多平方米的面积被隔成两部分，一部分住男员工，一部分住女员工，老板很人性化地对地下室进行了改造：男女宿舍各有一个卫生间，装有排风系统，房间里感受不到难闻的味道，地下室有五十厘米的墙体露出地面，露出地面的部分开了几个小窗子，安有钢筋窗棂和玻璃推拉窗，挂着花布做的小窗帘。女生宿舍还剩有三个空床铺，但位置都不太好，秦卫花挑了个相对较好的床铺安置了自己的行李。所有的床都沿墙而放，宿舍中间的空地上有两排定做的柜子，柜子高度直到房顶，将宿舍隔成了两部分，增加了私密性，柜子背靠着背，便于大家取放物品。秦卫花挑了一个空柜子，柜子分上下层，内置衣服悬挂架，柜子均配有暗锁和钥匙。这个宿舍的内部设施比在中州的宿舍好多了，秦卫花对这里很满意。

2

当天，秦卫花就正式上岗了，老板分配给她一个操作台，台镜一侧的边缘处贴着她的名字。秦卫花本做好了坐一个月冷板凳的准备，没有熟识的顾客，谁会冒险让一个似乎是生手的她上手理发呢？上天似乎很眷顾秦卫花，当天下午她就开张了，不仅开了张，而且很繁忙。为了庆贺开工大吉，晚上下班回到宿舍，她提出请全宿舍的姑娘们吃馄饨，姑娘们立即欢呼雀跃地响应。她们年龄都不大，还处在胃口好、消化旺的生长期。理发店下班又晚，下班后常常会感觉饿，生活节俭的、想减肥的往往就饿着肚子睡觉，不想节约也不想减肥的往往吃个烧饼或泡碗方便面就简单解决了，吃馄饨可是奢侈的事！全宿舍有十五个人，这可不是小钱！而这钱对现在的秦卫花来说已不算是大钱，粗算了一下，今天开张的收入请大家伙吃馄饨绰绰有余。

北京，十月下旬的夜晚，空气中已有了很重的寒意，坐在馄饨店里，吃着热气腾腾的馄饨，姑娘们的内心是欢愉的，排排年龄，二十一岁的秦卫花竟是这里的大姐；排排学历，初中毕业的秦卫花竟是这里的高学历，她们中的大多数是小学毕业，虽然有五个人曾上过初中，但没等初中毕业就出来打工了。

黑贝美发美容中心和美伦美发中心结算工资的日子竟然一样，都是每月五号发上个月的工资，十月仅在黑贝上了四天班的秦卫花，十一月五号的工资单上显示应领工资是一千一百一十三元，店里不发现金，都是直接转账到员工的银行卡里，在黑贝财务人员的帮助下，秦卫花办了人生第一张银行卡，但她不习惯用，还是喜欢用存折，以前每次领了工资，预留下必要的生活费，她就到银行把钱存起来，看见实实在在的数字写在存折本上她才安心。

做理发师的第一年，秦卫花连个存折也没有，虽挣了两个月的工资，但第一个月的工资分给大姐、二姐了，第二个月虽然赶上春节前的旺季，挣了好几千，回家过年上交给父母一千，给出嫁的大姐买了个金镯子也就所剩无几了。第二年，秦卫花拥有了个活期存折，一年下来虽然挣了两万多元，但过年给父母三千，给同样在春节结婚的二姐买了个金镯子，自己添了几身衣服，衣服大都是从布匹批发市场买的布料，找裁缝们按秦卫花自己设计的样子做的，布匹市场的老板们喜欢现金，裁缝们更是只收现金，秦卫花不需要刷卡付账，心底也认为自己离刷卡付账的日子还远着呢。到年底盘整一年的盈余，不过区区万元，便从活期里取出来，索性存了个三年死期，弄了张定期存单。第三年，也就是今年，三月份跳槽到美伦美发中心，收入虽高了许多，但才干了半年多，收入也不过两万多点，除去日常生活开销，余钱皆存在活期存折里，来北京之前，秦卫花把存折里的钱转存了一张一万五千元的存单，其余的钱取成现金带在身上，看着存单上的数字，摸着实实在在的钱，秦卫花心里才踏实。第一次拿银行卡，秦卫花对钱是否安然在卡里还有点不放心，但看那些学徒工们都一副习以为常的样子，也渐渐放下心来。

秦卫花很快尝到了银行卡给她带来的好处。

李春根一直惦记着给秦卫花接风的事，但因为大姐每天要给工人做饭，二姐和二姐夫在饭店上班，吃饭时间正是他们的上班时间，一直凑不齐。后在大姐夫赵二春的召集下，才终于在烤鸭店聚齐了。除了秦卫花的家人，还有李春根的弟弟李春树。兄弟俩在同一家装修公司干活，春树已结婚多年，孩子都满地跑了。另外还有两个和李春根同村、也在北京打工的老乡。在座的每个人都知道李春根喜欢秦卫花，席间，气氛轻松和谐，人们看似不经意的话语间，不时流露出暗示两人很般配的弦外之音，李春根当然很受用，秦卫花虽不再惧怕李春根那双冒着火的眼，但总感觉和他有很强烈的距离感。她以前一直怕李春根看自己的眼睛，那双眼睛冒着火，仿佛要穿透她的身体，将她燃烧，秦卫花怕那两团火。但自从看到原本温文尔雅的秦自然眼睛也会冒火后，她对李春根眼里的火不再像以前那样害怕了，何况那两团火里现在还多了些许的忧伤。秦卫花明白，这顿饭如果让李春根请了，大有宣告她和李春根的关系非同寻常的意味，她不想这样，至少现在不想这样。席间，趁大伙不注意，秦卫花悄悄离席，到收银台把账结了。这顿饭真的有点贵，三百九十八元，还不包括酒水，酒水是李春根从超市买好带过来的，好在卡里有一千多元呢，秦卫花模仿在电视里看到的刷卡镜头，动作娴熟地刷卡结账。

　　吃完饭，李春根气宇轩昂地去埋单，却被告知已经有人付过钱了，李春根生气地问谁付的钱，大家面面相觑，猜到是秦卫花。大姐问："没见你拿包，你咋付的钱？"秦卫花笑道："我刷的卡。"大姐惊呼："你有银行卡了？"转脸向赵二春撒娇道："三妹都有银行卡了，我也要有，你给我办一张呗。"赵二春笑道："好，给你办一张。不过我可给你办不了，银行卡必须自个儿拿身份证去办，我办的卡只能写我的名，当然你可以拿着用。你要卡有啥用呀？你哪里需要刷卡？菜市场只收现金。"秦卫芝继续和丈夫撒娇，闹着要一张自己名下的银行卡，赵二春笑着说："好！吃完饭第一件事，就去银行给你办张卡。"李春根从包里拿出五百元递给秦卫花，秦卫花坚决不收。眼看李春根的面子挂不住，大姐忙打圆场道："这钱你替三妹先收着，以后再用这钱请客。"李春根说："你们都忙着挣钱，我请你们，你们也没时间吃。"大姐说："谁让你请我们了，今天又不是我们付的钱，你请三妹自己就行。"李春根哭丧着脸说："请她？她不吃咋办？"大姐笑着对秦卫花说："别让春根作难，你负责把今天的饭钱吃回去。"听大姐这么说，秦卫花只好微笑着点点头，李春根刚才还沮丧的心情立即好了起来。

3

2003 年的元旦中午，李春根到理发店请秦卫花吃饭，秦卫花爽快地答应了。自从上次在烤鸭店为秦卫花接风以后，李春根曾多次来找她请她吃饭，秦卫花虽乖乖地同他一起出去吃，但是每次都以一会儿有顾客为由，就近在理发店旁边的小吃店要份简餐。李春根很想和她单独多待一会儿，但嘈杂的小吃店显然不是合适的地方，每次吃饭都像是搭伙吃饭的同事，而今天，秦卫花主动提出到咖啡馆里坐坐，这对于李春根来说是意外的惊喜。

离理发店不到三百米的街边，就有一间咖啡馆，装修得很豪华。秦卫花还不曾去过，每次路过，她都会想象一下咖啡馆里面的样子，幻想哪天不忙时去坐一会儿，喝杯咖啡。

秦卫花和李春根一同上了咖啡馆的二楼，找了个靠窗的位置坐下，秦卫花透过窗子往远处眺望，心想：如果不工作，还有钱花，每天都能来这里坐着多舒服啊。服务员走过来，微笑着把点单本递给李春根，他则憨笑着转递给秦卫花，说："我没来过，不知啥好，你点。"秦卫花接过菜单，从头翻到尾，最终点了一瓶标价最便宜的红酒，然后把菜单递给了李春根，让他点菜。秦卫花主动点了一瓶葡萄酒，这让李春根有点意外。悠扬的萨克斯曲衬托出咖啡馆的静谧，也增添了一份浪漫气息。酒上来了，秦卫花拿起酒瓶，给李春根倒了一杯，也给自己倒了一杯，然后端起酒杯，说："元旦快乐！"李春根有点受宠若惊，不知道她今天为何这样好兴致。连忙端起酒杯，一饮而尽！秦卫花笑着说："红酒不能像喝白酒那样一口干，要一小口一小口地慢慢品。"她一边说要慢慢品，一边却大口大口地喝。

一瓶酒很快就喝完了，秦卫花小眼睛里的笑意不见了，两颗大大的泪珠无声地流了出来，李春根被惊得有点不知所措。秦卫花抽泣着对他说："我原本以为，我们和城里人是一样的人，没有高低贵贱之分的，不同的只是他们的家在城里，我们的家在农村，但我们和他们是平等的。直到今天我才知道，那些城里人，所谓的那些有城市户口的城里人，即使是靠体力吃饭的工人，也看不上我们，认为我们是低他们一等的。可是我们的课本上，明明写着所有的人都是国家的主人，为什么城里一个普普通通的工人都自认比我们高一等？而且他们每个月挣的钱还没我们挣的多！为什么会这样？"面对秦卫花突如其来的问题，李春根不知道如何回答是好，这是他以前没有考虑过的，他一直在想如何挣钱，将来好在村里分给他的宅基地上盖一栋漂亮的房子，娶一个他喜欢的女人做媳妇，生俩娃，这是他的人生理想。他从来没有考虑过人与人之间地位是否平等的问题，好像一直以来，社会就是这样的，没什么好奇怪的。在李春根看来，农民们种地，工人们在工厂干活，干部们坐办公室喝茶、看报纸、开会，一切都是理所当然的。现在的政策比以前好多了，过去农民只能在农村种地，现在可以到城市打工、做生意，挣钱的路子比过去单靠种地多了许多。有些城里人，还没有自己这样进城的农民挣得多，没什么了不起。何况，他们啥时不想在城里干了，可以回农村老家继续种地，可城里人，想去农村待，还没地方呢！那些在城里挣了足够多钱的农民，还可以在城里买房安家。秦卫花说的这些问题，过去从没在李春根的脑袋里停留过，今天，被她一问，突然都跑了出来。秦卫花边哭边说，絮絮叨叨地说了很多，既像是跟李春根说，又像是自言自语。

秦卫花哭着说着，竟然睡着了，李春根也不敢动，坐在茶几对面的沙发上，看着半躺在沙发里已入梦的她，还有两滴泪挂在眼角。李春根猜测，秦卫花肯定是和顾客发生了争执，争执中那个自傲的顾客恶语中伤了她。李春根想到这里，内心不禁颤抖了一下，暗暗发誓一定要努力挣更多的钱，来养活秦卫花，那样的话，她就不用再理发了，也就不会受顾客的气了。他要让秦卫花骄傲地、尊贵地活着，不允许有人看不起她，更不允许有人认为她低人一等。他知道这不容易做到，但他相信，只要足够努力，他一定能够给秦卫花更好的生活、让人羡慕的生活。

李春根不知道的是，秦卫花前天接到了美伦美发中心一个小姐妹打来的电话，说秦自然元旦要结婚，婚礼当天请她去给新娘盘头，问秦卫花回不回去，并在电话中说秦自然的媳妇很漂亮，是之前高考落榜的农村姑娘，因为没考上大学，又不甘心当农民，就经人介绍嫁给了秦自然。

2003 年的春节快到了，北京城洋溢着浓郁的节日氛围。这天晚上，秦卫花姐妹三人又聚在了一起。原因是二姐秦卫红准备在北京买一套小房子，召集姊妹一起商量。她和周家成看上了一套建筑面积近五十平方米的小房子，在西三环附近，年底促销，一平方米四千元，总价下来近二十万，首付四万，秦卫红和周家成手里现存的钱刚好够首付款，剩下的按揭，每个月还款不到四千元。周家成刚刚被提拔成了大厨，月工资涨到了八千元，只需他工资的一半用来还房贷即可。大姐说要买就买个大点的，至少得有两间卧室，将来有孩子，也需要房间。二姐说买大的首付不够，秦卫花说："回家跟爸妈借点。"秦卫红结婚的时候，二姐夫家给了三万块钱的彩礼钱，全部被父母留下了。在秦卫花看来，如果买个七十多平方米的两居室，首付也不会超过六万，回家跟父母借两万应当是可以的，父母的钱存在那里也没有用，弟弟结婚还要好几年，而且只是借，将来还要还的，又不是白要。大姐二姐齐声道："你不了解爹妈，钱到他们那里是不可能借出来的，他们会误认为我们不想还呢。"秦卫花沉思了一会儿对二姐说："我这里存了两万块钱，你先拿去付首付，买个大一点的，至少买个两居室的，将来我也可以去你们家住住，也算我在北京有家了。"二姐没想到小妹这么慷慨，感动得眼泪都快流出来了，但想到秦卫花也已到了谈婚论嫁的年纪，可能很快也会面临婚姻问题，就推辞道："你也不小了，眨眼也就到了需要用钱的时候，你的钱还是自己留着用吧。"秦卫花道："我连对象还没有呢，结婚早着呢，等我结婚的时候再跟你要，你不耽误我用就行。"二姐因太过感动，一时竟有些语塞，不知说什么好，仿佛说什么都不足以表达对小妹这份深情的谢意。

二姐秦卫红计划在北京城买房子，大姐也很开心：二妹在北京连房子都有了，那可不就真成北京人了？大姐也动了心，也想在北京城买个房子，大姐夫道："要说钱，我们也算有，但都是欠账，结不了现钱。我现在是揣着一堆账单，这账单如果能变成钱，咱们还首付啥？直接全款。"秦卫花说："你现在干的建筑活儿，建的都是房子，如果现钱不好要，你直接要成房子不就行了？"大姐夫一听，觉得秦卫花说的有道理，连连称赞她聪明，主意好，说多读了几年书的人脑子就是活，高兴地对老婆秦卫芝说："你别眼馋二妹他们在北京买房了，我这就回去跟包给我活儿的老板商量，把欠我的工程款折成房子。"秦卫花并不认为自己聪明，她觉得这都是明摆着的事，是动动脚指头都能想到的。北京这地方挣钱比在农村种地容易得太多，也比中州挣钱容易，既然准备将来继续在北京挣钱，总得有一个住的地方，如果能在北京买个房子，那是再好不过的事情，住得安生，干起活来心里才踏实。至于建议大姐夫把欠条变房子的建议也没多高明：讨要账款是为买房子，而人家没钱有房子，两者相抵不是最好的吗？

2003 年的春节越来越近了，李春根所在的装修公司，已给工人们放了假，大伙都急急地回家准备过年了，李春根却留在北京没走，每天晚上到黑贝美发美容中心等秦卫花下班一起去吃夜宵。所谓的夜宵，不过是一碗馄饨或是几串羊肉串，吃完了，李春根送秦卫花到宿舍门口，看着她进了宿舍的门再回去。

这天晚上和往常似乎没什么不同，李春根和秦卫花吃完夜宵，并肩走在回宿舍的路上，边走边说着话，李春根的手仿佛是无意间碰到了秦卫花的手，就顺势把她的手握在手里，她也没有挣脱。秦卫花的手软软的，但有点微凉，李春根鼓起勇气，把手放进自己的羽绒服里暖着，并问："我托人提亲你为啥不同意？"秦卫花回道："我那时和你又不熟，再说，我觉得我离结婚远着呢。"李春根说："那现在呢？现在你觉得离结婚还远着吗？"秦卫花没有回答，李春根急切地说："过年回老家把咱俩的亲事定了吧？这样我就安心了。"秦卫花没吭声。面对她的默然，李春根内心一阵狂喜，他想，没有拒绝，就是答应了，这种事女孩子怎么可能直接答应呢？

第二天天刚破晓，李春根就来到秦卫花宿舍，敲窗子告诉秦卫花，他在门口等她出来一起吃早餐。秦卫花匆匆起床洗漱后走出宿舍，责怪李春根来得太早，李春根憨笑着说："我一夜没睡着，净想你来着。横竖睡不着，天一亮，我就来啦。我昨天说我们过年订婚的事你没有反对，我就当你同意了。订婚就需要戒指，现在北京已不流行金戒指了，都买钻石的，我怕咱们县城没卖的，不如先在北京买好？给你买戒指，当然要买你喜欢的，所以要你去挑着买才好，我又担心你上班忙起来没时间，就想赶个早，趁着商场早上开门这段儿，离你上班还有一个小时的时间，把戒指买了。"

秦卫花看着李春根憨厚的笑脸及刻意隐藏在眼底的两团火，不禁扑哧笑出声来。秦卫花的笑仿若万千只柔软的手抚摸着李春根，这个第一次见秦卫花就被她迷倒的男人，再也压不住在心头堆积了三年的火，一把把秦卫花搂进怀里，将自己灼热的唇盖在了秦卫花微凉的唇上，他要将她的唇暖热，像他的唇一样热！相对于高大壮实的李春根，秦卫花是娇小的，李春根低下头，刚好吻着她的额头，往下一探身，就逮住了唇。如果反抗，估计也无效，李春根的身体火热有力，隔着厚厚的棉衣，秦卫花感觉仿佛有一团火要从那个强壮的身体里蹦出来，钻进她的身体里。秦卫花没有反抗，自从被秦自然拥抱过后，她就喜欢上了这种感觉，她好久没有被拥抱了！李春根的怀抱是那样宽大火热，在这寒冷的冬日里，所有的人都需要温暖，秦卫花当然也不例外。此时的北京街头是冷清的，平时密集的人群仿佛一下子消失了，家在外地而在这个城市务工谋生的人，大都已陆续回老家准备过年了，只有公职人员还在坚守岗位。北京一向雾蒙蒙的天出现了少有的蓝，太阳刚刚跃出地面，淡黄色的晨光照在人身上，并没有暖的感觉。但此时的秦卫花，感受到的却是夏日正午阳光般的灼热，不知过了多久，李春根稍微松了松箍在秦卫花身上的双臂，松开了含在他嘴里的秦卫花的唇，用迷幻的眼神凝视着她："有了这一吻，现在让我做鬼都愿意。"秦卫花连忙用手捂住他的嘴，说："不许说这样不吉利的话。"李春根又探下头想继续吻，秦卫花用手阻止了他："大白天的，让人看着笑话。"李春根笑道："吻自己的媳妇谁敢笑话？"

吃完早餐赶到商场，商场还没开门，他们就继续相拥相吻着等。春节前夕是美发行业的黄金时间，秦卫花不舍得请假。上午十点多钟秦卫花要上班，只有一个小时的挑选时间，一向对时尚敏感的她第一天并没有挑选到合适的，第二天同样是无功而返，第三天已是腊月二十八，理发店也放假了。秦卫花有一整天的时间可以用来挑选戒指，李春根挽着她的手在一个个首饰柜台前流连。临近春节，商场的人很多，买首饰的人也很多，有女孩正在首饰柜台边挑戒指，看秦卫花也来到柜台旁就悄悄地走开换个柜台继续挑选，大概因秦卫花站在旁边，反衬得她们失色不少。而挽着秦卫花的李春根却是得意的，在他看来，所有挑选首饰的女人里，秦卫花是最漂亮的那一个，他媳妇是天下第一漂亮女人！

秦卫花终于挑到了一个让她满意的钻戒，戒指的造型有点像太极图，中间包裹着的钻石刚好一克拉。秦卫花记得曾看过一篇介绍如何挑选钻石的文章，称钻石超过一克拉才有收藏价值，不会贬值，将来如果万一遇到特别的困难，需要钱来救急，这个戒指是可以变现的。商场正在搞年终促销活动，钻石类饰品打七折销售，这个戒指折后价是九千九百九十九元。戒指戴在秦卫花的中指上正合适，秦卫花笑道："不合适，不是订婚用的，这是结婚戒指了。"说着就放下了戒指。秦卫花看上了这个戒指，但看着这个戒指的价格却犹豫了，便找了个离开的理由。他们继续去别的柜台看，转了好几个，李春根发现秦卫花不自觉地第三次路过存放着刚才那枚钻戒的柜台时，笑着对营业员说："开票吧，这个戒指我们买了。"秦卫花阻止道："太贵了，再看看吧。"李春根笑着说："你喜欢，我的钱又恰好够，就不叫贵。"听着春根的话，秦卫花心里甜滋滋的，想起秦自然曾跟她说："我们去酒店吧，我们明天就领证。"但从来没有跟她提起戒指的事。看着李春根拿着票去交款的背影，秦卫花深深地呼了一口气，仿佛要将积压在胸口的废气一下子都呼出来。她感觉身体轻松了许多，好像一个重担突然从身上卸了下来。李春根交完钱，营业员就把戒指戴在了秦卫花的手上，并递给她一个漂亮的首饰盒。秦卫花想把戒指取下来放进首饰盒里，李春根说："干吗取下来呢？放别的地方还没戴你手上安全呢。"秦卫花觉得李春根的话有理，便笑盈盈地看着他说："那我就先戴着啦。"秦卫花坚持要给李春根也买个戒指，李春根没有拒绝，在同一个柜台，花了九百九十九元给李春根买了枚白金男戒，他喜滋滋地要求秦卫花给他戴上。当秦卫花将戒指套在他手指上时，李春根再次用他那两团火一样的眼盯着秦卫花，逗趣地说："从今往后，我生是你的人，死是你的鬼。"看着李春根的憨劲儿，秦卫花不由自主地咯咯笑了起来，引得卖首饰的营业员也跟着笑了起来。

　　李春根和秦卫花挽着手走出商场，外面寒风刺骨，俩人的感觉却是火热的，仿佛走在夏日的艳阳下。李春根提议去吃火锅，秦卫花点点头。火锅是冬日大众的最爱，平时熙熙攘攘的火锅店在临近春节期间却冷清不少。在这个城市奔忙的人们大多不属于这个城市，在离春节只有两天的日子里，他们大都已回到久违的亲人身边，置身温热的亲情里，不再需要这火锅的温暖。秦卫花和李春根这两个火一样燃烧的人本也不需要火锅的暖，但他们需要一个温暖的地方诉说，规划共同的未来。

李春根看着坐在自己对面的秦卫花，眼神有些迷离地说："谢谢上天，我第一次见到你，就认定你是我媳妇，可是两次托人提亲都被你拒绝，真的很绝望。家人责怪我是个死心眼，张罗着帮我介绍了好几个姑娘，可我面对着那些人，脑子里却是你的影子，只好下定决心等你。我在心底对自己说，只要你一天不结婚，我就有希望。我把这想法跟赵二春说了，当时他还劝我，不要在一棵树上吊死，幸亏我没听他的。这叫老天有眼，所谓的'心诚则灵'不是虚言。"秦卫花听着李春根的话，想着元旦已经结婚的秦自然，不禁哑然，低头从沸腾的锅里夹起一块肉，蘸了蘸酱递向李春根，李春根则夸张地张大嘴巴，等着秦卫花喂他。他提议喝点酒，秦卫花道："开心的日子喝什么酒？人只有在不开心的时候才喝酒呢。"李春根耍赖似的说："我开心时更想喝怎么办？"秦卫花看着他的样子，笑道："好，成全你，给你弄瓶二两的二锅头。"秦卫花招呼服务员拿酒，递给李春根，让他打开瓶盖，准备亲自给他倒酒，李春根却说："不用恁费事，给你倒一杯，我直接对瓶吹。"秦卫花说："我一口酒也不想喝，我以水代酒陪你。"李春根嘿嘿笑道："酒喝着虽然有点辣，但感觉挺美的，这么好的东西你不会享受！"俩人边吃边商量打算请大姐夫做媒人，趁着春节歇工把婚订了。

大姐夫赵二春的工地早已停工，但他还在为讨要工程款到处奔波；秦卫红和周家成所在的酒店每年春节期间都正常营业，员工轮休，只有部分员工能回家过年。周家成因订婚、结婚连续两年春节都回家了，今年就和妻子双双留在单位加班。

年二十九，赵二春讨要工钱的行动不得不暂时停下，秦卫花、李春根坐着秦卫芝平时买菜用的小面包车，和赵二春两口子同车赶回老家过年。在长达六个小时的车程上，他们有充裕的时间商量李春根和秦卫花的订婚事宜。大姐道："那就定在年初六吧，初六是相亲的好日子。"秦卫花说："还相什么亲啊？都认识了，直接订婚好了。"大姐笑道："还没有结婚，就想着替老李家省钱，把相亲的费用给春根省了？替春根考虑得这么周全。李春根，你给我妹灌了什么迷魂药，这才几天哪，让我妹的心和你贴得比爸妈还近？你这五百块钱的饭也太值钱了吧，买了多少碗馄饨？这就把我妹的心买走了！看不出来，你憨憨的，哄人的本事够高的呀！但俺爸妈恐怕不会同意直接订婚，少一套相亲程序，就少一份彩礼，他们是不会答应的。"李春根只是憨笑不语，秦卫花说："咱爸妈也不是财迷，之所以把彩礼看得重，是为将来娶弟媳妇做打算，钱在他们那放着，也只是躺着睡大觉。我们现在都需要钱，如果有钱，春根就可以开个属于自己的装修公司，不用给别人打工，我也可以开个自己的理发店，挣更多的钱。等我们将来有钱了，娶弟媳的彩礼还是事吗？"大姐回道："父母的想法是嫁出去的姑娘泼出去的水，姑娘出门就是别人家的人了，只是门亲戚，帮把手的事或许能指望上，但如果用钱，只能算借的。白从姑娘家拿钱是让姑娘在婆家受气的门路，万不会用的。而嫁姑娘收彩礼，却是老规矩，彩礼越高，显着闺女的身价越高，越有面子，要是哪家嫁闺女不收彩礼，在村里会被人瞧不起的，人们会说这闺女没守住规矩！"听大姐这么一说，李春根忙说："那我们就准备两份彩礼，把两个程序合在一起办，但彩礼不少。"

4

　　四月初的北京，空气中已有了暖融融的气息，透过宿舍的玻璃窗，秦卫花看见初春的阳光敷在刚发芽的树叶上，闪着娇嫩的亮光，她打开窗子，让外面的空气流入宿舍。黑贝美发美容中心已经放假半个多月了，仍没有接到允许营业的通知，这半个月，可让秦卫花彻底歇够了。

　　由于"非典"，黑贝美发美容中心和许多公共场合一样，被责令暂停营业，秦卫花就被放了假。虽然放假，但有相关政策：跨地域流动到某地后，要有七天的隔离观察期，所以老家是不能回的；因公共场合存在传播"非典"的危险性，政府提倡不去人多的地方聚集，人们便大都选择了留在住地，静候危险的解除。

　　秦卫花本就算是美人，美中不足的是眼睛小了点，还是单眼皮，曾计划通过整形术把单眼皮打造成双眼皮，整形医生说她的细长眼型最适合做双眼皮整形，但由于一直要工作，没有术后休整的时间，做双眼皮的计划就被长期耽搁下来了。黑贝美发美容中心接到停业通知的当天，凑了个小空，她到本店三楼医疗整形部做了个双眼皮整形手术。现在半个月的时间过去了，手术部位基本消肿，她的小眼睛看上去大了许多，同宿舍的小姐妹都说她的这个双眼皮手术非常成功，让她看上去更美了，像换了个人！秦卫花看着镜子里的自己，开心地笑了。

　　秦卫花做双眼皮这件事，李春根是反对的，他说："你在我眼里已经是这个世界上最完美的女人了，不需要再美了，我担心我命薄，你太美我会受不起。"秦卫花安慰道："我们都订婚了，你还瞎担心啥？我虽在理发店上班，但只理女发，不接触其他男人，你有啥不放心的？我漂亮时尚，女顾客会更信任我，相信我对时尚发型有把控力，能给我带来更多的客户。"李春根觉得秦卫花说得也有道理，找不到反驳的理由，尽管心底仍不能接受，但既然秦卫花决定要做，他还是用实际行动表示支持。在问清手术所需费用后，没有征求秦卫花的意见，就直接把手术费打到她的银行卡上了。秦卫花原本自己预留了这笔费用，没想过用李春根的钱做手术，但看到他转过来的手术费，内心还是多了一份快乐。天下的女人，遇到所爱的男人愿意慷慨地为自己花钱，都会很开心的，甚至即使是一些自己不喜欢的男人，如果愿意慷慨地为自己花钱，也会让女人心生欢愉的，秦卫花当然也不例外。

赵二春听从秦卫花的建议，年前以账抵房，抵来了一套西三环边的三居室现房，年后就紧锣密鼓地开始了装修。按李春根的建议，水电设施的材质要选质量好的，需长期使用不易更换的厨卫设施也要用高质量的产品，避免以后出现需要经常修理甚至重换的质量问题，房间不做复杂的装饰，墙壁刷了两遍白色乳胶漆，地面铺的是乳白色瓷砖，灯选的都是简约的节能灯。整个装修用时不到俩月，大姐秦卫芝夫妇就入住了。这天，大姐请秦卫花、李春根、秦卫红、周家成和同村老乡到家聚餐庆贺乔迁之喜，秦卫花决定早点去，帮忙做饭兼招待客人，还为大姐准备了一套床上用品作贺礼。

大姐的房子离秦卫花工作的理发店不到三公里，秦卫花决定骑自行车去，"非典"期间，人们出行都尽量避开公共交通，秦卫花也不例外。

老乡们看着新房子由衷地羡慕，也真心地为秦卫芝高兴。秦卫芝说，这是她和赵二春的家，也是同村人在北京的家。老乡们附和着说这是他们村在北京的第一个据点，很快大家都会跟进的。席间，秦卫芝说赵二春搞建筑要账难，如果谁有全款买房子，就找赵二春买抵账的房子会便宜些，大家几乎是异口同声地说，谁手头能有那么多钱付全款？挣够全款，不知要挨到猴年马月了！大小好赖不管，只要手头的钱够首付就赶紧订个房，先有个窝再说，不然，两口子都不像两口子了。有人在席间说了同村一对小两口的笑话，他俩都住单位集体宿舍，实在想亲热又没地方，就跑到公园，被治安员抓住，要按卖淫嫖娼进行处罚，幸亏女的有准备，包里装着俩人的结婚证，才逃过一劫。大家当笑话一样听着、笑着，李春根看着秦卫花，原本喷火的眼睛又升起了一丝忧郁，他想，自己要尽快在北京有个房子，关上门的世界只有他和秦卫花。

虽在"非典"期间，李春根的装修活儿倒没咋停，收入也没受到啥不良影响；赵二春的建筑工地也正常施工，没有工人生病发烧。不是所有的人都那么幸运，同村另一个和赵二春一样搞建筑的包工头，承包的工地上有一个工人感染上了"非典"，工地被迫停工，工人全部放假，但放假的工人又不允许离开住地，每天还必须管工人吃喝住，损失巨大。赵二春说他的工地之所以没有人生病，多亏了秦卫芝，她不仅伙食上给工人们调剂得好，还从药店买来金银花等中药材，每天给工人们熬水喝，督促住简易工房的工人们保持好宿房的清洁卫生，还帮几个比较邋遢的工人洗床单，拆洗被褥。

最惨的是秦卫红和周家成，虽然饭店没被责令停业，但生意惨淡，工资减半发放，更别提奖金了。秦卫红的工资本来就低，减半发放后就更少了。但聊胜于无，两口子工资加起来勉强够支付房贷月供，幸好工作的地方是饭店，可以免费吃住。秦卫红说，现在真知道啥叫担惊受怕了，虽然工资减半发放，但总还有一半，如果像秦卫花那样全靠绩效拿工资就惨了，现在好歹还能凑够月供，但压力真大呀，如果疫情继续，工资再减，那就麻烦了。

秦卫花的双眼皮已经完全消肿了，但黑贝美发美容中心仍继续关门歇业，她整天困在宿舍里，实在憋闷得慌，就出去到处闲逛。"非典"以前，秦卫花最喜欢去的地方是商场，现在商场虽正常营业，但不是安全去处。有一次，她意外地发现各房地产公司的楼盘营销处是闲逛的好去处，这些地方都环境优美，服务周到，展现的都是高级生活的样子，那是秦卫花所向往的。于是，每天醒来，只要天气不算坏，秦卫花就步行或骑车，到不同的楼盘营销处闲逛。秦卫花的外貌对售楼小姐们很有迷惑性，她们都愿意相信秦卫花是带着买房计划来的，而秦卫花清楚地知道自己只能看看，因为她的银行卡里仅有的一万多块钱连买个卫生间也不够，理发店不知道啥时候才能重新开门营业，借给二姐的钱，以目前的状况看，她是无力归还的。但售楼部的环境让她流连忘返，每到一处，工作人员都会热情地端茶倒水，有的售楼部还免费提供咖啡、果汁甚至点心。

秦卫花看了无数个楼盘，原本只是闲逛，混点免费果汁点心，消磨着无所事事的日子，但东三环与长安街交叉口附近的一个名叫书香华城的楼盘却牢牢地吸引了秦卫花的注意力，她不由自主地去了很多次。这个楼盘所在的位置，交通极为便利，有车一族出门就可以上环线，无车族出门三百米就是地铁站。从楼盘营销处提供的推介宣传资料看，这是一个高端楼盘，配套设施极为高档，但房屋定价也高。"非典"期间，销售状况不好，特推出部分特价房源，即使是特价房，秦卫花也只能是看看，过过眼瘾。因为实在很喜欢这里，虽然买不起，但在售楼部待一待都让她感到很开心。秦卫花到书香华城售楼部已有五次之多，还和售楼部的销售员小贾一起吃了两顿客户餐，小贾认定秦卫花是真买主，只是目前还没有下定决心买哪里的房子而已。今天秦卫花再次来到书香华城售楼部，小贾一见她走进售楼部就兴奋地尖叫起来："姐，我正想着去哪里能找到你呢！可没有你的联系方式。今天上午我们公司刚决定推出一套超级优惠的商业用房，面积四十五平方米，一口价只要四十万，我们售楼部三个月没开张了，老板们实在着急了，才推出了这一套方案，就是为了能开张讨个彩头，今天刚定下来的优惠政策，之前对外报价是两万三每平方米，我们售楼部接到特价通知还不到一个小时，同事都说要联系亲戚朋友来买呢。"

　　秦卫花知道小贾没说谎，她对书香华城的房价早已了然于胸，甚至对北京四环以内的在售楼盘价格都一清二楚。秦卫花让小贾拿来特价房的户型图看，房屋所在位置紧邻小区的大门口，门脸有六米宽，将来可以用来开个理发店，在高档社区门口开理发店，费用也能收上去。最让她心动的是，这套商业房的层高竟然有六米六，可以加层做个小复式，买一套房子可以当两套用。小贾看秦卫花动了心，就趁热打铁说："我们自己都想买，但老板不允许员工及直系亲属购买，因为卖给我们达不到降价销售的宣传效果，你要是今天交了定金，这房子就是你的了，等到明天，说不定就卖给别人了。"

　　秦卫花知道小贾有营造紧张销售氛围的目的，但根据她近几个月逛楼盘售楼部积累下的商品房价格知识，可以确定这套房子基本上属于价格打对折在销售，房子的位置、户型都好，总价只要四十万，能买得起的人会很多，如果明天再来，房子真有可能已经属于别人了。可秦卫花哪里有四十万呢！小贾看出了秦卫花的心事，说道："首付二十万就可以了，剩下的可以按揭贷款。"秦卫花心想，二十万她也没有。但这房子仿佛有一种莫名的吸引力，将秦卫花紧紧地吸附在售楼部的沙发上，她想站起来离开沙发，离开售楼部，但她站不起来，身子不听使唤了一般。小贾善解人意地说道："如果手里没有现存的二十万也没关系，我们现在的房子还不属于正式销售阶段，可以先交个定金，等预售许可证下来，向银行申请贷款时再签订正式合同，那时把首付款二十万交齐就行了。"秦卫花忙问："定金多少？"小贾说："至少五万，多了不限。"秦卫花心想：五万元的定金或许能凑齐，如果理发店能正常营业，那余下的二十万元的贷款月供对秦卫花来说也不是什么难事，可那十五万首付去哪找呢？秦卫花觉得应当和李春根商量一下，听听他的意见，或许能得到他的支持。此刻，秦卫花第一次意识到有一个可以随时联系的移动电话的好处。幸而两个月前，李春根的老板将淘汰的手机下放给了李春根，李春根开了个小灵通号并在第一时间向秦卫花报告了号码，让有事给他打电话，而秦卫花还不曾主动打过。今天是第一次。秦卫花借用售楼部的电话拨通了李春根的小灵通。接到秦卫花的电话，李春根很兴奋，问她有啥事。伴随着李春根的声音，话筒里传来旁边工友的调侃："北京地邪，说曹操，曹操就到，刚说到嫂子，嫂子的电话就来了，以后你要是想嫂子了，念叨嫂子两声，嫂子就来找你了。"

秦卫花在电话里把房子的情况向李春根转述了一遍，以给别人装修房子为业的李春根当即判断这是个难得的好机会，果断地说："我卡里有三万五千多块钱，你那有多少，能凑够定金不？如果不够，我再向我弟弟借点，交上定金，把房子先定下来再说，剩下的十五万问题也不大，家里我还存了有十万块钱，原本是预备在老家盖婚房和娶你的彩礼，如果买了这套房，婚房缓缓再盖行不？娶你时彩礼可能会少点儿。"秦卫花听了李春根的话高兴地笑了起来："我卡上有一万七千多呢，你给我转三万三千块就行啦，买了这房，老家就不用盖婚房了，买房钱就算彩礼了，我们结婚简办，领个证，放挂鞭就成。"电话那头的李春根更兴奋，说："你等着，我这就去银行给你转钱，今天就把定金交了，不然，明天这房子可能就成别人的了。"

秦卫花放下电话，心里甜甜的，她感觉李春根简直是老天派来的天使，她想做什么，李春根不仅同意，而且支持，书上说的琴瑟和鸣是不是就是这样的呢？售楼员小贾听见秦卫花的未婚夫马上要给秦卫花转购房定金，一边高兴自己把这套房子卖了出去，可以挣提成，一边无比羡慕地对秦卫花说："你未婚夫是大老板吧？对你真好！你真有福气！"秦卫花笑而不语，内心却比喝了蜜还甜。小贾招呼售楼部的服务人员给秦卫花端来了咖啡、茶点，拿来了房屋认购合同，让秦卫花签字，秦卫花看到合同中写着：买方需先预付五万元购房定金，待卖方取得预售房屋许可证后，再签订正式购房合同，支付剩余十五万元首付款后，余款方可申请办理银行贷款；卖方在取得房屋预售许可证后，应立即通知买方签订在房管部门备案的正式房屋买卖合同，买方在接到卖方要求签订正式房屋买卖合同通知一个月内，不支付剩余十五万首付款，签订正式购房合同的，买方前期支付的五万元定金卖方有权予以没收不予退还，本认购合同自行解除。

秦卫花看着这些条款，有些犹豫，小贾道："有啥可犹豫的，等预售许可证发下来，房子肯定涨价，将来肯定大赚。"是呀，这个房子现在买都是极赚的，等到商品房预售许可证下来的时候，肯定更赚，何况，她需要用这房子作为开创未来幸福生活的基石呢！这套房在李春根手里会变成一套漂亮的复式房，楼下开店，楼上安家，上家下店多好！此刻的秦卫花，觉得这套房简直是专门为她量身定做的，稍稍犹豫了一下，就在合同的买方空白处签上了秦卫花三个字。不一会儿，李春根的电话又打到了售楼部，告诉秦卫花给她卡上转了三万五千元，秦卫花可以交款办购房手续。秦卫花娇嗔地说道："转三万三就够了，你干吗转那么多？"李春根道："不能让你把手里的钱花干哪！你们理发店现在歇业，没有收入，手里没有余钱怎么行？你手里留点钱，我才安心。"秦卫花感到眼睛有点发热，那是幸福从心底涌到了眼里，这个男人宁愿苦自己，也不让秦卫花受委屈。

秦卫花刷卡付了五万元的定金，通过售楼员小贾的指导，在许多张印了字的纸上签了名，所有的合同内容都是制式的，没有商讨的余地，秦卫花只能一一签字交钱。办完各种手续，秦卫花将合同和交款收据认真地装进随身背的小包里，拉好包链，郑重地把包背在身上，她感觉背的仿佛不是几张纸，而是沉甸甸的未来和希望。

5

秦卫花在售楼部小姑娘们充满艳羡的目光中走出了售楼部。西下的夕阳染红了半边天，马路边的绿植在落日的映照下，泛出玫瑰般的光辉。看着路边的风景，秦卫花第一次在这个城市有了归属感，觉得她是这个城市的主人了，这个风景属于她，也属于李春根。此刻，她的心仿若盛开的玫瑰，身体也是，她要去找李春根，要马上见到他，她需要他！到哪里去找李春根呢？他没有固定住处，装修工程在哪里，就住哪里，常常住在装修的房子里，既方便加班干活，又省了一笔住宿开销。她只知道李春根新接了个装修宾馆的活儿，却忘记问宾馆在哪里。想返回售楼部给李春根打个电话问一下，又觉得不好意思。只好先回理发店的宿舍，她想也许等她回去时，李春根已经在宿舍门口等她了。

　　秦卫花早上离开宿舍时，并没有预计到今天会干买房这么大的一件事。她骑着自行车出门，沿着长安街骑骑停停，逛了好几个售楼部，在一个售楼部吃了顿访客餐，又在一家售楼部喝了杯果汁，吃了点甜点，出门时想的是如何把这一天悠然地打发了，只嫌时间过得慢。而此时，秦卫花却有了紧迫感，她要立即回到理发店，用理发店的电话联系李春根，和他商量一下他们的未来。秦卫花双脚加快了蹬车的速度，身体因太过用力而开始冒汗了，心底升起了欢快的旋律！

　　秦卫花拐进理发店所在的那条街时，天已擦黑，远远地看见李春根常开的那辆面包车已停在路边。秦卫花停好自行车，环顾四周却不见李春根，走到面包车跟前，透过玻璃窗，看见他躺在后排的长座上睡着了。她轻轻地拉开车门，走进后排座椅前的过道蹲下身来，凝视着李春根的脸。这是一张黑红的脸，由于常年缺乏必要的清洁，毛孔黑乎乎的，看起来很粗大，鼻梁高挺着，厚厚的嘴唇，颜色却是黑红。

　　看着这张面孔，秦卫花内心升起无限的温柔与怜惜，不由自主地伸出她那修长白嫩的手，轻轻地抚摸着他的额头，在他那不宽的额头上轻轻地吻了一下。她的唇刚刚触到额头，李春根突然醒了，伸出有力的臂膀，将秦卫花揽入了怀中。李春根猛的一个翻身，秦卫花还没反应过来，就躺在了汽车的后座上，李春根结结实实地将她压在身下，脸对着秦卫花的脸，眼里含着笑，脸上的每个细胞也都在笑。他呢喃着对秦卫花说："刚才我还以为又是在做梦呢。你知道我有多少次是从这样的梦里醒来的吗？"秦卫花感觉仿佛全身的血都在往脸上涌，她猜想自己的脸此刻一定很红。李春根说："你太美了，我想把你吞肚里去。"说着，就用唇去吻秦卫花的眼，秦卫花顺从地闭上眼，李春根顺着眼继续往下吻，秦卫花的脸颊，鼻子，最后他紧紧地噙住了秦卫花那小巧的唇，用力地吸吮，像婴儿在吸吮母亲的乳头。然而，这已不能满足他了，他用舌尖顶开了秦卫花的嘴，他们的舌头纠缠在了一起。秦卫花闭着眼睛，浑身瘫软，身体的每个细胞都在发痒，渴望李春根有力的大手去抚摸。秦卫花感觉不是躺在汽车后座上，而是躺在家乡的麦田里，仿佛闻到了即将成熟的麦子散发出来的香气。李春根将舌头从秦卫花的嘴里移了出来，用舌尖去舔舐她的脖颈，手也在秦卫花身上不停地游走。很快，他不再满足隔着衣服游走，而是将手伸进了她的衣服内，迅速触到了那两个饱满柔软的球，他感觉浑身的血液都在沸腾，简直要从血管里迸出来了，而那个原本躲藏在茅草丛中的小鸟也突然变成了坦克车上的高射炮。秦卫花也感到了高射炮的存在并且那样滚烫，仿佛要把自己的衣服点燃。李春根撩开了秦卫花的上衣，将自己的头钻进她的怀里，舔舐着她洁白的酥胸，一点点地向最高地靠拢……舌头裹住了乳头，秦卫花发出了仿佛是痛苦的呻吟，而这呻吟在李春根听起来却是美妙的赞歌。

李春根的双手继续"开疆扩土"，开始沿着秦卫花的腰际下滑，此时的秦卫花用手紧紧地抓住裤腰，本能的反应是不让李春根把她的裤子脱下来。秦卫花在从售楼部回来的路上，是那么渴望着与李春根合体，可现在她为什么要拒绝呢？是少女在彻底交出自己之前的恐慌与不安，抑或，是紧张、害怕？百般纠缠中，秦卫花睁开了眼，眼前的景象吓得秦卫花失声地叫了起来，沉醉中的李春根被这一声惊醒，顺着秦卫花的眼神看去，只见车窗外趴了个脑袋，正费力地往车里看。待那个脑袋发现车内的人发现了他，"嗖"的一下逃开了，李春根的高射炮也瞬间缩身躲在茅草丛中不见了。豆大的汗珠挂满了李春根的头脸，秦卫花整理好被拉到颈部的上衣，坐了起来，心底似有万般委屈，眼泪扑簌簌地往下流。李春根一把将秦卫花揽入怀中，帮她擦拭着眼泪，内心充满了自责和内疚。秦卫花哭了一会儿也就停住了，静静地依偎在李春根怀里，与他商讨起未来的生活规划。

两人商定，等"非典"结束，政府取消行程管控时，立即回老家登记结婚。老家新房先不盖了，彩礼也不用给了，用原本计划盖房、娶亲的十万元交购房的首付款。如果借给二姐的两万元能在签正式合同前归还，首付就只剩下三万元的缺口了。两人认为这缺口不是大事，离签订正式合同还有好几个月的时间，有希望在这几个月内挣够三万元，即使挣不够，找亲朋好友借一下还是能借的。虽然不盖新房，但婚房还是要有的，幸而李春根的弟弟几年前就结了婚，盖了单独的新宅院另住，李春根和父母共同居住在老宅院。俩人计划把春根原来居住的房间简单装修一下，买个大床，置办些床上用品直接用来做婚房，回老家领结婚证时需要住上几天，将来也只有在春节期间或者回老家办事时才会临时住住，有个落脚的地方就行了，北京才是他们未来工作和生活的重心。

关于是否办结婚酒席，秦卫花提议领了结婚证的当天，跟李春根回他家，到家前先通知父母让人在大门上贴上喜字，俩人到家时放挂炮，就算礼成了。让春根父母在家里备上几桌饭，用来招待听到鞭炮声前来贺喜的邻居。李春根听后十分感动，轻抚着秦卫花的肩说："这是不是太委屈你了？"秦卫花柔声道："有啥委屈的？只要你一心对我好，我就不委屈。将来，除了你，没人能让我委屈。"听见这样动情的话从秦卫花口中说出，而且是专属于他李春根的，春根激动得不知说什么好，一时找不到合适的语言表达自己的心情，忽地从车座上滑下来，双膝跪倒在车厢地板上，举起右手，发誓道："我李春根生是秦卫花的人，死是秦卫花的鬼，今生今世愿为秦卫花当牛做马，如有不忠，让雷劈了我！"秦卫花忙用手捂住他的嘴，不让他再说下去。俩人合计得差不多了感觉有点饿，看看手表已是晚上十点多了，才想起晚饭还没吃。

李春根搂着秦卫花的腰下了车，锁好车门，顺着人行道往前走，准备找家上档次的饭店，喝杯酒，庆贺一下。庆贺他们终于在这个城市扎下了一条小根须！大概是时间太晚了的缘故，附近几条街的饭店都已关门，只有夜市的小吃摊还在营业。他们来到一个馄饨摊前，摊主是俩年轻人，像是小两口，看样子刚到北京不久，没有什么本钱，只好在夜里出来卖馄饨，可以省下不少费用，当然，卫生恐怕就难以保证了。秦卫花在低矮的小折叠桌旁坐下，李春根对老板喊道："来两碗馄饨。"馄饨很快就端上来了，也许太饿了，秦卫花吃得特别快，一碗馄饨很快就见了底，又端起碗嗞溜嗞溜地把汤也喝完了，对李春根撒娇道："没吃饱，我还要一碗！"李春根笑着说："今天置了家业有底气了？"转身对馄饨摊主说："再来两碗。"又笑眯眯地对秦卫花说："我今天也有底气了，就是特别饿，再来十碗也吃不饱。"秦卫花看着李春根诡异的表情，知道他的意思，但她能说什么呢，只好低下头继续吃馄饨。

李春根说："今晚你别回宿舍了。"秦卫花道："我不回宿舍去哪儿？"李春根说："我们去宾馆吧？"秦卫花道："我们没有结婚证，要让警察碰上，丢死人了。"李春根张张嘴想说什么，但终究没说出口。吃完馄饨，李春根习惯性地要掏钱付账，却被秦卫花拦住，秦卫花笑着说："我来付，从今往后，俺俩一同出门花钱，账都由我来结，你挣的钱都要交给我，不过我会给你留零花钱的，有意见吗？"说着，从兜里掏出一张面额五十元的纸币递给了摊主。李春根开心地哈哈大笑着说："求之不得，我以后只操挣钱的心，不操花钱的心。嗯，省了一半的心。"摊主收了钱找了零，秦卫花将找零的钱接在手里，笑着问春根："这点零钱你收着吧，我怕你连明天早餐的钱都没了。"春根笑道："谢谢媳妇关心体贴，我还给自己留了几百块钱呢，够我吃饭的了。"俩人边说边起身离开馄饨摊，往秦卫花的宿舍走去，秦卫花说："将来签正式购房合同，买方能写两个人的名字，把你的名字也写上。"李春根笑着说："不用，以后家里所有需要登记写名字的，都只写你的。你是我的，你的当然也是我的，干吗要再加上我的名字？如果将来你不要我了，我要那些东西也没用。"

春根的话像蜜一样浸润着秦卫花的心。她不禁停下脚步，搂住春根的脖颈，狠狠地给了他一个吻。李春根一边热切地回应着秦卫花的吻，一边说："你想让我自燃吗？"秦卫花低声道："我不是故意的，要是今天买的房子现在就能住该多好啊！"秦卫花的话倒让李春根心生愧疚，抱歉地对秦卫花说："都怪我，没先把我们的窝弄好！"接着又自我安慰似的说："现在就能住的房子，我们也买不起呀！多亏老婆大人运气好，眼光独到，抓到了这套房子。虽然暂时不能住，但早晚会住上，有盼头！我明天就给父母打电话，让他们在老家抓紧时间早点把我们的婚房布置妥当，等婚房弄好，我们就回去领证。虽然是旧房，但关上门也不会有人打扰我们。领了证，在北京，我们还可以去宾馆，不怕警察查房。"秦卫花说："领了证，我们先借租大姐一间房，大姐他们整天住工地，很少回家，她家房子有三个卧室呢，最小的租给我们就行。"李春根又担心地问："直接领证，你父母不同意咋办？"秦卫花说："不用问，他们肯定不同意，我回家偷偷拿了户口本把证领回来后再告诉他们。要是让他们同意，至少得给三万元的彩礼钱，那首付款的缺口就更大了。"秦卫花的话在李春根听来就是：我是你的，我以我们的一切为重，父母是次要的。这话于李春根而言仿佛是五百伏的高压直击心脏，因太过激动而导致身体不由自主地震颤，他在心底暗暗为自己庆幸，庆幸两次向秦卫花提亲均被拒绝都没有气馁，没有随便找个女人结婚。

李春根与秦卫花在马路边缠绵得难舍难分，五月初，北京的夜，空气仍是凉的，但两人的身体却都一直在冒汗，浑身湿漉漉的。夜已深了，两人仍不愿意分开，于是决定在车里过夜，因为傍晚时分受到的惊吓，不敢脱衣缠绵，只能和衣相拥在车里同眠。

6

第二天早晨，李春根陪秦卫花在路边的早餐店吃完饭就回工地干活了，秦卫花依旧没事可干，也不想去逛售楼部了，就回宿舍补觉，下午睡醒后去报亭买了本《读者》，然后半躺在宿舍的床上阅读。离开学校后，秦卫花一直保持着读书的习惯，但许多书她读不动。上中学时喜欢读一些言情类的小说，工作后再读那些书，感觉没啥意思，也就没了读的兴致。大部头的书她既没时间读，也读不进去，索性不读，唯有《读者》里的文章都不长，饭后、睡前、工作间隙都可以翻翻，读起来总让人感到阳光温暖、积极励志。她心情不好的时候就去看《读者》，不管什么原因导致的坏心情，仿佛都能在里面排解。但她很少买新书，大都是去旧书摊里淘些过期的《读者》来读。旧书摊上的书，封面和纸张虽然不够光鲜，但不影响内容的鲜活生动，且一般十本旧书只需一本新书的钱。淘来的那些书和杂志都被秦卫花精心地保存着，薄薄的一本《读者》，很不禁读，她不到两个星期就能读完，所以，她经常重读之前读过的文章，每次重读，都能读出新感觉。今天，这本崭新的《读者》，是她除课本外第一次拥有的新书。

李春根工地上的活儿很紧，眼看已经超过合同约定的交工时间，但工程却还没有完成一半。因是"非典"期间，业主不着急开业，也就没有催他们赶工期。但老板担心业主事后会追究不按期交工的责任，还是要求李春根他们加班加点，抓紧时间赶工。因此，李春根能支配的空闲时间很少，为了每天能彼此看一眼，他们改变了见面模式：由过去春根到秦卫花宿舍附近见面，改为秦卫花到春根工作的工地附近见面。往往秦卫花会先到工地上，一边看春根干活，一边洗洗春根的脏衣服。到吃饭点时，春根便停下手头的活，两人一起到附近的小饭馆吃饭，然后，秦卫花回宿舍，春根继续回工地干活。

领结婚证所必需的照片已经拍好。由于影楼婚纱照价格高得离谱，秦卫花不打算拍了，但李春根认为如果连婚纱照都不拍，就太委屈她了，坚决不同意。在李春根的坚持下，他们挑选了一家小影楼，花了298元拍了两张婚纱照。照片中，两人脸上的笑容向人们无声地述说着蜜一样的幸福，每个看见照片的人都能感受到。影楼老板向秦卫花提出将他们的照片放在影楼橱窗中展示的请求，秦卫花欣然同意。后来影楼老板不仅免去了他们拍摄的费用，还又给秦卫花加拍了几张单人美照，也一并放在橱窗中展示。

秦卫花期盼着"非典"快点结束。疫情结束，黑贝美发美容中心才能正常营业，她才能工作。她迫切地需要工作，为她付了定金的房子挣首付款。

秦卫花在北京动物园的服装批发市场买了两件连衣裙，准备领结婚证那几天穿，算是自己的嫁衣；给李春根买了一件白色长袖衬衣，一件浅蓝短袖衬衣，一条黑色西裤，一条白色牛仔裤。给李春根买衣服时，李春根并没有同去，待拿回来让他试穿，发现哪哪儿都合适。秦卫花置办这些衣服的花费总共还不到五百块钱，李春根笑着说："我娶了个超人媳妇。"做这些，秦卫花是瞒着两个姐姐的，怕她们不同意她选择的这种结婚方式，更怕她们把消息透露给父母，父母把户口本藏起来，让她领不成结婚证。正常情况下，家里的户口本就放在堂屋长条儿的抽屉里，抽屉没有锁，秦卫花可自由拿到户口本。

天气渐渐热了起来。六一儿童节到了，全国范围内已经一个星期没有新增"非典"病例了，六月十号，黑贝美发美容中心终于获准开门营业了。

李春根的宾馆装修工程已接近尾声，安装空调是最后一项收尾工作。因是老旧招待所改造的宾馆，不具备安装中央空调的条件，只能安装单体分体式空调，总共五百个房间，需要安装五百台空调。老板征求李春根的意见："空调厂家有售后安装，但羊毛出在羊身上，安装费当然也计入空调销售款，我是直接从厂家购买的空调，如果不需要他们派人安装，一台空调少收五十元，如果你们愿意安装这批空调，每台空调五十元的安装费就归你们了，不知道你们愿意不？"李春根快速地在心里盘算了一下：一台空调五十元，五百台空调就是两万五千元，空调安装通道、室外机安放平台，装修时已经预留出来了，每台空调不需要半小时就能安装完毕，而他是他们这个装修队唯一的电工，空调安装工作非他莫属，他带上俩小工做帮手，顺利的话十天左右就能完成五百台空调的安装工作，挣到两万五千元！分给俩小工一人五千，他们都会高兴死的，而他自己十天挣一万五，这可是个好活儿！他毫不犹豫地答应了。

李春根立即打电话把这个好消息告知了秦卫花，秦卫花完全支持，俩人在电话里商量，等空调安装完，就立即动身回老家领结婚证。李春根对老板说："空调装好后，准我十天假，我要回老家领结婚证。"老板坏笑着打趣道："挨到春节回去结婚都等不及？是不是偷嘴把人家姑娘的肚子弄大了？"李春根连忙否认，坦诚地告诉老板原因。老板对着春根竖了竖大拇指，说："你小子在哪儿找了个这么有眼光的媳妇？比你有眼光！'非典'疫情期间买房子确实划算，过了这一阵，房价肯定大涨。"

六月底的北京，空气是闷热的，傍晚时分，李春根的空调安装工作即将结束，只剩顶楼的两台了。正常情况下，只需一个小时，就可以结束安装工作，就在这节骨眼儿上，老天却下起了雨。俩小工建议暂时停工，等雨停了再接着装。李春根却急着早点完工，好早点回老家结婚，每迟延一天对他都是煎熬。心想：这雨要是下个两三天，婚期又得往后顺延。而且，这雨也不大，不影响安装。他不想因下雨耽误工期、耽搁结婚。一个星期前，父亲就从老家打来电话告诉他婚房已经装修好了，床上用品也已齐备，就等他们回去了。他是多么渴望能早点把秦卫花娶到那间属于他们自己的婚房里啊。

李春根决定冒雨继续施工。他在腰间系上安全吊带，站在窗外预留的室外机平台上开始作业。在雨中顺利安装好一台空调室外机后，李春根暂停下手头的工作，抽空给秦卫花打了个电话，他在电话里急切地对秦卫花说："你这会儿忙不？如果不忙，去火车票预售点买两张今晚回老家的车票吧。如果忙，就等我忙完了我去买。我这里只剩最后一台空调没装了，半个小时就能完工！"秦卫花在电话里答应由她去买车票，理发店附近就有一家火车票预售点，买票很方便。

　　秦卫花放下电话，立即找老板请假，告诉老板她要回老家结婚，十天后回来，老板笑着向她祝贺并允了假。请了假，秦卫花立即去火车票预售点买车票。她估算李春根将最后一台空调安好，收拾收拾八点左右就能赶到她这里，一起吃完晚饭再去西客站，便买了两张晚上十点钟的坐票。买好车票，秦卫花一边暗暗庆幸自己运气好，一边赶紧回宿舍收拾行李。她要带上自己的嫁衣和给李春根买的新衣，还有他们那张放大的婚纱照，回去挂婚房里。准备好这些，已经七点多了，想想李春根快到了，秦卫花的嘴角溢出了期待的笑容。看着还有点时间，秦卫花又回到理发店里，准备再干点活儿，正好有熟识的老顾客来找她理发。心里装着喜事的秦卫花像只快乐的小鸟，一边给客人理发，一边小嘴不停地和客人说着各种笑话，逗得客人哈哈大笑，整个理发店都被秦卫花快乐的情绪感染，洋溢着欢快的气氛。

第五章

1

秦卫花结束手头的活儿，已经八点半了，算时间李春根该到她这里啦，怎么还没到呢？她走到收银台，用固定电话拨打李春根的小灵通，电话接通了，但没人接。秦卫花有点疑惑，停了十几分钟再打过去，这次有人接了，但不是李春根，是他的弟弟李春树，不等秦卫花说话，李春树就说："嫂子，今天走不成了，我哥让你先把票退了，这边安装的空调经调试质量不过关，我哥正在找问题出在哪儿呢。"秦卫花说："让你哥接电话。"李春树说："我哥在外面呢，接电话不安全。"听到"安全"俩字，秦卫花不再强求了，但放下电话，那两个字突然从大脑中弹了出来，随着这俩字的弹出，一团阴云突然涌向脑海，她用力摇了摇头，想把那个不祥的感觉从大脑中甩掉，她坚信不好的事情不会发生在自己身上。

火车票代售点已关门，只能去火车站退票，秦卫花只好骑自行车去火车站，还被扣去了十几块钱的退票费。秦卫花心里闷闷的，想去工地找春根，但已经晚上十点了，雨也越下越大，在这样的天气状况下骑行很不安全，而且春根干活的工地在北四环附近，路途太远也不适合骑行。秦卫花只好悻悻地回到宿舍。虽然穿着雨衣，但秦卫花的下半身还是被雨淋了个湿透，跑了半天，没吃晚饭，也没觉得饿，她将湿衣服换下，烧了壶热水洗了洗就上床睡了。

　　第二天早上醒来，秦卫花感到头昏沉沉的，起床到卫生间去洗漱，感觉脚不像是踩在地上，而是踩在棉花团上。她怀疑自己在发烧，拿温度计量了一下体温，38.5℃。秦卫花原本计划早上醒来去工地找春根，现在看来身体不允许她去。她疑心是昨晚淋雨着了凉感冒了，便吃了几片维C银翘片，躺在宿舍的床上休息。她迷迷糊糊地睡了一觉，也不知睡了多久，醒来后感觉身体似乎比早晨好了些，便强撑着身子穿好衣服，准备坐车去工地找春根。透过宿舍的小窗子，她看见春根常开的那辆面包车正驶过来停在了理发店门口。秦卫花忙跑了出去，从驾驶室出来的人不是春根，而是和春根同在一家装修公司的老乡小金。更奇怪的是大姐和二姐也在车上，一种强烈不祥的预感从秦卫花心底升起，她问俩姐姐："怎么？春根呢？你俩咋来了？"大姐强颜道："不欢迎你姐呀？你收拾一下，和我们一起去春根公司一趟。"秦卫花问："出什么事了？"大姐道："听说春根安装的空调有质量问题，老板把春根扣下了，要咱们拿钱赔。"听了大姐的话，秦卫花长出了一口气，心想：吓死我了，这大阵仗，我还以为是春根出事了呢，原来是空调安装出了质量问题。春根的技术我知道，不会是他的问题，肯定是空调自身的问题。即使春根着急赶工，活干得毛糙了些，也是有补救办法的。就算补救不了，也只是钱的问题，人没事就好。

　　秦卫花和姐姐们跟随着小金来到一幢老楼前。这是一幢老旧的办公楼，李春根的老板在这里租了几间屋子做办公室，小金引着他们上了二楼，进入一间会议室。秦卫花猛然发现春根的父母也在，他母亲满脸是泪，身体蜷缩在椅子里，仿佛被巨大的悲痛包围着。秦卫花环视了一下会议室，没看见春根，一个男人从椅子上站起来，走到秦卫花的身边，礼貌地握了握她的手，自我介绍道："我是和春根共事的金伟。"秦卫花伸出手和金伟握了握，笑着对他说："春根呢？不管春根犯了多大的错，你总得让我先见见他吧？"金伟说："弟妹你先坐。"秦卫花将脸转向春根的父母，意欲和他们打招呼，春根的母亲突然抓着秦卫花的手大哭："我苦命的孩儿呀……"秦卫花疑惑地说："婶，哭啥呢？别哭，春根安装的空调出现质量问题不是什么了不起的大事，大不了拆掉重新装而已，别担心。"春根的母亲并不搭话，只是继续哭诉，从她的哭诉声里，秦卫花才知道春根在安装最后一台空调时没系安全带，安好空调室外机返回时，失足摔了下去，当场丧命。秦卫花不相信这是真的，疑惑地看着金伟，金伟满脸悲伤地点了点头，秦卫花"啊"了一声，突然觉得眼前一黑，晕厥过去了。

秦卫花醒来的时候，发现自己已躺在医院的病床上。春根的母亲守在床前，见秦卫花醒来，忙拉着她的手说："好孩子，娘知道你心里难受，我也难受，但我们还得活下去……你要愿意为春根守着，老板赔的抚恤金，我们一分也不要，都归你。我和春根他爹商量过了，拼了我俩这把老骨头，也替你把分给春根的宅基地的院子盖起来。"春根的母亲之所以这样说，是她疑心秦卫花已经怀了春根的孩子，她猜测春根急着结婚，是因为秦卫花已经怀了他们的孩子。

自从改革开放后国家允许农村人进城务工以来，村里外出打工的人如果需要结婚，大都选择在春节期间办婚礼，偶有例外，多是因为女方未婚先孕，不得已才不顾时节仓促结婚。春根和秦卫花在大夏天着急忙慌地要结婚，婚房就在老宅里将就，彩礼也不要，典礼也不准备办，不是有了孩子还会是什么情况呢？想到这里，春根母亲原本悲哀的心得到了稍许的安慰：如果秦卫花肯把这个孩子生下来，那春根也算是有后了。但她不确定，秦卫花到底有没有怀孕，而这样的事她也不能直接问，只能委婉地试探她。秦卫花听出了春根母亲话里的意思，此时的她多么希望已经有了春根的孩子呀，但她也不能告诉春根母亲，他们还没有在一起。

办完了丧事，春根父母要回老家，因为秦卫花还没有和春根领结婚证，关于死亡赔偿协议，老板金伟就要跟春根的父母签。金伟是一个风险意识很强的生意人，他虽然没有依法给员工们办理劳动统筹及工伤保险，但他给自己投了个雇主险，一旦他雇佣的工人发生工伤事故，保险公司就会依据保险合同给予赔偿，金伟把保险公司赔付的二十万元全部支付给了春根的父母。对于老两口来说，这不是一笔小钱。

春根的父母回老家前，到医院和秦卫花告别，如实告知了这一切，并对秦卫花说："虽然你俩没有领结婚证，但在我们老两口心里已经把你当成儿媳妇了，你要是愿意为春根守着，这二十万元就是你的，我们先替你存着，你啥时候需要啥时候取。"秦卫花哭道："春根啊春根，你好狠心，你一个人走了，撇下我，也不给我留个念想。"听着秦卫花的哭述，春根的母亲有些疑惑，但还是有些不死心，就问秦卫花："难道我们家春根没有血脉留下吗？"秦卫花只是哭，也不回答，春根的母亲转脸对坐在病床边负责照顾她的秦卫红说："她二姐，我们走了，卫花就交给你照顾了，有什么需要我们老两口的地方，你只管告诉我们，只要卫花愿意为春根守着，我们老两口就是把骨头榨干，也要帮卫花。"

春根的父母回老家去了，秦卫花虽然悲痛，但也不能总是住在医院里，大姐有心想让秦卫花住到她家里，但大姐夫一直没同意，大姐也没敢自作主张邀请。秦卫花原本也想到大姐家里去住一段时间，调节一下心情，但按照老家的规矩，她此时算是戴孝之人，而且是重孝，在重孝期间，到别人家去是不吉利的。虽然秦卫花和李春根还没有结婚，但熟悉他们的人都已经知道他俩正准备回老家领证。大家猜测，他俩选择在这个繁忙的时节回老家结婚，肯定是有原因的，最大的可能是两个人早已有了夫妻之实，急需领证办结婚典礼，因而视秦卫花如新寡妇一般。秦卫花也不想做多余的解释，因为在她心里，也认定自己就是李春根的女人。

金伟派人把春根用的小灵通手机送给了秦卫花。

无处可去的秦卫花只好回到理发店的集体宿舍休息，痛苦像绳子一样紧紧地捆绑着她，但她没有时间继续痛苦了，一个大麻烦正摆在她的面前。她交过定金的那一套房子，很快就需要交首付款，去哪里弄钱呢？春根的积蓄在他父母那里是用不成的，春根的死亡赔偿金也在他父母那里，虽然是春根的，但人不在了，就和她没有一点关系了。二姐借的那两万块钱，即使还了也是杯水车薪，还有十三万的缺口没有着落。找父母借，或许是个办法，但父母会借吗？当务之急是抓紧时间挣钱，她顾不上休息，拖着痛苦疲惫的身体，开始工作。

2

九月底，书香华城的售楼员小贾打电话通知秦卫花，让秦卫花去售楼部签订正式购房合同。秦卫花这几个月虽然努力工作，但夏天是理发店的淡季，收入寥寥，虽然二姐借的两万元已归还，但秦卫花所有储蓄加起来仍不到四万元。秦卫花无奈提出退房，售楼员小贾说，退房可以，但之前交的购房定金不能退，因为购房合同写得非常清楚，如果不按合同约定买房，定金不予退还；秦卫花想把房子转让出去，也找到了一个愿意接手的人，但房地产公司不允许更换购房合同买方的姓名，对方当然不愿意再接手。

摆在秦卫花面前的只有两条路：一是放弃订购的房子，白白损失五万元的定金；二是想方设法借钱，凑够首付款，把房子买了。秦卫花多么渴望能拥有这套房子啊，对她而言，这不仅仅是套房子，还是她关于美好未来的希冀、幸福生活的基础保障。有了这个房子，她就有了在北京扎根的资本。但是去哪里借这十二万呢？二姐把之前借的两万块钱，东拼西凑地还给了秦卫花，实在是没有能力凑出更多的钱。找大姐借，大姐说如果借两三万，想想办法，或许能挪出来，这么大的数，实在是无能为力。秦卫花抱着一线希望回老家向父母借，父母不仅不肯借，还对她没出嫁就为自己买房子表示不满，要求她把购房合同的名字换成弟弟的。秦卫花向父母解释说："房子的定金是春根出的，如果春根不出事，买房子的钱也由春根出，不是我没有结婚就攒私业；房子改不成弟弟的名字，因为房地产公司不同意换名，如果房地产公司同意换名字，我就把这房子卖了，也就不作难了。"秦老三和张大妮听说房子不能换成儿子的名字，更不肯借钱给秦卫花了。秦卫花无奈，又去找春根的父母，春根的母亲一见秦卫花，就拿眼瞄她的肚子，见平平的，也不肯给她出钱买房子，但同意给她在老家盖一处院子，秦卫花当然明白他们的意思，也不好再要求什么，只能两手空空，沮丧地从老家回到北京。

眼看合同约定的交款日期一天天地逼近，秦卫花急得失眠了，实在想不出可以借钱的路子了，她便硬着头皮向黑贝美发美容中心老板提出借款请求，并主动承诺愿意出高息，将来可直接从她的工资里扣钱归还借款。老板没有直接拒绝她，但告诉秦卫花自己是妻管严，需要回家和老婆商量。过了几天，秦卫花追问老板商量得怎么样了，老板告诉她过两天老板娘顾真雨会联系她，让她静等。秦卫花心里稍安，但等了许多天，顾真雨迟迟没有联系她，秦卫花心急如焚，但也不敢直接催老板娘，只是每天早晚给她发问候短信，顾真雨也回应秦卫花的问候，但只字不提钱的事。

离合同约定的房款缴纳期限只剩下三天的时间了，顾真雨约秦卫花到理发店对面的咖啡馆见面。顾真雨订了一个包间，点了一壶花茶，边喝边说明星们的八卦，就是不提钱的事，两壶茶喝完了，顾真雨还在兴致勃勃地说着某明星的成长绯闻。秦卫花实在熬不住了，怯怯地插话道："姐，我想跟店里借点钱，老板跟您说了吧？"顾真雨不再聊八卦，对秦卫花说："听说你买房子缺钱，差多少？十二万？这个数对你来说大吗？以你的美貌，挣这十二万不难。"秦卫花吃惊地问道："咋能挣这十二万？"顾真雨并不直接回答，而是继续说八卦闲话，从她那些看似不经意的闲话里，秦卫花知道这世上竟然还有一种交易，交易的对象是处女的初夜。顾真雨的话颠覆了秦卫花对这个世道的固有认知，她的脑袋无法理解一些有权或有钱的人竟专门花钱征集处女陪睡！透过咖啡馆的玻璃窗向外望，窗外阳光正灿烂，初秋的阳光还保持着一份夏日里的灼热，而秦卫花却不由自主地打了个寒战。

从这次谈话中，秦卫花知道了处女初夜也有一套可遵循的价格体系，根据处女颜值的高低确定价格，最低价一般是十万元起步，像秦卫花这样的颜值，至少值二十万。顾真雨的话让秦卫花感觉受到了侮辱，但她并没有争辩，而是极力按捺住内心的愤怒，脸上却明显可见愠怒的表情。顾真雨似乎并不在意秦卫花愠怒的脸色，仍继续说："小秦啊，你这个现代人怎么这么保守？这有什么？许多女人想挣这个钱，还挣不到呢！别说没路子，即使有路子，因为不是处女，也挣不了这个钱。我又没说让你去做这一行。再说，你和对象那么好，恐怕早就不是处女了吧？"

　　听顾真雨提起春根，秦卫花的眼泪唰地涌出了眼眶："这是我最后悔的事，我多么希望我们俩已经在一起，多么希望我已经怀上了他的孩子。如果怀了他的孩子，即使没了他，我还可以为他守着。现在我想为他守着都没有理由。如果我怀了他的孩子，他父母也会把抚恤金拿出来给我买房，我也不用这么作难……"听了秦卫花的话，顾真雨双眼立即放出异样的光彩："难道你还是处女？"秦卫花点点头。顾真雨克制着脸上的笑意，故作为难地说道："如果是别人的事，我也懒得管，但我们家那口子一直催促我，让我帮帮你，说你在店里干得不错，帮你是我的义务。你要买房，但在我看来实在没有必要借钱，自个儿有座金山不拿来换钱，偏要去四处借，借的钱不用还吗？我只是建议，这事还得你自己拿主意。前一段时间有一个大老板，托我帮忙找一个高颜值的处女，许诺定金十万，陪老板一个月，结束后再给十万。我没答应帮他找，我不想蹚这浑水，如果你想挣这个钱，我可以帮忙牵线，如果你不想挣这个钱，就当我没说过。"秦卫花当然不会答应，礼貌地结了账正要告辞离开，售楼小姐小贾又打来了催款电话，强调如果三天内不交剩余十五万的首付房款，预交的五万元定金就被没收了，房子也将另卖他人。秦卫花挂断小贾的电话对顾真雨说："您让我考虑考虑，如果需要帮忙，我再给您打电话。"

　　到合同约定的最后一天交款日，秦卫花给顾真雨打了电话，告诉她自己需要挣这笔钱。顾真雨在电话里笑呵呵地说："这才是明智的做法，就一个月，没有人会知道这事。事过之后，你还是你，只是这个世界多了个小富婆。不过，需要先做下体检，合格的话，人家才会付定金。你在宿舍等着我，我一会儿开车去接你。"不一会儿，顾真雨开着她的小宝马就到了黑贝美发美容中心，带秦卫花来到一个小诊所做体检。所谓的体检，只有妇科一项，顾真雨和诊所的老板娘很熟，不一会儿检查就结束了，诊所老板娘夸顾真雨的运气好，总能找到漂亮的美人。

顾真雨让秦卫花待在车里，自己下车打了个电话后告诉秦卫花，老板让她今天就过去，十万元定金一会儿就打过来。秦卫花对顾真雨说："房子首付款需要二十万，我已交五万定金，还需再交十五万，我现有的积蓄不到四万，签合同时还需要交契税，我至少需要十二万。即使那个老板现在先给十万也不够啊。既然一个月以后还会再有十万，麻烦您先借给我十万，这样首付款我就能多付点，贷款就少一些，每个月的利息也会少一些，等后面的十万元到了，我立即还您。"顾真雨沉吟了一会儿，说："十万元可不是个小数字，我如果有现成的钱在那里放着，你找我借钱时我早就借给你了，也不会等到这会子。让我找几个好姐妹借借试试，看能不能替你借点。"

说完，顾真雨又下了车，离开车一段距离后，开始打电话。打了很长时间的电话后，她回到车里，对秦卫花说："我说帮你借钱，没人愿意借，没办法，我只好说算我借的，她们才同意了。好在总算凑够了十万块钱，一会儿她们就把钱打到我的卡上，我可是做了保的，我还承诺了她们三分的利息呢，将来你可别让我为难。"秦卫花对顾真雨说："您放心，等老板把那十万元给我，我就把钱先还您，利息您算好，从我工资里慢慢扣。您就放心吧。"顾真雨说："这件事你要考虑清楚，将来如果后悔了，可不能怨我。"秦卫花道："我怎么能怨您呢，只能谢您，是我自己走到这条绝路上来的，您若不帮我，我会更惨。"顾真雨说："希望你将来不要忘记你刚才说的话。另外，你那十万元定金等会儿也会打到我的卡上，我今天做你的司机，负责开车把你送到售楼部去签合同。"

顾真雨开车拉着秦卫花来到售楼部，售楼员小贾一改前段时间对秦卫花阴冷尖刻的态度，满脸堆笑地让服务人员送来了茶水和果盘。根据要求，顾真雨用自己的银行卡支付了二十万的房款，提供了售楼中心开具的收款票据，小贾见到票据，才拿出早已准备好的制式合同让秦卫花签字。办妥购房手续，秦卫花把购房合同和发票小心翼翼地放进包里，瞬间感觉无比轻松。心想：今晚可以好好睡一觉了。自从春根出事以来，秦卫花每天睡眠不足三小时，除了伤心、痛苦，还要考虑纠结房子的事该如何处理，无数次想放弃，但又不甘心。今天终于有了结局，像悬在心里的石头终于落下，可以松一口气了。至于以后的事，此刻的她顾不上想那么多了。

秦卫花把购房合同和发票放进包里的瞬间，突然感到深深的倦意，她需要大睡一觉，于是对顾真雨说："我们回去吧，谢谢您陪了我一整天。"顾真雨笑道："回哪儿去？在这里等一下，一会儿有车来接你。"顾真雨的话如当头棒喝，把秦卫花拉回到残酷的现实中，她疑惑地问："来接我？那得让我先把买房手续送回宿舍锁起来，带上换洗衣物和洗漱用品再去。"顾真雨笑道："你的购房手续没人偷你的，随身携带好就行了。至于换洗衣服和洗漱用品，你去的地方给你配备有全新的，就不用操心了，我负责把你完璧送过去。"听顾真雨这么一说，秦卫花明白了：顾真雨是要保证秦卫花不出现可能改变体检结果的事情，如果秦卫花离开顾真雨的视线出现变故怎么办？她真是心细如发呀！秦卫花暗想：她这样做仅仅是为了帮我吗？

顾真雨和秦卫花在售楼部边喝茶聊天边等待着接秦卫花的车,秦卫花因签完合同终于放松了的疲惫已久的神经,刚刚升腾起的倦意现在也消匿得一干二净。此时虽已到了十月底,但气温并不低,秦卫花穿着针织的厚毛衫,仍感到一阵阵的寒气向她逼来,不由得打了几个冷战,经过近半年的折磨,脸上尚存的一丝血色现在也消失殆尽。顾真雨安慰秦卫花说:"你不用这么紧张,女人早晚都得过这一遭,我都后悔当年没有这样的好机会,白白地便宜了你们老板,也没见他现在多知道疼我,隔三岔五地还和我吵架。你这一次,就给自己挣了个一辈子的家业,有了这房子,一辈子就不会再为吃喝发愁了,结婚对象随便挑。将来,如果需要,我还可以想办法帮你补起来,你今天做体检的地方就能补。"秦卫花现在还想不了那么远,春根的样子浮现在她的脑海里,她在想,春根如果在天有灵,知道她这么做会怎么想?会看不起她吗?她不在乎别人怎么看,只在乎春根的态度。而她脑海里的春根仍是一副憨厚笑眯眯的样子,春根看她的眼睛里总是含着笑。秦卫花在心底对自己说:"春根,你当初听到这套房子促销的消息高兴得很,买房子是你做的决定,买下房子,你应当是高兴的吧?原本要用你攒的结婚钱买房,房还没买,人却没了,是老天不让我秦卫花用你的钱买房?是我俩没缘分?用你的钱买房,我要和你结婚。用别人的钱买房,别人也要要我,只是不给我婚姻。没有了你,我也不想要婚姻了,或许,这就是我的命吧!买房的前提条件是先把我自己给卖了……"想到这里,秦卫花的心里不再那么难受了,可眼泪还是不由自主地流了下来……顾真雨见此情景,也不再继续安慰她,任凭她默默地垂泪,这种情形她大概见过太多,早已习惯了。

待秦卫花情绪稍微稳定些时,顾真雨介绍说:"这个老板的原配生的全是女孩，没有儿子。老板封建思想很严重，一直想生个儿子，所以才让我帮忙找女孩子。也不需要你陪他一个整月，陪到下次来月信的时候就可以结束了。如果该来月信的时候没来，就需要检查一下看是否怀孕了，如果怀上了，三个月后再检查胎儿性别。如果是男孩，老板会将你的后半生包起来，给配房子、车子，还能给你安排让你满意的工作。如果不想工作，老板会按月给付生活费，保障你的生活符合阔太太的标准。如果想嫁人，也行，但得把孩子给人家留下。不想嫁人，想和老板一起过也行，但老板不可能和原配离婚。如果怀的是女孩，需要做流产手术，老板会另外给三十万元的身体疗养费。之前时间紧，没有来得及告诉你，现在让你知道也不晚。"对于顾真雨刚刚说的这些新条款，秦卫花好像并不吃惊。既然开了弓，箭也不可能再回头，只能听人家的安排了。

　　秦卫花试着自我劝解，开始想象买她的老板是一个怎样的人。但凡这么有钱的老板，哪怕过去是土老帽，现在有钱了，也会变得衣冠楚楚。一个衣冠楚楚的人，看起来总不至于让人太讨厌。他这么有钱，还不和原配离婚，看来还是个品行不错的男人。这几年在社会上闯荡，秦卫花也见过一些有三妻四妾的发达男人，似乎这是件很平常的事。甚至那些生意刚刚起步，还没有发达的男人也装出阔佬的模样在外面养小三，有的即使不养小三，在原配面前颐指气使的也不在少数。就像大姐夫赵二春，自从在北京有了房后，对大姐就不再像以前那样百依百顺了。春根刚去世的那段时间，自己是那么痛苦，想去大姐家住几天缓解一下，大姐夫没应允，大姐就没敢邀请。如若在过去，大姐是不需要看他脸色的，也不需要他开口就可以单独做决定。赵二春在北京的房子，难道不是大姐没日没夜和他一起挣的？想到这里，秦卫花的心里又宽慰了些。不禁又想到春根，春根和自己恋爱时，眼里只有自己，如果将来日子好了，春根也成了大老板，会怎样对待自己呢？秦卫花正在胡思乱想着，顾真雨接了个电话后对秦卫花说："接你的车到门口了，我们走吧。"秦卫花跟随顾真雨走出售楼部的大门，见夕阳挂在西边的天际，像一个大号的红心鸭蛋黄。秦卫花突然想起自己来交定金的那个下午，穿的也是今天这身衣服，气温和今天差不多。只是，那时是仲春时节，而现在已是仲秋。那时，天将一天比一天暖，而现在的天，是一天比一天寒。那天，秦卫花看着夕阳，心里却像有个太阳正在冉冉升起；而今天，她的心也像这夕阳一样，不停地下坠，坠入不知去处的黑暗。

　　一辆秦卫花叫不出牌子但看起来很威武的车子停在了售楼部正门口，顾真雨拉开车门，示意秦卫花上车，待她上了车，顾真雨关上车门，示意司机开车。售楼员小贾礼节性地送秦卫花到售楼部大门口，前两天秦卫花曾拜托她跟售楼部的领导说说情，请求宽限一段时间再签合同，小贾不仅一口回绝了秦卫花，言语中还透出些许蔑视，此时的她却张大嘴巴看着秦卫花上了豪车，车子缓缓起步了，她还呆呆地站在原地。秦卫花从后视镜里看着小贾惊讶的表情，心底涌出了一股莫名的快感，刚才的心痛又缓解了许多。不知不觉中，她的心底升起了一份莫名的期待，对今晚要见的人开始好奇起来。

3

　　秦卫花开始仔细审视车里的环境，除驾驶室里的一排座位外，后面还有两排座位。秦卫花坐在中间这排座位上，旁边有个像小茶几一样的小拉板，上面放着一瓶水和一些坚果点心类的小食品。透过车窗，秦卫花感觉好像离开了市区，上了快速路或者是高速公路。深秋昼短夜长，不一会儿天就黑了下来。秦卫花不去想车会开到哪里，因为她知道，她是没有话语权的，何必想那些无用的事呢？她闭上眼睛，任凭车将她带到任何地方，车里开着暖气，很暖和，不知不觉中，竟睡着了。

不知过了多久，听见司机喊她："小姐，醒醒，我们到了。"秦卫花睁开眼，发现车停在一幢三层楼的门口，楼立在一个大院子中央，院子四周用高大的围墙围着，大门是高高的自动伸缩门，车进来后大门就自动关上了。整个院子坐落在半山腰上，这应当是个用来度假的别墅。只是，现在是深秋时节，显得有点萧瑟。这时，从房子里走出来一位五十多岁看上去很利落的女人，司机对那女人说："吴妈，这就是我们请的小姐，您给安置一下。老板今晚上忙，不过来了，明晚才会来。您带她熟悉一下环境，交代一下规矩。"吴妈答应着，就过来请秦卫花进屋，司机则开着车离开了。

吴妈开始领秦卫花参观这所房子。这是一座三层的小楼，面积并不大，一楼是餐厅、厨房、客厅、卫生间，还有两间小卧室。吴妈说其中一间是她的房间，另一间是司机的；二楼有一间大书房、一间大卧室，卧室连着一间大起居室，有一个完整独立的卫生间，还有一个不带马桶专供洗澡用的桑拿房，里面放着一个圆形的大浴缸，像个小游泳池。吴妈说这二楼的卧室就是秦卫花的。接着又领秦卫花上了三楼，三楼是三间像酒店客房样的房间，设施也像酒店的大床房一样：一个大床、一台大电视、一个沙发躺椅、两把圈椅、一个茶几，另带一个卫生间，吴妈介绍说这是客房，偶有老板的朋友来山里度假，就住这儿。吴妈对秦卫花说："带你来看，是让你熟悉下环境，你平时没事不需要到三楼来，你在的这段时间也不会有其他客人来，你的卧房在二楼，一、二楼可以自由活动。这是老板为他未来公子准备的房子，你这样的姑娘这里每年都会来几个，竟没人有福气怀上公子，希望你能有这个福气。"说完，便领着秦卫花下楼，走到二楼的楼梯口，问秦卫花道："你要不要先洗洗，休息一会儿再下楼吃饭？我熬了八宝粥，相信你会喜欢，你现在需要甜食。"秦卫花点点头，笑着对吴妈说："谢谢您，那我先洗洗脸，待一会儿就下楼。"

秦卫花回到二楼卧室，见梳妆台上放着几盒没拆包装的护肤品，是她平时连看一看的勇气都没有的牌子，最便宜的一套也需要三千多元。秦卫花对自己之前用的护肤品还是挺满意的，她的护肤品在她们宿舍里是最好的，也比大姐、二姐的好。那还是春根出事前给她买的，虽然她自己也能买得起，但春根买给她，她就特别开心，那不仅是护肤品，也是爱。春根去世前，她每天伸手去拿护肤品抹脸时，春根的笑脸就会浮现在眼前，她就会不由自主地笑起来，或许，那发自内心的欢笑，才是最好的护肤品。因为这几盒护肤品，秦卫花对这个还不曾见面的男子，心生了一丝好感，仿佛，她和他之间不再是纯粹的交易。屋里开着暖气，秦卫花感觉仿佛不那么冷了。拉开衣柜，见里面放着一套没拆包装的内衣，秦卫花拿出内衣试了试，还挺合身。柜子里挂了几件衣服，价签还都挂在上面，看了一眼价格，她惊得张大了嘴巴。她把那几件衣服也分别试穿了一下，都非常合身，仿佛是专门为她量身定做的。此时的秦卫花不仅不再感觉冷，甚至还感到了一丝暖意在身体周边围绕，她开始对这个不曾谋面的男人有所期待了。

看看时间还早，秦卫花决定干脆先洗个澡，她将浴缸放满热水，让身体全部浸泡在水里，感觉身体的每个毛孔都舒展开了，仿佛那一缸热水，将她半年来所有的不快都带走了，而新生活即将开始。春根已经不在了，她必须有自己的生活。春根说过，只要她好他就开心，现在，她是好的，春根该开心才对。

秦卫花在浴缸里泡得浑身发软，晚饭也不想吃了，想直接睡觉。司机说他们老板今晚不回来了，那晚上应当不会有事情发生。秦卫花从衣柜里挑了一件粉色宽松长袖睡裙穿在身上，站在二楼的楼梯口对吴妈说："吴妈，我不想吃晚饭了，想现在就睡觉。"吴妈说："饭都好了，多少吃点吧。"秦卫花担心吴妈做好饭自己不吃，有驳她面子的嫌疑，下楼胡乱吃了点，就去睡了。

秦卫花这一觉睡得很香很甜，梦见了春根。春根见她穿着粉红的睡裙，对她说："你真漂亮，像仙女，比嫦娥还好看。"秦卫花笑问："你见到嫦娥了？"春根说："我在天上给玉皇大帝装空调，玉皇大帝开大会，嫦娥也来了。"秦卫花说："天上那么多漂亮的仙女，你又见到了嫦娥，是不是已经把我忘了？我为了买咱们订下的房子作了这么大的难，你也不回来帮我。"春根说："我怎么不帮你，房款今天不是已经交过了吗？那就是我帮的呀。"秦卫花说："你愿意我和别人在一起？"春根说："那不是别人，那是我，是我变成他的样子去找你的。"说完，春根笑吟吟地走过来，把手放在她的肩上，去脱她的睡裙。她笑吟吟地说道："我不帮忙，看你能不能脱得掉。"春根费了很大的劲，怎么也脱不掉，似乎有点着急，脑门上也冒出了汗。突然，他停止了继续脱睡裙的动作，直接掀起睡裙，露出了里面粉色的内裤，要脱她的内裤，秦卫花立即拉下裙子，说："你咋这么粗鲁，我要你先亲我，亲我。"说着，秦卫花努起她的小嘴，春根赶紧扑过来吻她的唇，把她的唇含在嘴里，用舌头搅动着，秦卫花也欠起身子，用双手紧紧地箍着春根的脖子，回应着他。秦卫花把整个身体紧紧地贴在春根身上，不留一丝缝隙，她感觉春根把她的内裤褪了下来，她把他那个硬硬的东西塞进了自己的身体，只是，这个东西好像没有她以前隔着衣服感受的那般粗长，她希望它能更长些，更粗些，进到她身体的更深处，但那个东西好像卡在了入口似的，进不到更深处，于是，她用力把自己的身体抬高，紧紧地贴着春根，两人终于紧紧地裹在了一起，她搂着春根在一片巨大的七彩云端飘荡……突然，春根松开搂着她的手，独自向天上飞去，而她却向下坠落……眼看就要坠落到大马路上了，路上车水马龙，而她只穿了件睡裙，连内裤也没有穿，周围的人们显然已经发现她了，都抬着头注视着她……秦卫花一惊，醒了，原来是个梦。

睁开眼，只见一个裸体的男人正斜靠在床头看她，秦卫花想坐起来，却感觉下身有点痛，那个男人制止了她，笑吟吟地问她："春根是谁？"秦卫花张着嘴巴说不出话来，连忙又闭上了眼，心想：这就是买她的那个老板了，不是说今晚不回来了吗？只听那人说："不要害羞，我们已经做了夫妻，你还有啥害羞的？"男人的语气里透露出心满意足。他又问了秦卫花一些问题，秦卫花只管闭着眼睛胡乱地应答。男人把手伸进秦卫花的睡裙里摸着她的乳头，渐渐地打起呼噜来。秦卫花睡不着，也不敢动，想看看旁边这个男人长啥样，但窗帘密封太好，没有一丝光透进来，整个房间像个暗室，她无法看清那个男人的长相。当感觉那个男人睡熟了，她把男人的手从乳房上拿了下来，把身子往外侧挪了挪，离那个人稍远点，睁着眼，胡思乱想着，不知过了多久，迷迷糊糊地又睡着了。

秦卫花再次睁开眼睛时，男人已经穿好衣服站在她面前了，她不敢抬头看他，慌乱中的秦卫花判断这个男人已经很不年轻了，只是因为保养得好，分辨不出年龄。秦卫花感觉好像之前在哪儿见过这个男人，但好像又没有见过的理由。她每天接触的人除了店里的同事就是找她理发的客人，而自从来北京后，她就再也没有理过男发，怎么会见过这个男人？秦卫花胡乱地想着，也不敢仔细看他，只是低垂着眼胡乱看别处，只听那男的对她说："好好在家休息，我今天要去外地出差，晚上不回来了。"说完，那男人就转身下楼了，听动静，好像是在楼下吃饭。过了一会儿，秦卫花听见汽车驶出院子的声音，才开始挪动身体，掀开被子，准备起床，才发现粉色的床单上有一小片已经干涸得变成紫黑色的血斑，她赶紧从柜子里拿出一个新床单，把旧的换了，洗漱完毕，换掉睡衣，才下楼。

　　吴妈见她下来，笑着对她说："饭好了，吃饭吧。"秦卫花见饭菜已在桌上摆好：一盘花生米、一盘切牛肉，显然是从外边买来的成品熟食。一盘韭菜炒鸡蛋、一盘辣椒炒肉丝，看样子像吴妈早晨刚做的。另有两个馒头、一碗八宝粥。秦卫花邀请吴妈和她一起吃，吴妈回答说她已经吃过了，就忙活着收拾打扫起卫生来。先是上楼把秦卫花换下的床单拿下来，用水泡上，那片血渍恐怕在洗衣机里洗不干净，需要用手洗。吴妈干着活，秦卫花慢悠悠地吃着早餐，阳光从餐厅的落地玻璃窗照进来，感觉暖洋洋的。回忆昨夜，秦卫花感觉好像没有之前想象的那么难堪，她曾设想过种种和那个男人在一起可能出现的窘况，都没有发生，一切竟都在梦中完成了。昨夜咋就睡得那么沉？秦卫花一边想着这些，一边嘴巴不停地动，不知不觉中，竟然将饭桌上的四盘菜吃了个精光，两个馒头，还有那碗粥也被秦卫花吃进了肚子里，她看着一桌的空盘碗，发起了呆。

　　吴妈见秦卫花放下了碗筷，才过来收拾餐桌，秦卫花怔怔的，既像是对吴妈说又像是自言自语："我怎么这么能吃？"吴妈仿佛见怪不怪，笑着说："能吃是福。"秦卫花在餐桌前呆坐了一会儿，对吴妈说:"老在屋里待着挺闷的,我出去走走。"吴妈笑着说:"行的行的,但只能在这个院子里走走,我没有大门的钥匙,打不开大门。"秦卫花点了点头。

秦卫花走出房门,来到院子里。院子很大,三层小楼坐落在院子的中央,小楼的四周都是花园,里面有许多菊花,姹紫嫣红正开得热烈,还有许多株月季,在这深秋时节也在努力地开着。在院里走了几圈,抬头看看天,灰蒙蒙的,她感觉有点冷,就回房里了。

秦卫花径直上了二楼,来到卧室,打开电视,半躺在床上,拿着遥控器,按了一圈,也没有找到想看的节目。感觉有点发困,看看时间,已是上午十点多了,于是下楼对吴妈说:"我早上吃得太多啦,现在直发困,想睡觉,不要做我的午饭了,等我睡醒直接吃晚饭好了。"说完,就回楼上睡觉去了。

大概是太累的缘故,自从春根去世,好长一段时间里,秦卫花都没有好好睡过觉,现在春根彻底和她告别了,或者说她需要彻底把春根忘掉,忘掉她曾经所能想象的关于美好生活的憧憬。原本计划和春根过的那种幸福美好的小日子不会再有了,未来的日子会怎么样,她不清楚,她在心里鄙视着自己。转念又想起某赌王的四太太,当初不过是个陪舞的女孩,香港有多少陪舞女孩?都泯然众人了,而这个陪舞女孩却做了赌王的四太太,她的内心,世人无法猜测,但她外表的风光世人皆可见,常见各类八卦新闻用羡慕的语气报道着她的行踪。

4

秦卫花胡思乱想着进入了梦乡,醒来时,窗外已暮色四起,楼下客厅的灯已经亮了。她起床下楼，吴妈见她下来，高兴地说："今晚吃饺子吧？平时我一个人也懒得费事包饺子，你来了，咱俩吃。"秦卫花说："那您歇着，盘什么馅？我来！我好久没做饭了，真的很想念家常饺子的味道。"吴妈笑着说："你干活我歇着不合适，我的工作就是照顾你，你要是喜欢干，那就我们俩人一起干。"秦卫花说她最喜欢吃的饺子是猪肉大葱馅的，小时候家里穷，只有逢年过节才能吃上。后来自己学了理发手艺，挣的钱虽不多，但吃饺子的钱还是宽裕的，只是一直住集体宿舍，没法自己做。天天都在街边小吃店将就着胡乱吃，吃饭的钱没少花，却没吃过一顿像样的猪肉大葱馅饺子……

秦卫花和吴妈一边聊着天，一边开始切肉、剁肉馅，吴妈剥葱、洗葱、洗姜，秦卫花剁好肉馅，又开始切葱姜，把葱姜剁碎。秦卫花的饺子馅盘好了，吴妈的饺子面也醒好了。吴妈擀饺子皮，秦卫花包，不一会儿，就包了满满一篦子的饺子。吴妈说："先包这些吧，剩下的明天再包，包多了吃不完。"秦卫花看着一篦子的饺子笑道："今天我俩就当过年，敞开了吃。"吴妈忙着烧水下饺子，不大工夫，满满四盘饺子端上了桌。吴妈说："再切点牛肉，开包油炸花生米吧？"秦卫花笑道："有大葱肉馅饺子，就不吃那些了。"两个年龄相差三十来岁，刚刚相识二十四小时的女人，因为共同包了一顿饺子，仿佛变成了亲人。吴妈说："这肉馅饺子，我晚上不敢多吃，吃多了不消化，只能吃一盘，剩下的三盘都归你。"秦卫花笑道："吴妈，你把我当饭桶了吗？"吴妈道："你能吃是好事，能吃身体才会好，你太瘦了，胖了才容易怀孕。"一句话又把秦卫花拉到了现实中，刚才热火朝天包饺子的场景仿佛只是一场梦，秦卫花脸上的笑容消失了，迟疑地说道："我还没有想好要不要帮老板生孩子，我是遇到了过不去的坎儿，急需用钱，没有办法才来的。"空气凝滞了一会儿，吴妈打破沉寂说："既来之，则安之，打鱼的唱渔歌，砍柴的唱柴歌。老板姓周，你以后喊他老周就行，你张口闭口叫他老板，你俩一张床上睡着，听着怪怪的。周老板人挺好的，生意做得也很大，只可惜老板娘的肚子不争气，生了一长串的女孩，竟没能生出一个带把儿的。周老板认为女孩子不能继承香火，就让老板娘一直生，盼望能生个男孩出来，但直到老板娘再也生不出孩子了，也没能如愿。周老板很气馁，也没有心劲做生意了，就想着把生意转出去，但老板娘不愿意放弃生意，梦想开百年老店。周老板丧气地说，开个屁百年老店，谁知这家业将来会随谁的姓！找年轻貌美的处女帮周老板传宗接代，还是老板娘给出的主意。周老板这么有钱，你若能为他生个儿子，这大家业将来就是你儿子的，不也就是你的？等你像我这么大年纪，就是有福的老太君了。"秦卫花没接吴妈的话，只是低头吃饺子，吴妈见她不说话，脸色不好，也不再说话，两人都只是默默地吃饭，一顿饭吃得有点闷。秦卫花没有想象的那么有胃口，包饺子时，觉得自己至少能吃两盘，而现在，只吃了一盘就不想吃了。吴妈劝她再吃点儿，她说实在吃不动了，剩下的明早馏一馏再吃吧。

吴妈去厨房盛了两碗饺子汤，递给秦卫花一碗，说："原汤化原食，喝点饺子汤，好消化。"秦卫花盯着饺子汤，幽幽地说："吴妈，我都瞧不起我自己，觉得自己可贱了，你是不是也觉得我贱？"吴妈忙说："傻姑娘，我有什么理由瞧不起你？你可别这样想。你不偷、不抢、不骗，怎么能说贱呢？靠劳动挣饭吃和靠年轻美貌挣饭吃是没有什么区别的。你可别自个儿给自个儿往脖子上套绳子。现在这社会，只要有钱，谁都敬重你；没钱，处处受人欺。"听着吴妈的话，秦卫花脑子里闪现出昨天售楼员小贾看她上车时的表情，心里好受了些，接着问吴妈道："你来周老板这里几年了？这么了解周老板家的情况？"吴妈道："我来快两年了。"秦卫花问："你见过老板娘吗？"吴妈道："没见过，关于周老板和老板娘的事，是介绍我来这里工作的人告诉我的，周老板很少说话。"

从吴妈的介绍里，秦卫花知道她是吴妈照顾的第三个女孩，第二个女孩还是个大学生，在这里住了大半年，也没能怀上孩子，还想在这里继续住下去，周老板没同意，周老板除了给她一大笔钱外，还给那女孩安排了一份很不错的工作，好像是个什么投资公司，还是国企呢。秦卫花自言自语道："大学生也会做这行？"吴妈反问道："大学生怎么就不会做这行？她们没有工作经验，如果家里又没有背景可依靠，想找个好工作难着呢，即使运气好，能找到一份还算满意的工作，每天起早贪黑地干，工资也不会很高，能养活自己就不错了。做这行一个月轻轻松松就能挣几十万，有这些钱垫底，以后的路就容易得多。我儿子也是大学生，毕业几年，换了好几份工作，挣的钱只够养活他自己的。幸好去年转行到一家汽车公司做销售，这两年汽车行业生意好，工资奖金加起来除去日常花销，还能剩点，这才算稳定住，一年多没再换单位。眼看快三十岁的人，还没成家，虽然谈了个女朋友，但女孩要求在北京买房，那可不是件容易的事。"听着吴妈的话，秦卫花紧绷的神经松了些，吴妈的话真能宽慰人。

秦卫花收拾碗筷准备去洗，吴妈忙站起身来抢过来笑着说道："这活怎么能让你干呢？我是专门伺候你的，活都让你干了，还要我干啥？"秦卫花说："我喜欢干活，不干活闷坐着我心里就发慌，干活心里才舒服。咱俩一起干，干完您老再陪我说话。"听秦卫花这么说，吴妈也不再客气，秦卫花收拾碗筷去厨房洗刷，吴妈抹桌子拖地。收拾完，俩人坐在客厅沙发上聊天。

吴妈泡了一壶玫瑰花茶，拿了两个带把手的敞口小玻璃杯，又拿了一罐冰糖放在沙发旁的茶几上，对秦卫花说："晚上喝玫瑰花茶最好，安神、入眠快、睡得香。只是玫瑰花热性有点大，喝了容易上火，配上一点冰糖，口感也好，还去火。"秦卫花惊讶地说："吴妈，您生活得这么讲究！"吴妈笑道："我讲究？再也没有比我更粗的人了。我来这里工作前，介绍人先把我送到一所皇家管家学校学习了三个月，课程的内容就是如何像英国皇室管家那样照顾雇主。怎样泡玫瑰花茶及喝玫瑰花茶的好处，我就是在那里学的。"秦卫花问："那学费一定很贵吧？"吴妈答道："估计得不少钱，学费是介绍人出的。"秦卫花认真地说："吴妈，我觉得您这份工作真好，我都想来做呢。"吴妈笑道："你真是个巧嘴的姑娘，会宽我的心。比起我同龄姐妹们找的那些照顾老人或孩子的活，我这活确实轻松，工资也还不低，但真让你来做，你们年轻人是做不下去的，长年一个人在这荒山野岭里住着，都没个唠嗑的人，年轻人哪里能受得了？"

喝了口茶，吴妈继续说道："我们这代人啊，啥事儿都赶上了。像我，五十年代出生，赶上大饥荒的六〇年，差点没饿死；刚上初中，赶上十年浩劫，读书无用论横行，虽然上了几年初中，但没有好好读书，混到初中毕业随着知识青年上山下乡的潮流当起了农民。七十年代末，全社会又开启了知青大返城的潮流，那些在读书无用论年代仍然坚持偷偷学习的人都通过考大学或中专回城了，不好好读书没考上大学，但家里有背景关系的人，也都通过各种路径纷纷回了城，在城里找到了工作岗位。像我这样既缺少文化知识，又没有家庭背景的，回城成了奢望。后来家人到处托关系，费了很大的劲，我才回到城里，回城后，又在家里闲待了两年，才进街道办的食品小厂当了工人。那时候能有份工作、有地方去上班就感觉很幸福啦！至于工资多少，都没有考虑太多，好在那个时候全国人民的工资差距都不是很大，不像现在，同在一个单位上班，普通员工和高管的收入差距那么大。那时候国家不许干个体，连在街上摆个水果摊、茶水摊，都不行，如果不能被分配到'正经工作'，就只能在家闲蹲着。眼看着我成了大龄女青年，家里又开始着急忙慌地四处托人给介绍对象。我在街道小厂工作，条件虽然比待业青年好些，但和在国营单位工作的人相比，条件就差了些，若能找个在国营大厂工作的男人，就算是嫁得好的。我运气还算不错，有人给介绍了我家那口子，他所在的厂子，是我们市最大的国营单位，限于当时的条件，我们没咋处就快速进入婚姻了。结婚不久就有了孩子，安稳的日子没过几年，改革开放了。我家那口子所在的厂子经营状况越来越困难，后来连工资也发不出来啦；我工作的那个小食品厂，被我们厂长承包了，不仅工资正常，还有奖金，后来改制成了厂长家的私营企业。由于经营得好，还上了市。厂长人很好，对我们这些老员工一直很照顾，还给我们每人一点小股份。这些年，我们家的经济收入主要靠我在撑。我倒是正正规规地嫁的，这日子有啥好？你刚才问我会不会瞧不起你，我有啥理由瞧不起你呢？"

吴妈的话，仿佛解开了秦卫花心里的疙瘩，她长长地舒了口气，又问："那您为啥不继续在厂里上班？"吴妈说："我退休了。"秦卫花接着问："您既然已退休，有退休工资，干吗还出来打工？"吴妈答道："一言难尽呀，我家那口子的单位已经多年不给他发工资了，可养老统筹和养老保险还要自己交啊，他不仅不挣钱，还需要家里倒贴钱给他交。按国家规定，男工人六十岁才能办理退休，他今年才五十五岁，还得自己继续交五年。他没技术，年龄又大，只能去给人家看大门当保安。这家用人单位也不给他缴纳养老统筹和养老保险的，保安工资低，挣的工资缴完养老保险，就剩不下几个钱了，连饭钱都不够。我的退休工资也不高，仅够生活，攒不下钱，但儿子将来结婚是需要花钱的呀，为了儿子，我也得干呐。"

听了吴妈的话，秦卫花暗想：人们都在努力让自己过得好一点，最简单直接的方法就是有钱，每个人都在努力挣钱，只是挣钱的方式不同。此时，她和吴妈坐在温暖的房子里，喝着放了冰糖的玫瑰花茶，是那么舒适和惬意，这是她们共同工作的一部分。这是工作吗？这应当是工作。秦卫花开始反省自己之前关于工作的理解，她一直认为工作就是劳动，只有劳动才能算工作，现在看来，自己关于工作的认知似乎太狭隘了。

不知是玫瑰花茶的作用，还是暖气的作用，秦卫花感到了倦意，便告别吴妈上楼睡觉，她潜意识里希望自己早点入睡，希望周老板回来时她已在梦中，所有的事情都发生在梦里，便不会尴尬。虽然周老板说今晚不会回来，但他的司机昨天也曾说他晚上不回来，可还是回来了……秦卫花上楼，换上睡衣，最后，索性把睡衣也脱掉，裸睡。暗想：若他回来，可以不用叫醒自己。天亮，秦卫花醒来，发现他真的没回来，不禁还有些怅然。

5

第三天傍晚时分，天还没有完全黑，周老板就回来了，陪秦卫花一起吃晚饭。吴妈问要不要喝点酒，他笑着说："我倒想喝，但为了下一代就算了吧。"吃完饭，周老板拉着秦卫花的手一同上楼，进了起居室，对秦卫花说："现在天还早，陪我看个美国大片吧。"说着，打开 DVD，放进去一张光盘，打开电视，电视画面里的人好像是在参加酒会，但都赤身裸体，没穿衣服。周老板让秦卫花和他一起坐在沙发上看电视，电视画面越来越让人尴尬，秦卫花低着头，羞于看电视，周老板用手指端起秦卫花的下巴，说："小心肝，害羞了，没见过吗？"说着，就把秦卫花的唇含在了嘴里，并对她说："帮我脱衣服。"秦卫花顺从地照做。他接着说："还不快点把你自己的也脱光。"秦卫花把自己的衣服也一件一件地脱了下来，最后还剩下一个胸罩和内裤，周老板见状笑道："小妖精，想让我动手吗？"说着，伸手扯下胸罩，两个雪白寿桃般的乳房腾地弹了出来，他用嘴噙住其中一个，用双手箍着秦卫花的身子，一点点地挪着向卧室走去。

……

转眼，秦卫花在这个别墅里已经待了二十天了，每天的大事就是吃饭和睡觉，竟也不觉得腻。她和吴妈仿佛成了忘年交，白天俩人一起做饭，打扫卫生，看看电视。二楼的书房里有许多书，秦卫花翻了翻，发现许多书都没开封，她给自己定了个读书计划，可是只要一打开书，读不到两页，上下眼皮就开始打架，还不如帮吴妈干活自在。闲着没事，就和吴妈研究如何做好吃的，每天午觉醒来，俩人一起喝下午茶。吴妈说，天冷要喝红茶或熟普才好，绿茶寒。吴妈上的那个管家培训学校，教授过茶道，她学了些皮毛，就给秦卫花讲些她记得的东西。

吴妈还在院子里开辟了个菜园子，种了几样容易活的时令蔬菜，秦卫花也喜欢到菜地里帮忙收拾。吴妈说："我喜欢种菜，看见种子撒在地里，几天后冒出小苗，小苗一天一个样，感觉真的很好，好像一切都有了希望似的，周老板不需要我种菜，但种了也不反对。他有时候也会来菜地看看，说他以前也当过农民。"

在一个冬日里难得有艳阳的下午，吴妈和秦卫花正在菜地里拾掇忙碌，一群天鹅从菜地的上空飞过，有只天鹅远远地尾随在队伍的末端，好像是受了伤，几片羽毛从那只天鹅身上飘落下来，其中一根羽毛落在了刚浇过水的泥地里，另外几根被风裹挟着飘向院外，不知所终。秦卫花把那根落在泥地里的鹅羽捡了起来，见白色的羽毛上沾了一些泥，秦卫花用清水轻轻地将污泥冲洗干净，让羽毛恢复了如初的晶莹雪白，随后将它带回房间，插在了梳妆台上放着的一个粉色的小梅瓶里。

日子就这样不知不觉地过着，周老板不是每晚都来，但要求秦卫花多看"美国大片"，让她学片中的女人那样伺候他。刚开始，秦卫花还很是羞涩抵触，渐渐地也就习惯了。

这晚，秦卫花伺候完周老板，进浴室冲洗自己时见红了，显然没有怀孕，便告诉了周老板。按最初谈的条件，秦卫花可以拿着十万元走人了，周老板却问："愿不愿意再给我一个月的时间？我给你再加五万元。"秦卫花说："无所谓愿不愿意的，我听你的安排，只是我来之前借了老板娘顾真雨十万元，说好一个月还她的。"周老板说："这无碍，我让司机小王给她打个电话，就说我再留你一个月，借她的钱下个月再还她。"

又一个月过去了，秦卫花还是没怀孕，这次，周老板没有再留她。这天一大早，周老板就离开别墅了。下午，司机小王回来，给秦卫花一个包，包里装着十五万元现金，准备送她走。秦卫花看着桌上的化妆品和柜子里的衣服有点恋恋不舍，吴妈说："你用过的东西，都可以带走。"秦卫花确实想带走那些衣服和化妆品，可是没有地方装。因为她来的时候，只拿了个小手提包。吴妈见状便拿出自己的拉杆箱，让秦卫花用。秦卫花问吴妈道："我把拉杆箱带走了，怎么才能给您送回来？"吴妈说："你不用送回来了，算我送给你啦。离开这儿，你就再也找不到了，想送也送不来，我到现在都不知道这是在哪儿。我让小王再帮我买一个就是了。"秦卫花听吴妈这样说，不禁有些伤感。衣柜里有一件大衣，秦卫花试过，很合身，但还没来得及穿，心想留下来未必适合下一个女孩的身材，也准备拿走。吴妈看出了她的心思，说："我们老板挑的女孩身材都是一个模子，所有女孩穿的都是一个码的衣服。"秦卫花听了这话，只好把手里尚没有去掉吊牌的大衣重新挂在了柜子里。秦卫花整天待在屋子里，没有穿大衣的机会，偶尔和吴妈去菜地干活，也不能穿着大衣呀。现在回想起来，秦卫花真有些后悔。不知道这件大衣在这柜子里挂了多久？见证过几个女孩曾住在这个房间里？想到这里，秦卫花不禁凄然：俗话说"铁打的营盘，流水的兵"，自己还不如这件大衣。收拾完东西，司机小王把拉杆箱放进车里，秦卫花一只手里拿着她来时带的小包，里面除了装着她的购房合同和发票，还有那根她从泥地里捡回来的鹅羽；另一只手里提着装着十五万元现金的沉甸甸的包。她上了车，和吴妈挥手再见，车门自动关上，大门自动打开。秦卫花离开了别墅，车快速地飞驰着，别墅早已不见，她怀疑自己只是做了场梦。

第六章

1

小王把车开到黑贝美发美容中心的门口，车刚在门口停下，顾真雨就从里面迎了出来，和司机小王打了个招呼，帮秦卫花提着拉杆箱，把她迎进老板的办公室。

秦卫花打开包，递给顾真雨一捆钱，是银行出库时捆好的，一捆十万元。顾真雨一边麻利地把钱放进自己的包里，一边说："这钱我也是借姐妹们的，说好了月息三分，还让我欠她们一份人情，你要知道，天底下最难的事就是找人借钱。"秦卫花虽然觉得月息三分的利息太高，但也没说什么，就又从包里拿出六千元递给顾真雨，说："不让您欠人情，您找个时间我请您的姐妹们吃顿饭，要不我再给您一千元，您自己请她们吃。"说着，秦卫花又从包里拿出一千元递给顾真雨。顾真雨盯着那一千元看了一会儿，但没有拿，悻悻地说："人情我替你还，只要你知道我帮你的这份情就好。"秦卫花回答道："您在我危难时帮我，我会一直记着，希望将来我能有报答您的机会。"顾真雨又和秦卫花闲聊了一会儿，问她今后有啥打算，秦卫花说："我能有啥打算，还不是和过去一样，老老实实地理发，过几年，遇到合适的人就把自己嫁了。"顾真雨笑着说:"怕是难了,你过过那种日子后,再回来过从前的日子,恐怕会不习惯的。"秦卫花说:"这才几天,怎么会过了几天那种日子,就不习惯平常的日子了呢?"顾真雨笑了笑不再言语。

秦卫花回到宿舍,床铺还是自己离开时的模样,她从柜子里拿出干净的床上用品,把床单和被罩都撤换下来,扔进宿舍的公用洗衣机,又整理整理柜子,将那片鹅羽放进柜子里的挂袋里。折腾了半天,仿佛一切都归位了,却感觉不到她以前曾有的那种舒适感,过去这个宿舍在她看来是温暖的、舒适的、整洁的,而今天看起来却是乱糟糟的。

秦卫花离开宿舍,来到理发店,正好有一个老顾客来找她做头发,听见店长正在对那个顾客说:"秦卫花刚从老家回来,很疲惫,换个理发师帮你做头发行不?要不你明天再来?秦卫花明天正常上班。"顾客说:"我这么远跑过来,明天再跑一趟?你告诉她我来了,看她有时间给我弄头发不?"正说着,看见秦卫花进来,顿时喜出望外,兴奋地给了她一个大大的拥抱。秦卫花受顾客情绪的感染,也快乐了一些,开始给这位顾客做头发。

秦卫花想起了两个姐姐,她有两个多月都没见过她们了,她们知道她为买房子到处借钱未果,知道合同约定的交款日期,她去别墅的事也没告诉过她们,两个月来,两个姐姐连个问候的电话也没打过,她们担心过她吗?她们来店里找过她吗?于是问前台的接待:"我不在的这俩月,我家人来找过我吗?"前台说:"没有。"秦卫花又问了一遍:"没有?我俩姐姐,她们之前来过咱们店的。"前台说:"除了你的顾客,没有其他人找你。再说,你回老家,你姐不知道吗?"秦卫花顿时无语。她想,自己在别墅的这段时间,顾真雨大概是告诉店里其他人,说她回老家了,但不可能告诉她的姐姐们。这么长的时间里，姐姐们都没找过她？秦卫花的心里开始下起了雨。

晚上收工，宿舍的小姐妹们围着秦卫花问长问短，都说秦卫花胖了些，脸色白里透红，更好看了。她们的热切，让秦卫花心中的雨暂时停了下来，有两个小姐妹一边和秦卫花说话，一边忙着泡方便面，其中一个说："秦姐，我也帮你泡一块面吧？"听了这话，原本半躺在床上和大家聊天的秦卫花从床上坐了起来，对宿舍的姐妹们说："今天不吃方便面了，我请大家吃火锅。"听罢秦卫花的邀请，这些平时贪嘴的姑娘们倒出乎意料地矜持了起来，一个姑娘："秦姐，不用，吃火锅太破费了，你都两个月没上班了，我们不能不自觉。"年龄最小的阿玲怯怯地问："秦姐，你回老家借到钱了吗？你的房子问题解决了吗？我们都替你发愁呢，也不敢问，怕问了让你更着急。"秦卫花淡淡地笑了笑，说："解决了，贷的款。"小姐妹们几乎异口同声地说："那我们更不能让你请客了，你得还贷款，压力多大呀！"秦卫花笑着说："放心吧，压力不大，是按揭贷款，我的工资支付每月的还款绰绰有余，卖房子的说我那房子现在的价格翻涨了一倍，我发财了！所以，我要请客！"

小姐妹们听秦卫花说房价涨了一倍，刚才的担心瞬间变成了羡慕，都替她高兴。秦卫花说："那我请客有理由了吧？"女孩们顿时欢呼雀跃起来，吃火锅，于她们而言无异于过年。大家蜂拥着出了宿舍，走过两条街，终于找到一家还在开门营业的小火锅店。所谓的火锅，其实就是麻辣烫，在这群姑娘的眼里，麻辣烫就是火锅。她们边吃边火热地聊着天，秦卫花看着她们的笑脸，内心涌出了一股莫名的伤感：这种纯真的笑，自己不会再有了。结账时，服务员拿来账单，二百三十五元，服务员问要不要发票，如果不要发票，就少收五块钱，姑娘们异口同声地说："不要票。"填饱了肚子，姑娘们雀跃着出了饭店的门，一路打闹着回到宿舍。其中一个姑娘说："秦姐请我们大家吃饭，我们怎么谢秦姐？"秦卫花说："谢什么，谁让我比你们大几岁，可以当你们的姐姐呢！"另一个姑娘说："秦姐比我们大不了多少，却处处像个大姐一样照顾我们，我们帮不了秦姐，但我们要像对待亲姐一样尊敬秦姐，秦姐有需要我们帮忙的，我们都麻溜儿地跑快点。"姑娘们齐声应道："是。"她们欢乐的情绪感染了秦卫花，秦卫花心想：吴妈说得对，有钱就是硬道理，情感的表达也需要金钱支持呀。过去，她即使想请小姐妹吃饭，给大家改善伙食，也只舍得请大家每人一碗馄饨，而今天，一顿饭花了二百三十元，却一点儿也不心疼，若放在两个月以前，她是舍不得的。

夜深了，宿舍安静下来，秦卫花却翻来覆去地睡不着，她在这间宿舍里住了两年多，为何过去从没有发现有人说梦话，有人磨牙，还有人放屁呢？她感觉宿舍里有股臭味，就起床走到窗边，把铝合金玻璃窗拉开了点缝隙。此时已是十二月底的天气，窗子虽然只开了个小缝，仍感到冷风飕飕地直往宿舍里灌，她只好又起床把窗子合上，反复如此，折腾到后半夜才昏昏沉沉地睡去。

秦卫花的生活好像又回到了往常。近年底，理发店迎来一年的黄金时期，每天早上，秦卫花不到十点就开始工作，晚上到十二点还不能收工，许多客人排着队等烫发，且大都选择工序烦琐费时的离子烫，一个头烫下来，要持续三四个小时，秦卫花像机器一样不停地转，却没有了从前工作时的那种欢愉的心情。以前，秦卫花看着客人的头发经过自己的打理变得更漂亮，会有一种成就感；看着客人去交款，算计着自己可能获得的报酬，又有一种幸福感。而现在，这两种感觉她都没有了，客人的头发做好了，她高兴不起来，反倒感觉他们头发上散发出来的味道很刺鼻。

客人结账时，她也没有了从前的那种幸福感，理发收入对她情绪的影响力越来越小，或者说每次做头发的收入都不能让她兴奋，让她兴奋需要更多的钱。倒是跟着她做助手的学徒工小凤每天兴奋得不行，看秦卫花忙得没时间吃饭，主动承担起帮她买饭的任务；见她胃口不好，又变着花样帮她买吃的。而每次秦卫花都只吃几口就放在一边不再吃了，吃啥都说不好吃，小凤感到很无奈。秦卫花每天像机器一样地工作，晚上又休息不好，心里还下着雨，在别墅里养出的那份滋润很快就不见了，看起来有着和她年龄不相称的憔悴。

　　已经是农历腊月二十三了，店里的人都在抢回家过年的车票。黑贝美发美容中心，百十名员工，竟没有一个是北京本地人，连老板也是十多年前从广东来北京的，虽然在北京有车有房，但过年仍要回老家去，好在老板有车，可以自己开车回去，不用抢票；秦卫花不准备回家过年，因为买房子找父母借钱弄得内心悲戚，她觉得父母并不爱她，没爱的地方，就不是家。去姐姐家？那还是过去疼她爱她的姐姐吗？记忆里，两个姐姐一直呵护着她，但自从她们结了婚，一切都不一样了。春根去世时，她很想去大姐家住两天，休整一下痛苦悲伤的心，大姐虽然看出了她的想法，但仍没有邀请她去家里住，她虽然知道大姐有为难之处，但仍感觉到了寒心。买房子找她们借钱，她们都说没有钱，她们也许确实没钱，但她们都知道合同约定的最后交款期限，几个月来竟没有一个人联系她，连句安慰她的话都没有，更别说和她商量寻找解决问题的办法了。这样的姐姐还配做姐姐吗？还不如老板娘顾真雨，这个和自己没血缘关系的人，在危难关头，还帮着想办法。秦卫花决定留在理发店的宿舍里过年，便主动对老板说她负责年终最后离店，年前第一个到店，老板承诺给她一千元的红包做奖励，秦卫花淡淡地说："不需要奖励。"

中午，秦卫花正在店里忙活，大姐从外面走了进来，秦卫花见大姐的小腹明显挺了起来，意识到她可能怀孕了，对大姐的怨气就消了些。大姐见秦卫花正忙，也不打扰她，就自己找了个椅子坐下，小凤乖巧地给大姐倒了一杯水。大姐坐在那里，安静地看着秦卫花给人做头发，见她手头的活儿忙完，才站起身对她说："花，出来一下。"

秦卫花跟着大姐出了理发店的门，大姐夫正坐在面包车里等着。见她们出来，大姐夫赶紧拉开车门。秦卫花和大姐坐在后排座上，大姐夫递过来一个包，大姐打开给秦卫花看，是一包钱。大姐说："这是给你凑的十二万元房钱，时间虽然过了，但我和二春觉得还是有可能补救的。三个月前你借钱，我们实在没有。你姐夫只是个小包工头儿，活好干，钱难要，虽然干了不少活，但都没有结成钱，都变成了欠条。外面的欠账要不回来，工人的工资也发不了。工资可以暂时缓缓，但给他们免费提供的一日三餐是不能停的。当时我们手里虽然有一两万元的现金，但考虑到要给工人们预备饭钱，买粮食、买菜都不能赊账，手里没个积蓄，万一开不起伙咋办，就没敢借给你。再说，就那两万块，借给你也解决不了问题。为了解决你的房钱，你姐夫天天去找包给我们活儿的大老板，要求结账，大老板今天拖明天，明天推后天，就是不给结账。好不容易挨到这年底了，大老板担心再不给发工资，工人们会去堵政府的门，这才给结了一半的工程款。昨天我们给大家发工资，也只发了一半，工人都是你姐夫从咱村上带出来的，有钱回家过年也就不为难我们了。发了工资，还剩十二万元，正好够你交房款……"

秦卫花看着那一包钱，突然抱着大姐放声痛哭，大姐从秦卫花的哭声里听到了痛彻心扉的委屈，那么深重又那么心酸，仿佛能把人淹没。看秦卫花哭得那么伤心，大姐也掉下泪来。秦卫花哭了半小时，还丝毫没有要停下来的意思，赵二春对秦卫花说："三儿，别哭了，你大姐怀着孕呢，你哭她也跟着伤心，对胎儿不好。"听了大姐夫的话，秦卫花努力克制着让自己不哭，过了好大一会儿才止住了，但还是不停地抽泣着。

见秦卫花哭成这样，大姐心疼不已。待她情绪稍微平稳后，大姐小心翼翼地问："是定金让他们没收了？没有补救的办法了吗？要不先找个律师问问？"秦卫花抽泣着说："购房合同签过了，没事了。"大姐夫问："没事了？你去哪儿借的那些钱？"秦卫花说："那房子房价涨了一倍，银行同意剩下的房款全部给贷款，我没借钱。"大姐责怪道："这大好的事你哭啥？"

大姐夫不等秦卫花回答，抢过话头说："肯定是作了不少难，见了你，委屈都出来了，放贷款的人怎好说话？"大姐觉得大姐夫的话有道理，就拍着秦卫花的背说："哭吧，把委屈都哭出来吧，别憋在心里。"

大姐又说："既然这样，我们就少给你留点，给你留五万吧？你先还一部分贷款，这样利息少些。你姐夫跑活儿，我们手里也得留点钱。"秦卫花说："不用，贷款的月供我能承受，我每月的工资还月供绰绰有余，等后年夏天交房后，就可以有房租收入了，会更宽裕。"

大姐又问秦卫花："那过年你咋打算的？"秦卫花淡淡地说："买房子找爹娘借钱，不仅钱没借着，还把情借没了。爹娘太重男轻女了，我不想回家，打算留在北京过年，就在宿舍里过。"大姐说："我们也不准备回去。今年是我们搬进北京新房子的第一个春节，按规矩，就应当在新房子里过年。再说我也怀孕了，不适合来回奔波。平常，我和你姐夫天天吃住都在工地上，新房子倒没顾上住。我们打算过年时在新房子里好好住几天，学着北京人的样儿享几天福。你去我们那儿过年吧？本来就给你预备了一间房。"秦卫花想起春根刚走时，自己想去大姐家住而不得的事，苦笑了一下，说："不用，我自己过。"

赵二春看着秦卫花苦笑的表情，有点羞愧，尴尬地说："三妹，你不要怪我，你知道我和你大姐挣这个房子有多不易，咱老家关于重孝人的规矩和讲究你也是知道的……但孝不过百天，现在大半年过去了，没有忌讳了，你若不去我们家过年，我和你大姐这个年也过不安生。这大过年的，街上的小饭馆都关门了，你那宿舍也不能开伙……估摸着你大姐端起饭碗就会想起你，埋怨我。就算她不埋怨我，自己在那里伤心，我心里会好受吗？为了我和你大姐过个安生年，我求你一定要去我们家。好妹妹，算我求你了。"秦卫花犹豫地说："过年还有几天呢，到时候再说吧。"

大姐知道秦卫花的心性，妹妹是不会让她伤心的。原本给妹妹准备的钱现在不需要了，倒像是白捡了十二万似的，欢天喜地回去了。临走，他们给秦卫花留下了赵二春的手机号码。昨天，赵二春刚刚拥有自己人生中的第一部手机，那是秦卫芝送给他的新年礼物。在回去的路上，俩人商定，等理发店一放假就开车来接秦卫花。

秦卫花红着眼回到理发店，继续给排队等她的顾客们做头发。她心里连绵多日的雨停了，脸色也渐渐明朗起来。

大年三十下午，秦卫花还在理发店里忙活着，大姐夫就开着车等候在理发店的门口了。

到家时，大姐正在快活地准备着年夜饭的食材。见秦卫花进门，大姐赶紧去开空调："我们一直没在家住，就没交暖气费。暖气没开通，屋里有点凉，不过有空调，一会儿就暖和了。左邻右舍都开暖气，我们夹在中间，蹭点邻居的暖，也不太冷，和我们在工地上的住宿相比，简直是一个天上，一个地下。"秦卫芝打开空调，走过来拉着秦卫花的手，向其中的一间卧室走去，打开卧室的门，说："这是我们专门为你预备的房间，这间房共有四把钥匙，现在都挂在门上，你就都收起来吧，这间房就是你的了。幸亏当初听你的建议我们才弄了套大房子，你看你的建议多正。"秦卫花打量着眼前这个十多平方米的房间：一张一米五宽的木质靠背床，铺着粉色的绒布床单，枕头、被罩、窗帘也都和床单同色。一个白色的四门柜，一个白色的小梳妆台。秦卫花打量着这个干净、带着梦幻色彩的房间，那颗日益僵硬、撕裂的心似乎开始慢慢软化，慢慢自我缝合。

年夜饭准备的是火锅，大姐说象征着来年红红火火。吃罢年夜饭，赵二春负责收拾碗筷，姐俩坐在沙发上看电视。秦卫花的头歪靠在大姐的肩上，电视里春节联欢晚会正热火朝天地进行着。看了不大一会儿，秦卫花和大姐都开始打起了哈欠，大姐说："要不早点睡吧？"秦卫花点点头，拉着大姐一起去卫生间洗漱，然后各自回房间睡觉。

秦卫花这一夜睡得很沉，醒来时，透过粉色的窗帘，见外面的天光早已大亮。她慢腾腾地穿衣起床，来到客厅，见餐桌上早已放着一大篦子包好的饺子。大姐笑着对秦卫花说："赶快去刷牙洗脸，我这就去下饺子。"秦卫花洗漱完毕，煮好的饺子已经盛盘摆在餐桌上，等着她来吃了。

亲情是最好的疼痛治愈剂，这个短暂的假期里在大姐家，秦卫花仿佛忘记了那些痛。或许，那些痛只是一场梦，她还是过去那个勤劳、纯洁、善良的秦卫花。

春节假期结束，秦卫花回到黑贝继续做她的理发师，但从理发中她再也感受不到过去曾经有的那种快乐了。她觉得所有的客人头发上都有一股难闻的味道，她没能隐藏这些难闻味道给她带来的不适感，她的不适感没能逃过顾客的眼睛，找她理发的顾客越来越少。宿舍又乱又脏，夜里各种声响不断，严重影响着秦卫花的睡眠，秦卫花对自己目前所处的工作状态和生活环境严重不满意，她期望改变，却不知道如何做才能变得更好。

2

一个仲春的下午，顾真雨到店里做头发，做完头发，见秦卫花正闲着，便邀她一同去旁边的咖啡馆喝咖啡。闲聊中，顾真雨告诉秦卫花，她认识云安俱乐部的领班，领班曾邀请她去看演出，她一直没去，主要是没有可以一起去的朋友，一个人去看演出总感觉有点怪。顾真雨又向秦卫花介绍说，云安俱乐部是会员制，专门为会员服务，不接待非会员，会员的年费是每人每年二百万元，支付二百万元仅仅取得一年的会员资格，会员在俱乐部消费还要另外收费。秦卫花暗想那些会员真抽风，花那么多钱就为了买个会员资格？云安俱乐部是个怎样神奇的地方呢？秦卫花很好奇，很想去见识见识。当顾真雨问她是否愿意陪她一起去俱乐部看演出时，秦卫花很欣然地答应了。

晚上八点，顾真雨带着秦卫花来到云安俱乐部的大门口，门口站着两个气宇轩昂、衣服华丽堪称英俊的年轻男子，顾真雨告诉秦卫花，这些帅哥的职业称谓是门童。顾真雨走上前去向门童做了自我介绍，请门童让她们进去，门童微笑着说："不行，只有会员和员工才允许进入，或者有会员陪同作为会员的贵宾也可以，其他人一概不允许。这是我们的工作要求，大姐，您不要为难我们，我们不遵守规章制度会丢饭碗的。"顾真雨只好给她的朋友、那个领班打电话，过了一会儿，从大门内走出来一位年轻漂亮的女子，把顾真雨她们接了进去。秦卫花出神地看着那女子，原本对自己容貌还有些许自信的秦卫花，这一刻感觉到了自卑。顾真雨向那女子介绍说秦卫花是她的闺蜜，那女子礼貌地握了握秦卫花的手，自我介绍说："我是负责这里模特表演的领班，姓刘，叫我刘领班就行。"刘领班领着秦卫花她们来到二楼的一个大厅，大厅中央搭着一个模特走秀的T台，T台两边摆着许多圆形的茶座，顾真雨拉着秦卫花在其中一个紧挨T台的茶座坐下。秦卫花坐定后，四下扫了一眼：茶座的灯光很暗，可以隐约看见人影，但看不真切面容。有的茶座是两到三人围坐，边喝边吃边聊天，也有独自一人坐一个茶座自斟自饮的。她们落座后，有人送过来一壶茶，茶壶是玻璃的，茶壶下配一小圆形三脚钢架，茶壶放在钢架上，下面有一个燃烧的小蜡烛，还有两个带底盘的精致玻璃小茶杯。秦卫花一边小口喝着茶，一边偷偷四处观看，她想看看都是些什么人，这么傻，花二百万就为了取得进出这里的资格，更想知道是什么值得这些人愿意花二百万买进出这里的资格。秦卫花兴致勃勃地观察着周围茶座里坐着的人，突然发现，茶座里坐的好像都是男士，顾真雨和她在这里很另类。

　　一位穿着得体的女子走到台上，做了个简短的欢迎致辞，宣告演出开始了。有强光打到T台上，音乐响起，一个朝气蓬勃的女孩穿着学生装，转过后台大屏风向T台走来，一路蹦蹦跳跳，一副清纯活泼的少年学生妹模样，女子身上有个号码牌。她在台上走了一圈，面向不同的方位摆了几个造型，蹦蹦跳跳地下去后，第二个女孩才从后台大屏风内向Ｔ台走来，仍是少年学生妹模样，只是衣服的颜色和款式和第一个略有不同……美女们依次出场。第一轮表演结束后，停了一会儿，第二轮走秀开始。这一轮美女们穿的都是华丽的礼服，有的露背，有的露胸，有的露出若隐若现的大长腿，美女们各个身材高挑，明媚艳丽，身为女人的秦卫花看着都心痒。第二轮走秀结束后，又停了一会儿，第三轮的展示开始，这次美女们展示的是泳衣和内衣，美女们穿的衣服不能再少了……第三轮表演结束，音乐由刚才热烈奔放的曲子调换成舒缓的小夜曲，Ｔ台上的灯光熄灭了，茶座边围坐的人也都陆续地离开了。

在回程的路上，秦卫花坐在顾真雨的车里，静静地看着车窗外的灯光，想着刚才的所见和她日常生活的烦闷，顾真雨有一搭没一搭地和她聊着天。闲聊中，秦卫花知道这些模特们平均每晚收入过万，当然，她们的工作不仅仅是走模特步，还可能陪客人……顾真雨没有说得那么直白，但秦卫花已经听明白了。秦卫花是个聪明人，已经猜测出顾真雨带她来这里的原因了，顾真雨不明说，她也不再说话。

3

转眼间，秦卫花在云安俱乐部做模特已经第四个年头了。2008年北京的初春，阳光是明媚的，树叶是明媚的，花是明媚的，连路边的小草也是明媚的。

秦卫花独自一人坐在一个酒吧的角落里，一边小口地喝着一杯红酒，一边若无其事地翻看着时尚杂志，偶尔瞟一眼店里的其他客人。下午的酒吧没什么客人，客流高峰是在晚上八点后，下午的酒吧适合孤独的人来消遣。不知什么时候，秦卫花喜欢上了下午的酒吧，每个星期，总会抽出一个下午的时间到这里坐一会儿。在这酒吧一条街上，很多服务员都认识秦卫花。她们知道她的名字叫秦画，是个演员，在几部戏里演过小角色，但一直没有成名的机会，她们猜测她的家世应当很好，因为她如果依靠演那几个小角色挣的钱生活，连日常吃饭都不够，但她的生活好像过得挺滋润。

秦卫花透过酒吧的大玻璃窗朝大街上望去，一辆豪车停在了酒吧门口，从驾驶室里走下来一个三十多岁的男人，穿着考究，那人径直朝秦卫花所在的这间酒吧走了过来。秦卫花看着这个男人，觉得有点面熟，是自己曾经服务过的客人吗？仔细想了想，应当不是！她突然想起来了，这是那个别墅男人周老板的司机小王。秦卫花见小王坐定，便款款地走了过去，在小王茶台对面的椅子上坐下，笑盈盈地看着小王。小王看见秦卫花先是一愣，然后装出一副不认识的模样，问："请问小姐贵姓？"秦卫花微笑着说："王老板真是贵人多忘事呀，不认识我了？"小王故作惊讶地拍了一下脑袋，说："原来是秦小姐呀，真是女大十八变，越变越好看，美得我都不敢认了。"小王一边应着秦卫花，一边心想，这个女的真奇怪，到过别墅、伺候过老板的女孩子离开别墅后，都假装没这回事，她竟主动和过去握手。秦卫花笑着看着小王的眼睛说："王老板要点什么？我请客。"小王说："秦小姐果然发达了，这么大方，那也不能让你请，哪有男士让女生请的道理？"转脸对服务员说："秦小姐的账单由我来付。"秦卫花和小王换了个安静的位置坐下，天南海北地聊了起来。

秦卫花原本是因为无聊才去找小王搭讪，却了解到一件让她震惊的事情：当年周老板第一次通过顾真雨给秦卫花的定金不是十万，而是二十万，还另外给了顾真雨两万元的辛苦费！顾真雨竟私吞了原本给自己二十万定金中的十万元，自己被迫向顾真雨借原本属于自己的十万元钱用了不到两个月，顾真雨还收了自己六千元的利息，而顾真雨对于周老板另外付给她的两万元介绍费只字不提！当年她促成这件事貌似仅仅是为了帮自己渡过难关，还口口声声说借给自己的钱都是从姐妹朋友那里筹措来的……秦卫花这么多年来一直感谢顾真雨，在她最困难的时候帮助她填补了资金缺口，认为顾真雨真心待自己好，并视她为恩人。而真相是：顾真雨把她卖了，她还在帮顾真雨数钱！秦卫花顿时觉得自己的智商受到了侮辱，愤怒的火焰从心底升起。但她努力压制住心里的怒火，平静地问小王："钱的事你咋记得这么清楚，是周老板告诉你的？"小王说："钱是我直接办的，第一次给的二十二万是我直接转到顾真雨卡上的，后来的钱是我给你取的现金，你忘了？"秦卫花笑着说："我咋能忘呢！"两人又接着说了会儿闲话，天色渐暗，秦卫花需要回云安俱乐部上班，就要了小王的手机号码，并给他留下自己的名片，真诚地说："王老板，存下我的手机号，有时间我会约你哟。"小王接过秦卫花白嫩的染着大红长指甲的纤指递过来的粉色名片，只见名片上印着：秦画，演员，手机号码……秦卫花告别了小王，开着自己的小宝马赶往俱乐部，一路上恨恨地发着誓说：一定要把顾真雨侵吞的那十万元要回来！

　　秦卫花第一次意识到自己的愚蠢。之前，她一直认为自己很聪明，比两个姐姐聪明，比同村的同龄女孩们聪明，比曾和她一起工作过的理发店里的女孩们聪明。即使在云安俱乐部，她也算是为数不多的聪明人。她刚到俱乐部不久，就了解到某著名企业家的小三曾在这里工作过，她在这里工作期间，读了几个月的电影速成进修班，认识了几个拍电影的，在几部剧里演了几个没有几句台词的演员，后来竟以演员身份傍上了某著名企业家，现在俨然是上流社会人士。这个女孩儿常被俱乐部的领班当成励志楷模讲给模特们听，模特们大都是左耳朵进，右耳朵出，嘻嘻哈哈地就过去了，秦卫花却是把她当榜样学习的模特之一。到俱乐部工作不久，秦卫花也去读了几个月的电影速成进修班，又想方设法赔钱在几部剧里混了几个小角色，把这些角色的剧照做成宣传册在圈子里推广。秦卫花的颜值，在俱乐部模特中原本属于下游，但靠着演员的噱头挣的出台费却进到了上游。但这并不是她的理想，傍上个名流，过上上流社会的生活才是她现在的梦想。

秦卫花来俱乐部之前，顾真雨告诉她这里的会员年费是二百万时，她觉得不可思议，而现在她知道，对于那些人来说，用二百万元买一年的会员资格，和她在理发店做小工的姐妹们买一碗馄饨没什么区别。

秦卫花很有投资头脑，把挣的钱都买成了房子，继第一套商铺之后，她先是买了一个小公寓，解决了自己的住房问题。接着大姐夫工地通过抵债又弄来两套房，她也都接了盘。北京的房价如直升机般往上升，秦卫花的账面资产额随着房价的上涨节节高升，可堪称富姐了。而云安俱乐部的其他模特大都热衷购买奢侈品，在包和车之类的消费品上攀比，开玛莎拉蒂的模特不少，这仿佛是她们的标配。秦卫花现在开的小宝马，还是一个模特因换玛莎拉蒂而淘汰给她的旧车，要不然她现在连车还没有呢。幸亏买了这辆淘汰车，彼时北京还没有限制非北京户籍人员买车上京牌，几年下来，光车牌增值就获取了不菲的收益。那个模特把车淘汰给秦卫花时，连车带牌就要了她五万元，那个模特后来想反悔，但车已过户至秦卫花名下，约定的五万元车款买车时已全部付清，车辆交易时，还请领班做了交易见证人，那个模特想毁约但没有成功。

在云安俱乐部，模特们对秦卫花都比较敬重，公认她是模特行里比较有脑子的人，秦卫花自己也曾这样认为。而现在，她感觉自己被顾真雨狠狠地打了耳光。她转念又想：顾真雨原本也不是北京人，却能在北京扎住根，开一家那么大的美容美发中心，还有一个圆满的家庭，而自己呢？秦卫花以顾真雨为镜，照出自己的弱来，认识到顾真雨确实比自己高一筹。好强的秦卫花默默地在心底把顾真雨当成自己前进路上的一座山，暗暗地对自己说："秦卫花，你如果能把被顾真雨侵吞的钱要回来，算你能。如果要不回来，就该清楚自己的斤两，别整天不知天高地厚，洋洋自得地和矮子比高低。"

自从秦卫花把顾真雨视为前进道路上的敌人代表，就日夜都在琢磨如何找她把钱要回来。偶尔，她会在心底泛起放弃要钱的想法，这么多年来，顾真雨是唯一一个知道她全部故事的人，高兴时、悲伤时，顾真雨是唯一一个可以倾听她的人，如果和她闹翻，自己的心事还有谁可以述说？她将从此彻底关闭心门，孤独地承受一切。她不想连一个可以敞开心扉聊天的朋友也没有，但她又无法劝说自己接受顾真雨对自己的欺骗。强烈的自尊心、一决胜负的心理最终占了上风，她决定必须找顾真雨把钱要回来。在终于想到认为可行的办法时，她也明确地知道自己未来的路注定凄凉孤独。

4

这天下午，秦卫花早早地来到俱乐部，去找保安队长。保安队长姓汤，四十来岁，在部队服过役。当年从部队退役后，对政府安置的工作不满意，选择了自主择业，三年前到俱乐部任职。汤队长和俱乐部所在地及周边的警察关系甚好，常常在一起喝酒。秦卫花见了汤队长，先软绵绵地叫了声汤哥，汤队长笑呵呵地说："大明星，可别这么软地叫我，我受不了。你别诱惑我，我可付不起你的出场费。"汤队长的话音还没落，秦卫花的眼圈已经红了，眼看着眼泪就要掉下来了，仿佛受了多大委屈似的说："汤哥，你就是这么看我的吗？我也是爹生娘养的，是我爹娘的女儿，是我姐姐的妹妹，难道我连喊你一声哥的资格都没有？我年轻时，被人误领歧路，难道从此就没有给人做妹的资格了吗？"听秦卫花这么说，汤队长也觉得自己刚才的话有些不妥，就赔着笑脸说："好妹妹，哥错了。"见汤队长道了歉，秦卫花破涕为笑道："我上午没事，去商场闲逛，见商场正在搞促销，有款衬衣打折力度很大，我估算着您的号，替您买了一件。"说着从包里拿出一件衬衣递给汤队长，汤队长看了一眼包装盒上的商标，笑道："打折？这牌子打折也得好几千，你干吗这么破费？我可无功不敢受禄。"秦卫花羞涩地说："当着哥哥您这尊真神我也不敢说假话，妹妹遇到困难了，需要哥帮忙。"汤队长说："什么事？说来听听，看我有没有能力帮，如果帮不了，这衬衣我可不敢收。"秦卫花说："汤哥，您先试穿衣服吧，无论帮上或帮不上忙，这衣服我都买来了，人家商场也不给退，只能换。如果合适您就穿着，不合适，我把买衣服的票给您，您去调换一件适合您的。妹妹做人不至于短到一件衣服都送不了哥哥。您先穿了衣服我再说事，您若不收这件衣服，这事我也就不说了。"汤队长听秦卫花说的在理，也就不再推辞，伸手接过衣服，去找房间试穿，衣服很合身。

　　汤队长试过衣服后折回来微笑着问秦卫花："啥事？快说吧。"

秦卫花说："哥，也不是个啥难事，就是我一个弱女子，别人看着我好欺负，想赖欠我的账。我以前曾工作过的理发店的老板娘，五年前从我这借了十万六千元，说好的年息两万，用两年就还，我贪心利息，就把钱借给她了。借款到期，我找她要欠款，她让我带上借条去找她，说给她借条，她就把钱还我。我把借条从家里锁着的抽屉里找出来，放进包里，到她约定的咖啡店的包房里，她客气地请我吃饭、喝茶，中间我上了趟洗手间，想着她在包房，不会有小偷进来，就没拿包……吃完饭，她笑盈盈地让我把借条给她，她马上就把钱给我。可是我把包翻了个底朝天，也没找到那张借条。她就说让我慢慢找，我啥时候找到，她啥时候还钱，可我再也没有找到那张借条！后来我仔细回想那天的情景，怀疑借条是被她偷走了。她说她把钱带来了，可那天她只拿了个小手包，压根就没有放钱的地方，我判断她就没准备还我钱。她请我吃饭喝酒喝茶，目的是让我放松警惕，拖长时间，这样我中间必须上洗手间，她便有机会趁机偷走借条。她不否认借钱，就是让我找借条，现在明知我没有借条还让我找，明摆着要吞了我的钱。"

汤队长听完后沉吟了一会儿，问道："你让我怎么帮你？"秦卫花说："您叫上两个警察，带两个我们俱乐部的保安，我把她约到咖啡馆的包房里，你们只要在包房门外的卡座里坐着就行。"汤队长说："警察不允许插手经济纠纷，他们不会干的。"秦卫花说："什么都不让警察干，只要让她知道警察是我的熟人就行，必要时，我给您发短信，让警察进包房跟我打个招呼即可，钱要回来，利息的一半归您，您自留或请朋友由您看着办，我只要我的十万六千元的本金和一半的利息。"汤队长犹豫着说："那如果按你说的做，她还是不愿意还钱，要不回来钱咋办？"秦卫花说：

"即使要不回来钱，我也感谢您。我相信一定能要回来，毕竟她不占理，欠钱不还的人，心总是发虚的。成败的关键在于时间衔接要紧密，她一旦答应还钱，就必须拿她的银行卡和身份证到银行把钱取回来，不能让她自己去取钱。如果她自己去，怕会有变故。您带上的保安，一定要机灵能干，而且忠诚于您，预备着随时去银行取钱，而且还不能对钱动小心思。"

汤队长说："这个没问题，那啥时候办？"秦卫花说："办事前是不是需要先请帮忙的警察吃顿饭？一则我需要认识他们，他们要显得和我很熟，办事效果才好，另外，我也要把事情和他们说清楚，就是让他们给我壮个威，必要时和我打个招呼，不需要他们做其他任何事情，不能让他们觉得有违反纪律的风险。"听了秦卫花的话，汤队长觉得秦卫花不仅说话在理，还能站在别人的立场上考虑问题，真不像个普通出台的模特。当即，汤队长打了两个电话，约了俩私交比较好的警察，只说明天中午请他们吃饭，没说有事需要帮忙，俩警察不约而同爽快地答应了。

秦卫花在云安俱乐部旁边的鲍鱼宴酒店订了个包房，请汤队长和他的警察朋友。汤队长向俩警察介绍秦卫花是他的老乡，职业是演员。席间，秦卫花吴侬软语，温柔体贴地为客人们端酒夹菜，酒足饭饱后，秦卫花把她的请求又对俩警察复述了一遍，只是没提她愿意出钱做酬谢的事。俩警察一听，都认为理发店的老板娘太不地道了，义正词严地答应秦卫花要为她伸张正义，说："对这种无义之人，必须好好地教训一下，我们就是冒着犯纪律的风险也得帮你。"秦卫花连忙躬身说："谢谢俩警察哥哥的仗义，但我宁可不要这钱，也不能让您犯纪律，是我这点小钱重要还是您二位的大好前程重要？我连这都掂量不清，就不配坐在这桌子上吃饭了。"俩警察觉得秦卫花不仅明事理，还有侠女范儿，对她的好感又多了几分。

秦卫花给顾真雨打电话，约她到云安俱乐部旁边的咖啡馆喝上午茶并共进午餐，顾真雨爽快地答应了。这么多年来，秦卫花和顾真雨一直保持着联系，因为顾真雨是这个世界上最了解秦卫花的人，也是她郁闷时为数不多的可以聊天的人，俩人关系会走到今天这种局面，是秦卫花过去不曾想过的。想到将来再也没有一个可以无所顾忌聊天的人，她不禁有些哀伤，也曾在瞬间产生放弃的念头，但强烈的自尊心驱使着她继续实施要钱计划。

秦卫花早早到了约定咖啡馆的包间里，用透明胶带把袖珍录音笔粘在了茶几下面，汤队长、俩警察和另外俩保安在包房外的卡座里坐着，静等顾真雨的到来。

满面春光的顾真雨如约而至，秦卫花边和她寒暄，边顺手把酒水单递给她，让她点饮品。顾真雨笑呵呵地说："先告诉我为啥请客，又钓到了个傻金龟？告诉我你这次又得了多少银子，我才好决定点什么，我点的东西要和你挣的银子相匹配。"秦卫花笑着说："还是姐姐懂我，知道我请姐必有好事，只是这次和金龟无关，是我找到了多年前被人骗走的钱，你说要不要庆贺？"顾真雨带着夸张的惊讶表情说："谁这么大本事能骗得了你？快告诉我，我倒要看看是谁，骗了你多少钱？"秦卫花淡淡地说："远在天边，近在眼前，就是姐姐你呀，多少钱你比我清楚。"空气瞬间凝住，顾真雨先是一愣，突然沉下脸来说："小秦，我当你大白天发疯，原谅你，不请饭可以，我走。"说着拿起包就往门口走，打开门，却见俩保安堵着门，顾真雨见脱不了身，就又折回到沙发上坐下，厉声道："小秦，你要绑架我吗？"秦卫花缓缓地说："姐姐，我怎么能绑架你呢，我只是要你把五年前吞我的十万六千元本金和利息还我。利息比你当年收我的利息低，按一年两万元算，现在已有五年时间，你至少该给我十万，还我二十万六千元就行，多了我也不要。"顾真雨怒道："你血口喷人，我何时吞过你的钱？"秦卫花拿出手机，报出周老板司机小王的手机号码，说："姐姐用手机拨打一下这个手机号，问问小王，那天小王接我去周老板的别墅之前，打到你卡上付给我的定金是二十万还是十万？你只给我十万，另外十万我还得向你借，不到两个月还收了我六千元的利息。你真能，把我的钱借给我，我还得付利息！"顾真雨把秦卫花报的手机号输入手机，手机通讯录显示是周老板司机小王的名字，确信秦卫花不是诈她的，就强辩道："我难道白帮忙？那十万元是我的中介费。"秦卫花道："当时说得清楚得很，另外给了你两万元的中介费，是不包含在我这二十万元内的。你真狠，我的青春损失费，你一下就吞了一半。"顾真雨见抵赖不过去，就说："我今天没带钱，想还也还不了你。"秦卫花说："不要求你今天还，你给我写个保证书，保证两年内还就行。"顾真雨听秦卫花说给两年的还款时间，心想：时间这么长，啥变化都有可能发生，今天这阵势不好走脱，只要不让还现钱，写个保证书先脱身再说。顾真雨这样想着，就说："那好，我写保证书。"秦卫花从包里拿出早已准备好的笔、纸，递给她。

顾真雨按秦卫花的要求开始写保证书，写了七八遍，费了七八张纸才把不到百字的保证书写好。秦卫花让顾真雨在保证书上签上名，又从包里拿出印泥，让她按手印。顾真雨虽然在心里诅咒着秦卫花，但还是乖乖地在保证书上按上了鲜红的指印。秦卫花把保证书叠好放进包里后，又笑盈盈地说："姐姐，我想长痛不若短痛，还是麻烦你今天就把钱还我。"顾真雨怒道："你出尔反尔，我今天没带钱。"此时，顾真雨知道她再次上了秦卫花的当，她这是一步步地把自己欠钱的事坐实了！顾真雨恼羞成怒，正伸手要打秦卫花，包房的门被敲了两下，一个警察推开门探进半个身子，问："有事吗？"看见秦卫花，仿佛之前不知道秦卫花在包房里，就"哦"了一声，问："小秦哪，你在这儿干什么呀？"秦卫花笑着应道："吴警官好，我正和这位姐姐商量她啥时候还我钱呢。你在这儿干什么？"吴警官答道："这是我们的片区，我刚好巡逻到这里，顺便在这儿吃个午饭，没事我就不打扰了。"说完就退身出去了，转身前还对顾真雨笑了笑。

顾真雨见状觉得凶多吉少，就拿起手机准备打电话求救，却被秦卫花一把夺过了手机。顾真雨说："我给我家那位打电话，让他送钱来，我身上没带钱咋还你？"秦卫花冷笑道："你当我不知道，你们家美容美发中心的营业款都在你卡上，现在是月底，你卡上别说是二十万，四十万也有，把你的银行卡、身份证和密码给我，我安排人去取。你不要幻想能躲过去，保证书你也写了，早晚你都得把钱还我，晚一天还得多付一天的利息。我既然已经来找你要钱了，你觉得还能跑得掉吗？"顾真雨看着实在躲不过去了，只好乖乖照办并强调说："不能多取。"秦卫花说："我可不想犯法，我只取属于我的，多余的我也不要，你这银行卡款项发生变动时不是有手机短信提醒吗？取多少钱，银行会通过短信通知你，你不用担心我会多取。"秦卫花把顾真雨的银行卡和身份证递给门外的保安，安排他们去取钱，交代只能取二十万六千，不能取多。

一切停当，秦卫花松了口气，笑容浮上了脸颊，她柔声对顾真雨说："姐，该生气的是我，不是你。这件事处理完，你还是我姐，毕竟没有人比你更了解我，我可不想失去你这个知己。但你也不能把我当傻子卖了，还让我帮你查钱不是？你看，折腾了一上午，我也饿了，咱俩得点些吃的。"

顾真雨黑着脸，不搭理她。秦卫花并不恼，仍笑道："我大人不计小人过，不和你计较了，给你点份铁板牛仔面怎么样？忙活了半天都没顾上喝口水，都怪你一到这儿就问我发的什么财，我本来准备吃好喝好才和你商量还钱的事，谁知你这么沉不住气。"秦卫花按了一下咖啡桌上的呼叫器，点了两份铁板牛仔面和两杯绿茶。

一会儿，茶上来了，秦卫花端起茶杯，笑盈盈软绵绵地对顾真雨说："来，为我们未来坦诚相见的友谊干杯，告别被谎言遮盖的友谊，告别过去的傻丫头秦卫花，迎接一个新的秦卫花。"顾真雨仍不吭声，也不端茶杯，秦卫花用手里的茶杯碰了一下放在顾真雨面前的茶杯，然后自顾自地喝起茶来，这时，拿在她手里的顾真雨的手机响了起来，顾真雨伸手要去拿手机，却被秦卫花闪过。秦卫花按下接听键放在耳边接听，原来是银行工作人员打来的，银行卡的主人没到现场，非卡主本人持卡取这么大额的现金，银行谨慎起见，拨打办卡时留下的联系电话进行核实，只听手机那端的银行工作人员说："我是民安银行的工作人员，您是顾真雨本人吗？"秦卫花忙答："是，有什么事吗？"电话那头问："有一个叫郭晓宾的拿你的卡来取二十万六千元你知道吗？"秦卫花回答道："知道知道，是我安排他去的。"电话那边说："那就给他取了。"秦卫花说："好的。"挂断电话，秦卫花悬了一上午的心算是彻底地放进肚子里了，她原本最担心的就是银行取款这一关，现在最后一道关卡也顺利通过了。秦卫花突然感觉自己很饿，待牛仔面上来，她把其中一份推到顾真雨面前，另一份拉到自己面前自顾自地吃了起来。顾真雨却仍黑着脸坐在沙发里，既不喝水，也不吃饭。

取钱的保安郭晓宾回来了，进了包房，把两大捆银行扎好的钱递给秦卫花，又递给她一沓散钱，说："姐，这两捆是二十万，这是六千块，你点点。"秦卫花接过钱，也不点，直接放进身边早已准备好的旅行包里。郭晓宾又把顾真雨的银行卡和身份证递给秦卫花，她接过来转手递给顾真雨，并示意郭晓宾出去。

郭晓宾出去后，秦卫花对顾真雨说："姐，你还是吃完面再走吧。"顾真雨仍不说话，把身份证、银行卡塞进包里，伸手从秦卫花手里夺过自己的手机，对秦卫花说："把我刚才写的还款保证书给我。"秦卫花笑眯眯地打开斜挎在身上的小包，拿出保证书，递给顾真雨。顾真雨接过保证书，刷刷地撕了个粉碎，然后把碎纸全部塞进秦卫花为她点的那杯茶里，看着碎纸全部沉入杯底。顾真雨拎起包，怒气冲冲地站起来，拉开门便冲出了包房。看着她的背影，秦卫花笑了，有多少年没这样舒心地笑了。

秦卫花把一直在包房外面卡座里坐着喝茶的汤队长叫了进来，关上门，打开一捆钱，从里边拿出五刀，对他说："汤哥，这是我答应给的，您拿去请弟兄们喝酒。"汤队长觉得自己只是在外面坐着，安排人帮忙取个钱，就得这么多钱，有点不好意思，说："我也没帮什么大忙，拿这么多钱实在过意不去。"秦卫花说："这是您应得的，我承诺过的话一定要兑现，就别推托了。"汤队长半推半就地接过钱，说："那我出去给他们几个分分，下次你有事，他们会更用心。"说着，一股脑地把钱都塞进上身穿的夹克的内兜里。秦卫花又说："您看大家还想吃什么，再点些，告诉服务生把单挂到我这个包房，一会儿我一块儿结账。"

汤队长出了包房，秦卫花细嚼慢咽地继续吃饭，今天的饭吃起来似乎特别香，好久没吃过这么香的饭了。她吃完了自己那份，又把给顾真雨点的那份也吃了。茶水续了一杯又一杯，直到把杯子里的水喝得没有茶味了，才叫服务员结账。埋完单，从咖啡桌下取出录音笔，又把原本斜挎在身上的小包拿在手里，才背上装钱的旅行包走出咖啡馆，去银行存钱。三月的下午，日光很暖，风有点飘，很像秦卫花此时的心情。

顾真雨回到家里，气得一屁股坐在沙发上，心想：这么多年，每年都经手几个姑娘，哪个她不是吞了一半的定金？从来没有人找她讨要过被侵吞的钱，她们都不知道真相吗？刚开始可能都不知道，但有的姑娘后来跟买主长期生活，随着时间的推移，应当能从买主那里知道最初购买她们的定金是多少。可过去从没有人敢来找她讨要，而现在这个秦卫花却敢，还做了这么周密的安排！这个小丫头不可小觑，自己过去小看她了。在云安俱乐部这样的地方，见惯大佬们玩手段，耳濡目染，连陪睡的主儿都学会耍手段了。

秦卫花存了钱，愉快地哼着小曲儿到俱乐部去上班。来得太早了，离晚上八点的走秀还有好几个小时，她就找了一间包房进去半躺着休息。晚上七点，负责这个包房的服务员秦小云来了，她要在客人到来之前做好房间的整理工作，见秦卫花躺在沙发上，就客气地说："姐姐你接着休息，等你休息好我再来整理。"说着就要退出去，秦卫花看见她的眼睛有点肿，显然是刚哭过，就叫住她，说："小云，你过来，告诉我谁欺负你了？"秦卫花今天心情大好，自我感觉很强大，觉得有能力庇护这个和自己同姓的小妹。

小云是北京一所著名大学的大学生，和秦卫花是老乡，但秦卫花在云安俱乐部的公开身份是山西人，在这里工作的模特们用的都是假名假地址，因此，秦卫花知小云是老乡，而小云不知秦卫花是老乡。

小云在俱乐部勤工俭学，每逢周五到周日晚上班，负责几个包间的茶水服务，每个月有两千元左右的工资。俱乐部的女服务生不多，大都是男服务生，因为女服务生在这里工作一段时间后，面对模特们纸醉金迷的豪华生活，很难不动心，长相漂亮的很容易转行做模特，长相差做不了模特的，在这里工作容易产生心理落差，同为青春少女，别的女人轻轻松松一晚上能挣上万元，自己辛辛苦苦一个月才挣几千元。刚开始尚能扛着道德的大旗自我安慰，时间久了，依靠看不见的道德筑起的心理堤坝在耀眼物质的逼迫下慢慢地土崩瓦解，道德大旗的自我安慰不再有效，最后大都主动选择离开这个虽然繁华但繁华与己无关的伤心地。

小云是个例外，在俱乐部做服务生已经两年了，既没离开，也没有转行做模特。秦卫花和她聊过天，知道她家在农村，父亲长年在外地跟着村里的人在建筑工地干活，母亲在农村守家、种地。小云在家中排行老大，家里还有俩弟弟，同村别的人家都不大支持孩子们读书，而小云的父母却坚持让三个孩子都上学读书，大弟弟成绩很好，今年即将参加高考，很可能也会考到北京来，小弟弟还在读初中。姐弟仨都上学，父母的经济压力很大。小云读大学，唯有第一年的学费是父母给的，生活费和第二年的学费，都是自己靠奖学金和勤工俭学挣来的。据小云说，她曾在学校食堂做过勤工俭学的小时工，也给人做过家教，但收入都没有在云安俱乐部高。而且，在这里每周只上三天晚班，不影响学习。小云学的是新闻专业，文笔很好，偶尔还会在报纸杂志上发个豆腐块大小的文章，还曾拿着发有她文章的报纸给秦卫花看，秦卫花像大姐姐一样给她买了件毛衣做奖励。

小云属于天生长得非常漂亮的那种女孩，双眼皮大眼睛，虽和秦卫花同属中原人，但秦卫花的家乡在中原北部，气候比较干燥，而小云的家在中原南部，气候和江南地区相近，空气湿润。

小云的皮肤有着江南女子的白皙，鼻梁高挺，一张圆圆的娃娃脸，看着就让人喜欢。个头虽没有秦卫花那么高，但也不低，一米六左右。秦卫花看着小云，就像看见春根还活着时候的自己，会不由自主地去关爱小云。

秦卫花在俱乐部的工作似乎是如鱼得水，家里人只知道她在这里给演员们做头发，工资很高，只有她知道自己每天在做什么。秦卫花偶尔也会产生想离开的想法，但哪里能找到轻松又挣钱的工作呢？秦卫花幻想中最好的结局就是被某个有钱或有权的男人包养，但那些有钱或有权的男人的那点爱都很善变，很难长久依靠，更别说嫁了。两年前，秦卫花曾被一个大老板包养了半年多，大老板承诺给秦卫花的豪宅、豪车还没兑现，就被太太发现了，大老板做了缩头乌龟，逃之夭夭，留下秦卫花被狠狠地羞辱了一顿，灰头土脸地逃离了大老板的豪宅。找个安分守己像春根一样的人嫁了？大姐、二姐也曾给她介绍过几个这样的男孩，可现在的秦卫花看着他们感觉都像傻子，彼此的认知完全不在一个维度上，根本无法沟通。未来在哪儿呢？做一辈子模特？那是不可能的，这里的模特没有超过三十岁的，秦卫花不敢往前看，感觉前面是一个看不到光亮的暗道。唯一让她安慰的是，这些年攒了点钱，又适时地全部买成了房子，而北京的房价像火箭一样地飞，现在的账面财富算起来已很可观，小时候向往的想吃啥买啥的梦想早已实现，曾经梦想最大的幸福就是能在北京有一套属于自己的小房子，而现在，她在北京有了大小四套房子，却没有一点点幸福的感觉，每天如机械一样被动地重复着日子。这么多年，她经常做两个同样的梦，一个梦是自己像仙女一样在天上自由自在地飞；一个梦是自己掉到粪坑或臭水沟里，越挣扎陷得越深……

第七章

1

　　小云见秦卫花问她，就红着眼圈说："我爸爸前天在工地上干活，从脚手架上摔了下来，摔断了腿，急需做手术，包工头把爸爸送到医院，交了五千元的住院费就再也不管了，我们家又没有积蓄，东拼西凑只凑了五千多元，可医生说做手术至少需要三万元，现在还差两万元没着落，我妈到处借钱，也没有借到多少。我今天上班，跟领班说，请她向老板帮我求个情，先预支我十个月的工资，给爸爸看病，领班直接拒绝了我，说这里从没有预支工资的先例，不扣工资做押金就不错了。"

　　秦卫花想起春根去世时她为了交房款到处借钱的情形，那时的她是多么无助，多么希望有人能帮自己一把。那时如果有人能借钱给她交首付款，她就不会去卖身，也不会到俱乐部做模特了。云安俱乐部只是少了一个叫秦画的模特，但这世上会多出一个开理发店的小老板秦卫花，可能会很忙碌，每天精心地算计着理发收入，愉快地为未来做着各种打算，虽然世俗地笑着，但眼睛干净，心里没有皱纹。那时如果有人能借钱帮她渡过难关，那人将会是她一辈子的恩人，但这样的人没有出现，却出现了利用她的危急处境假装好人大挣了一笔的顾真雨。如果不是后来知道她吞了自己的钱，秦卫花对顾真雨还是心存感激的，毕竟，让自己从当时的困境中摆脱出来的人是顾真雨，只是逃离了火坑又入火海。

秦卫花心想：小云如果借不到钱会怎么样？会不会有第二个顾真雨出现？想到这里，秦卫花对小云说："别哭了，手术费我来帮你解决，你爸在哪里住院？"小云惊讶地张大嘴巴愣在那里，瞪着水灵灵的大眼睛看着秦卫花，仿佛不敢相信自己的耳朵，这个秦姐平时虽然对自己多有照拂，但两万元可是一笔巨款！过了好一会儿小云才缓过神儿来，从秦卫花的眼神里，她确认秦卫花说的是真的，就回答道："在中州市的骨科医院。"秦卫花听到中州市三个字，内心微微地震颤了一下，那里曾给过她快乐的记忆，但也是她的伤心地，而此时的她，仿佛忘记了伤心，只记得快乐了。

自从离开中州市，她再也没有回去过，现在她竟突然很想回去看看。看谁呢？没有她要看的人，就想看看当年曾走过的街道，回想当年走过街道时的心情。现在已是初春时节，想必中原路上的月季花都已经开始打花苞了吧？淮河路上的白玉兰是不是正在开？还有老马家的桶子鸡、烧鸡。她想起刚刚正式成为一名理发师时，领了第一个月工资的当天，请俩姐姐到烩面馆吃烩面，为了省钱，在外面买了老马家半只烧鸡带到烩面馆，姐妹三人围坐在一起吃饭的情景依然能清晰地浮现在眼前，那时她是多么开心……而现在的她，仿佛再也开心不起来了。

想到这里，秦卫花对小云说："我曾在中州市做过理发师。"又补充道："是真正的理发师傅，我离开时，已经是店里的高级理发师了。我离开那儿很多年了，还没回去过，很想回去看看呢。

我陪你一起去医院看你爸，我银行卡里的钱，足够给你爸交手术费的。"小云看着秦卫花，高兴得不知说什么好，只是傻笑。

秦卫花和小云商定，晚上下班，直接去火车站，北京去中州市的车多，到火车站再买票，能赶上哪趟车就买哪趟车的票。小云下班时间相对固定，一般夜里十二点就可以下班，秦卫花的下班时间不固定，根据具体出台时间、客人的需求而定。秦卫花告诉小云，争取和她同时下班，如果小云下班时，自己的工作还没结束，就让小云在一楼大厅等她。

当晚秦卫花下班时，小云已在一楼大厅等候多时了，她叫了一辆出租车，和小云直奔北京西客站。北京初春的夜晚还是很冷的，而秦卫花此时的心情，却像这春天的大地，地面虽还是冷的，但地下却是暖的，有许多种子要发芽，正在寻找合适的钻出地面的机会；冬眠的虫子仿佛也感应到了大地的暖，僵硬的身体正在慢慢地变得柔软起来。

出租车到了西客站，小云掏兜准备付车钱，被秦卫花制止道："跟着我，就不要抢着付钱了，让我装个大，满足一下当大款的虚荣心。你得承认我的钱比你多，我像你这么大的时候，打一次出租车能心疼半天，我可不想让你心疼。"

来到售票大厅后，秦卫花让小云在旁边等，自己去买火车票。当她把一张卧铺票递给小云后，小云立刻说："姐，把我的换成坐票吧，省点钱，我坐着也能睡着。"秦卫花说："那怎么行？今晚睡好了，明天才有精神，不要顾虑花了我的钱，心存歉疚。为你花的钱我都拿小本子记着，等你将来大学毕业，再慢慢还我。"小云便不再吱声，只能用感激的眼光看着秦卫花。

次日早上九点，俩人就来到了中州市骨科医院。小云的爸妈没有想到小云会突然回来，很是吃惊。小云兴奋地向他们介绍秦卫花:"这是和我一起在俱乐部上班的秦姐,听说爸住院了,没钱交手术费,就连夜陪我赶回来了,还要借钱给咱,为爸做手术。"

小云的妈妈看样子不过四十来岁,有着和年龄不相符的憔悴和苍老,听了小云的介绍,仿佛遇见了菩萨一般,双手合十:"阿弥陀佛,她秦姐啊,你真是一个活菩萨,你这是救了我们全家呀!小云她爸是我们全家的顶梁柱,摔断了腿,没钱做手术,我正愁得发疯到处借钱呢。你知道,亲戚也和我们一样,都没什么钱,即使有点钱,也不敢借,怕我们还不了。我也不怪他们……"

小云妈妈说到无奈处顿了顿,然后继续说道:"小云他爸这腿即使做了手术,将来恐怕也干不了重活。不能再出门打工挣钱了,家里也就没了进钱的门路,他们姐弟仨,都在读书,不能挣钱还都需要花钱。小云算是靠着勤工俭学,不让家里再往外拿钱贴补了,但两个弟弟读书的花费还得靠我们从土里刨食挣出来,以后勉强能维持日子就不错了,怕一时还不了你的钱,你心里可得有个准备。"

听到这里,秦卫花笑着说:"这个钱我不让您还,等小云将来大学毕业工作后挣了钱再还我,没钱就不用还。"

"阿弥陀佛!你真是活菩萨,心眼好,人也长得漂亮,长得就像菩萨。"小云妈妈感动不已,又念了一次。

秦卫花和小云妈妈聊了几句,就带着小云去找主治大夫。根据大夫的介绍,小云爸爸的病情并不复杂,只是腿部骨折,需要打几个钢针,将骨折的部分固定,回家休养一段时间,等骨折的部分长好后,再来医院把钢针取出来就可以了。如果上午能交上手术费,下午就能进行手术,治愈后不会留下后遗症,可以恢复到受伤前的正常状态。

秦卫花到医院的缴费窗口,刷卡交了两万块钱的手术费,办完相关手续，又跟主治大夫一起来到小云爸爸的病房，听其交代术前准备事宜、安排下午的手术。同病房的其他病友及亲属，都用敬仰的目光看着她。

秦卫花把交费单的病人留存联交给了小云妈妈，小云妈妈接过交费单时满脸是泪，感动得要给秦卫花跪下。秦卫花连忙上前拦住，也不禁泪流满面。泪水流经她的脸，打湿了她的面颊，洗涤着她那满是尘埃的心，抚平了她心上的皱纹。对秦卫花而言，这不是伤心的泪，而是幸福的泪，她生平第一次有了光荣感，对钱也有了新的认识。钱，可以用来作恶，可以用来满足自我享受，更可以用来帮助处在困难中的人渡过生命中的难关！用金钱帮人渡过难关，这金钱就折射着善良，散发着温暖，即使它的来源不够光鲜，也不妨碍它闪耀人性的光芒。

病房里没有可以坐着说话的地方，秦卫花站着和小云妈妈聊了会儿家常。小云妈妈说："她姐，这里也没有个可以坐的地方，我也就不留你了，大恩不言谢，等将来小云他爸好了，请你到我们家去，吃吃我们的农家饭，呼吸一下我们农村的新鲜空气，你可别嫌弃啊！借你的钱，等小云和她弟弟们工作了，我们一定能还上，但欠你的情我们是无论如何也还不了的，只能烧香拜佛，求佛祖保佑你大富大贵。"秦卫花真诚地说："谢谢您给了我帮助您的机会，让我重新找到了活着的意义。"

小云妈妈虽然没听明白秦卫花的话，但更觉得她是个大好人。秦卫花见病房里不是说话的地方，除了钱，自己也帮不上其他忙。

小云计划在医院陪爸爸做完手术再回北京，秦卫花想和小云一起回，就对小云说："我去看看过去的同事，下午晚点时候来医院接你，咱一起回北京。"此时的小云，觉得秦卫花就是她的一座山，可以依靠，可以信赖。爸爸的手术做完，只要不缺医药费，妈妈一个人照顾完全没问题。自己要回去上课，打工也不能停，得赶紧挣钱还秦姐。小云这样想着，含泪点了点头。

秦卫花告别了小云一家，出了医院，来到大街上，她没有同事需要看望，也不想见谁。她只想看看这个城市，看看自己曾经走过的街道，回想当时走过街道的心情。她想去吃焖面，又想去吃烩面，还想去吃老马家的烧鸡和桶子鸡。

秦卫花走在淮河路上，路两边的行道树是玉兰，此时，正是玉兰花盛开的季节，一树树洁白的玉兰花，在阳光下闪耀着洁白璀璨的光。玉兰是秦卫花最喜欢的一种花，是花，更是树，且是严冬过后较早开放的花树。人们喜欢歌颂在严冬里盛开的梅花，歌颂它不畏严寒的孤傲品质，但梅花树生长缓慢，且梅花在中原很少见，更难见到高大的梅花树，只有几种为数不多的蜡梅，也大都藏在公园里。而玉兰花呢，在中州市的路边随处可见，每年立春后不久，春寒料峭之时，柳树还没有发芽，玉兰花的花苞已经开始孕育了，一旦气温持续回升，连着几个温暖的晴天，玉兰花就纷纷陆续绽放。所有的玉兰花中，秦卫花最喜欢白色的，它们在早春日光的照射下发出熠熠的光，卓尔不群。玉兰花期过后，花瓣虽然凋落，但凋落的花瓣根部又能长出宽大厚实的叶子，在炎热的夏天，给人带来浓郁的阴凉。

曾经的理发小师傅秦卫花，总幻想自己能像白色的玉兰花一样高贵、圣洁；能像白色玉兰花树一样，卓然屹立在那里，从她旁边经过的人都能欣赏到她的那份美丽；而作为云安俱乐部模特的秦画，曾一度认为自己再也没有做玉兰花的资格了……而今天，小云妈妈看她的眼神，小云爸爸、同病房病友及家属看她的眼神，分明映照着她的光辉，她仿佛仍是那圣洁的玉兰花。

秦卫花走在淮河路上，头顶着温暖的太阳，看着洁白的玉兰花，一条明亮的大道浮现在她的眼前，这明亮的大道，不仅是淮河大道，也是她未来的人生大道。

幸福和快乐充盈着秦卫花的心，她需要有人分享这份快乐，她拿起手机拨通大姐的电话，欢快地问："大姐，你猜猜我在哪里？"电话那端，大姐疑惑地问："在哪儿？我虽然不知道你在哪儿，但我知道是在一个让你开心的地方。听声音就能知道。好久没听到你这样的声音了。"秦卫花咯咯地笑道："我在中州市的淮河路上，当年你打工的小厂就在这附近，这里我没少来。我现在就走在这里，还想着当年你带我吃烩面的情形呢。"

大姐问："你去中州市干吗？"秦卫花在电话里开心地告诉大姐她来中州市的缘由，那欢快的语气，不像是她给了别人两万块，倒像是她白捡了五百万似的。秦卫花告诉大姐，她准备给大姐和二姐各捎两只老马家的桶子鸡，当晚坐夜车回北京，第二天上午给大姐送去。"听你说到桶子鸡，我口水都快流出来了，一会儿就打电话告诉二妹，让她明天一早带着孩子来我们家，等着吃她们三姨带回来的桶子鸡。"大姐在电话里欢快地回应。

秦卫花挂了电话，继续沿着淮河路往前走，老马家的桶子鸡店，在碧沙岗公园附近，离淮河路还有一段距离，坐公交至少需要五站。她原准备打出租车去，可阳光这么好，这么多年来，秦卫花常常感觉自己发霉了一般，她要让这明媚的阳光赶走自己身上的霉。于是决定走着去，只是她的高跟鞋实在不适合走路。她记得淮河路旁边有一个集贸市场，那里有卖衣服和鞋子的。那是她来找姐姐时经常逛的地方，她曾在那里看上了一件连衣裙，很想买下来，但问问价格，少六十块钱不卖，这个价格对于当时的秦卫花来说是天价，她只好放弃……

秦卫花离开淮河路，转了个弯，进了集贸市场。市场和从前比，似乎并没有太大的变化。秦卫花看着市场里的商品，不自觉地笑着摇了摇头，她看见一个老太太，面前放着一辆小手推车，车里放着手工做的布鞋。老太太一边卖鞋，一边在纳鞋底。显然，她不是个纯粹的生意人，在集市上摆摊，或是为了卖鞋，或是为了出来晒太阳顺便挣点零花钱。秦卫花走过去，问她鞋子怎么卖。老太太回答说五十元一双，并随手递给秦卫花一个小马扎，让她坐。秦卫花坐下来，开始试鞋，有双正合脚，便直接用它替换下脚上的高跟鞋，然后递给老太太一张百元大钞。老太太接过钱，正准备找零钱，秦卫花笑着说："不用找了。"说着就站起来走开了。她走了一段距离，远远地还能听见老太太在身后嘀咕着："这怎么行？这怎么行？我怎么能白占人便宜呢？"

集贸市场里有许多小饭店，眼看快到中午了，秦卫花感到肚子有点饿，心想：吃什么呢？想吃的太多！这种啥都想吃的感觉让她自感惊讶，因她近几年对吃这件事很难提起兴趣。想当年她在这个集贸市场，看见什么都想吃，吃什么都香，而最近几年，她的味蕾好像退化了，反应很迟钝，很少觉得什么东西好吃。

秦卫花发现她曾和姐姐们一起吃过烩面的那家店还在，于是走了进去。这是一家夫妻店，店面不大，丈夫负责后厨，妻子在前台负责收钱兼当服务员。老板娘见秦卫花进店，便热情地迎了上来，仿佛她是这里的熟客。秦卫花只当是生意人的常态。老板娘笑着问她想吃什么。她回答说要一碗烩面，另加两个素鸡。老板娘欢快地说："还和过去一样啊，你可是有好多年没来我们小店了，你俩姐姐也多年没来啦。你们去哪儿了？肯定是发了大财，看不上我们这个小馆子了。"秦卫花一听，知道老板娘认出自己来了，感动得直想流泪。她和姐姐们来的次数并不多，那时候吃碗烩面，对于她们来说也是奢侈的。吃烩面之所以就来这家，一是因为他们的烩面确实好吃，二是这家的一碗烩面比别家便宜两毛钱。秦卫花动情地回应道："老板娘记性真好，没想到你还能记得我！"老板娘笑道："你们姐妹仨长得个顶个的漂亮，我怎么可能忘了呢。这么多年不见，你变得更漂亮啦！成家了没？"秦卫花笑着摇摇头，老板娘又问："你的两个姐姐成家没？"秦卫花笑着说："俩姐姐都成家了，都有孩子了！大姐姐俩男孩，二姐姐俩女孩。"老板娘连忙说："恭喜恭喜，你也别太挑了，遇见合适的就嫁了吧。知道你长得漂亮，想挑个好人家，但也别太挑啦，有个差不多的就行。"老板娘说完就去忙活别的了，而温情却翻江倒海地向秦卫花袭来：这世上还有人，对于她几乎可以算是陌生人的人，还会记挂着她的幸福！烩面店老板娘的这份牵挂，让秦卫花一时还难以适应。想想云安俱乐部，每天打交道的人们，没有谁会在意她的情绪，更别说关心她的婚姻和未来。在他们的眼里，她仿佛是没有情绪的玩偶。

　　不一会儿，老板娘把一碗烩面端到了秦卫花的面前，同时端来的还有已经切成丝的素鸡。秦卫花开始吃面，泪水却不由自主地流了下来，滴在烩面碗里，她也不擦，任凭泪水流在碗里，和着面一起吃下去，冲刷着她的胃，温润着她的心。像当年一样，秦卫花先把碗里的烩面全部捞出来吃了，然后端起了碗，把汤也喝完了。吃完饭，她打开钱包，从中拿出五十元，压在碗底下，起身离开，老板娘过来收碗，发现了压在碗底的钱，连忙喊她："美女等一会儿，还没找你钱呢。"秦卫花头也不回地摆摆手，说："存这儿吧，我有时间再来吃。"

　　出了烩面馆的门，走出集贸市场，一只燕子从头顶飞过，秦卫花扬起脸，注视着燕子说："你好，小燕子！"小燕子欢快地叫了一声，仿佛是在回应她的问候。

秦卫花走在嵩山大道的人行道上，感觉自己脚步轻盈，仿佛要飞起来一般。不一会儿，就到了老马家的桶子鸡店。她并不急着买桶子鸡，而是走进了旁边的饰品店，那里摆放着各种琳琅满目的饰品。秦卫花当年也是这里的常客，常来这里买各种发卡和头花，只是在这里卖饰品的都是一些小姑娘，常常干一段时间就走人了，人员流动频繁，现在已没有秦卫花认识的人，也没有人认出她。秦卫花买了几个发卡、头饰，然后去附近的银行取了五千元现金，买了一个大红包，把五千元装进了包里，又逛了逛周边的服装小店，才走进老马家的桶子鸡店，买了四只，剁桶子鸡是个技术活儿，让老板剁好并分别用密封袋独立包装。又要了四只烧鸡，分别独立包装。秦卫花拎着八只鸡，感觉有点沉，就叫了一辆出租车。

　　秦卫花让出租车停在了淮河路集贸市场的大门口，她下了车，再次来到中午吃饭的烩面馆。下午三点多，店里没有客人，只有老板娘和老板在闲坐。见秦卫花进来，老板娘忙站起身来，准备去柜台里拿钱给找零。秦卫花笑着说：“不忙，我买了几个头花，你挑挑看哪个好看我就送给你。”老板娘笑着回应说：“头花呀，我要它没用。我整天忙得连梳头的时间都没有，哪还有时间戴花！”边说边递给秦卫花一个玻璃杯，拿起桌上的茶壶，准备给她倒水。秦卫花从自己的包里拿出随身携带的小水杯，说：“不用麻烦，我自己带水了。”说着又从包里拿出了几个发卡和头花，对老板娘说：“这会儿你正闲着，我也没事儿，让我替你盘个漂亮的美人头。”秦卫花的热情让老板娘感到有点奇怪，心想这个顾客今天怎么这么热情？但看着秦卫花满是热诚的脸，找不到拒绝的理由，就点头同意了。

　　老板娘的头发原本是用橡皮筋随便扎了一个小刷子，看上去毛毛糙糙的，秦卫花从包里拿出随身携带的小梳子、小镜子，开始边给老板娘盘头边和她聊天。老板娘问："你是做什么工作的？"秦卫花笑了笑，说："你猜。"老板娘想了想，说："你不像是个干粗活的人。你待人和气，不像做官的。你有钱，肯定也是做生意的。你做的是什么生意呢？让我想想，你是开服装店的？开化妆品店的？开美容院的？开理发店的？"

听烩面馆的老板娘这样猜着，秦卫花的内心是欢愉的，笑着说："猜得八九不离十，我是开理发店的。"老板娘兴奋地说："看看，我还是有点眼力见儿的，猜对了吧！自己开店虽然辛苦些，但收入还是比给人打工强，只是开店太拴人，有时候想关上店门出去玩两天都舍不得。我家大女儿今年夏天就该初中毕业啦，还没去过北京，天天在家抱怨说她的同学们都去过北京，就她没去过。嚷着中考结束让我们带她去北京看天安门，我和他爸都不敢答应。去北京至少需要两三天的时间，饭店关门不挣钱，还得出房租……"

秦卫花说："你自己带孩子去，让大哥在家看店，临时找个帮手帮几天不行吗？"老板娘说："我们也这样想过，但我没独自出过远门，中州市是我到过最远的地方了。结婚前，我连中州市也没来过，到过最远的地方是我们县城。结了婚以后，才跟着俺家掌柜的一起来中州市打工。刚开始，他在别人开的饭店里当厨师，我在那里端盘子，都是他照应着我。出门也不用我操心，上哪儿去都是他操心打点行程、买车票，我跟着他走，不把自己弄丢就行。让我自己带着俩孩子去北京，我连路都摸不着。"秦卫花说："你记一下我的电话，我在北京开理发店很多年了，对北京的路熟着呢，让你家掌柜的在中州把你和俩孩子送上去北京的火车，到北京后我到车站去接你们。我开着车带你们娘儿仨逛北京，保证不会丢。"老板娘说："那怎么使得？你也要做生意的，哪能耽误你时间?！"

说话间，头发盘好了，老板娘拿起镜子照了照，简直不敢相信镜子里的人就是自己，像换了一个人似的。她笑着对秦卫花说："手艺真好，看这手艺就能猜到你的生意肯定好。"说完又叹了一口气，说："你真会选生意，既挣钱还能让自己漂亮。我选的这个卖饭的生意，整天把人搞得油乎乎的。"两人又说了一会儿闲话，秦卫花起身告辞，老板娘说："盘头的钱我不出了，但头花的钱我得给，你中午吃饭留的钱，还没有给你找零呢。"秦卫花说："都存这吧，我有时间再来吃。"老板娘说："你现在又不在中州开店，下一次来不知道要到什么时候了。我不能欠你的，欠着你的，我不安心。"

两人正推让着，老板娘注意到秦卫花提了两个有老马家标识的大塑料食品袋，就问秦卫花："买了这么多老马家的鸡？"秦卫花答道："在北京，老想着中州的特色小吃，他家的桶子鸡是我最想吃的，有时想想都能流出口水来。还有你们家的烩面，所以我今天一回来，就来你家吃烩面，去买老马家的桶子鸡和烧鸡。"听秦卫花这么说，烩面馆的老板、老板娘都非常高兴，没想到自家的烩面还成了别人在异乡的念想。老板娘忙交代老板说："去杂货店里买几个饭盒来，把你做的烩面坯给这个妹子带上，再把素鸡也给带上些。"老板听了老板娘的话，立即转身出门去买饭盒，老板娘安排老板往饭盒里装烩面坯和素鸡，又用塑料袋打包了店里做的几样蒸菜，给秦卫花装了满满一大包，秦卫花执意要留些钱，老板娘说："大妹子，我们俩挺投缘，你若不嫌弃，我们就做个姊妹。如果我有机会去北京，我真去找你，你可别嫌烦。这点钱你就不要再给了，也给我留条以后去找你的路。"秦卫花觉得老板娘的话在理，就同意了，老板娘从柜台里拿出了一个小本子，郑重地记下了秦卫花的手机号码。

秦卫花回到医院，小云爸爸已经做完手术，被送回到病房，主治大夫说手术很成功，也很顺利，接下来安心静养就好。术后在医院观察两天，如果不出现意外，过两天就可以出院了。医生还交代：出院回家后至少需要卧床静养三个月，康复后也尽量不要干重体力活。

感谢并送走医生后，秦卫花从包里把红包拿出来递给小云妈妈说："阿姨，这是我的一点心意，留着给叔叔买点营养品。"小云妈妈很意外，却死活不接并真诚地说："她姐，我们不能再拿你的钱了，这样我会过意不去，日夜不安的。"小云却替妈妈接过红包，说："妈，你就收着吧，这不能算是给的，是我们借的，等将来我们有了钱再还秦姐。爸爸住院、回家调养，都需要钱。你们手里有钱，我心里也踏实，才能安心在外读书。"小云妈妈听了小云的话，满含热泪地接过红包，装进贴身的口袋里。

秦卫花又从食品袋里拿出一只烧鸡和一只桶子鸡，放在小云爸爸病床边的柜子上，说："这是我今天刚买的，留两只给叔叔补补身子。"小云的母亲再次意外和感动不已，却激动得不知道说什么好，只是不停地搓着手。

2

秦卫花看医院里没有什么需要她们帮忙的事了，就带着小云告别了她父母，打的到火车站，准备坐晚车回北京。秦卫花买了两张动车票，小云看着票价心疼地说："动车真贵啊！比火车卧铺还贵一半。"秦卫花说："虽然贵，但快呀！从中州到北京，四个多小时就到了，这样晚上回去可以好好在床上睡一觉，比在车上睡舒服得多，不影响你明天上课。"

俩人上了车，她们所在车厢的乘客不多，只有七八个，稀疏地坐着。看来晚上乘动车去北京的人不多，如果从省钱角度出发，人们会选择坐普快列车，不仅车票便宜，还能省一夜的住宿费。

在列车即将启动的时候，站台上突然驶来了一辆小汽车，从车上下来的两个人上了这趟车最前面的车厢。秦卫花很惊讶，小汽车竟能开到火车站的站台上，这颠覆了她的认知，暗想：从车上下来的是什么人呢？于是就好奇地问小云，小云茫然地摇摇头，说："姐不知道的事，我更不知道了。"但她们猜测：那人不一定是个有钱人，但肯定是个有权人，应当是个当官的，而且是当大官的，那得是多大的官呢？她们想象不出来。

列车启动了，秦卫花和小云并排坐着，透过车窗眺望着窗外的景色，此时夕阳正在缓缓西沉，给大地镀上了一层红黄色的光。车厢里飘浮着玫瑰色的光影，光影投到秦卫花身上，她本就姣好的面容沐浴在玫瑰色的光影中更加楚楚动人。小云痴痴地望着秦卫花说："姐，你真美！谢谢你。"秦卫花羞涩地笑着说："我也谢谢你。"小云似乎懂秦卫花的心思，轻轻地握住她的手，小声地说："你是我永远的姐。"接着又关切地问："姐关于未来是怎么打算的呢？"

秦卫花缓了一会儿才说："我没有想过这个问题，也不敢想。曾经，我梦想中的美好生活就是安安分分地做个理发师，希望通过自己的努力，能成为一名一流的理发师。等挣够开店的本钱后，再开个属于自己的理发店，有一些喜欢我的顾客，我把她们的头发都弄得美美的，她们满意，我就开心。有个疼我的丈夫，生俩娃，每天忙忙乎乎但特别踏实。我当年做一万个噩梦也不会梦见春根突然去世，后来的日子里，我自己一步一步走向了深渊。"秦卫花第一次毫不保留地向一个人讲述了自己的过去，讲到她在中州市的一切，讲到春根，讲到周老板的别墅，讲到她和顾真雨之间的恩怨，小云认真地听着，陷入了沉思。她在想，有什么办法能够帮到秦卫花，让她回到当初的模样？回到去别墅前的模样？她有这个能力吗？

俩人聊着天，不知不觉，车已经到达北京站，秦卫花要搭出租车送小云回学校。小云笑着说："姐疼我，我知道，但我不能事事依赖姐，现在还有到我们学校的公交车，坐公交才是我的标配。"说完就飞跑着向公交站奔去。秦卫花便叫了一辆出租车送自己回公寓。

在回家的路上，秦卫花看着道路两边繁华的街灯，感觉这个城市似乎比以往亲切温暖了许多。这里曾让她看到了幸福的希望，但又无情地把它夺走；虽然给她带来了一些钱财，但钱财的增加并没能让她感到快乐。她越来越迷茫，甚至不知道自己为什么要挣钱。但她仍努力地挣钱，挣钱仿佛成了她的任务。

此次中州行让她隐约意识到，或许，她的钱财可以帮助她实现自己曾经的梦想，帮助她找回幸福。这突如其来的想法一路激荡着她，直到她回到家里。

一朵玫瑰色的云托着一根巨大的白色鹅羽在蔚蓝浩瀚的天空中飘浮，秦卫花躺在那根鹅羽上，彩云托着她和鹅羽在天空中自由地飘舞，带着她飞过一片白玉兰花盛开的森林。她想飞得更低一点，正想去摸一摸那洁白的玉兰花，突然手机铃声响了起来。

电话是大姐打来的，问她到哪儿了。秦卫花看了一眼手机上显示的时间，快十一点了，她还在梦中。如果不是大姐的电话把她吵醒，她可能还会再睡下去，好久没有这样踏踏实实地睡过觉了。这几年，秦卫花的睡眠一直不好，总是睡一会儿就醒。这个长觉睡得真舒服，感觉全身柔软而舒展，慵懒又充满活力。

秦卫花赶紧起床，简单洗漱了一下，换了一身休闲运动装，从冰箱里拿出两只桶子鸡、两只烧鸡、烩面坯和素鸡，用手提袋装好，下楼开车直奔大姐家。她边开车边打电话告诉大姐立即开始煲羊肉汤，以便她到了可以直接下烩面。

秦卫花到大姐家时，二姐带着两个孩子已经先到了，四个孩子在一起闹得不可开交，叽叽喳喳吵个不停。秦卫花一进家门，立即进厨房开始做饭。大姐、二姐也跟着一起进了厨房，却被她撵了出来："这么多年都是你们做给我吃，今天也尝尝我的手艺。"不一会儿，一盘烧鸡、一盘桶子鸡和一盘素鸡就被端到了餐桌上，紧接着，三大碗、四小碗烩面也被端上了餐桌，大姐、二姐看着桌子上的菜，感叹中州市的特色美食都让秦卫花给搬来啦！

因有孩子们闹着，姐姐们并不能安稳地坐在桌前吃饭，房间里却洋溢着一种节日的气氛，二姐开玩笑似的问道："老三老实交代，回中州干什么了？是不是看男朋友去了？还瞒着我们！"秦卫花微笑着向俩姐姐述说了中州行的缘由。姐妹仨边吃边聊，不一会儿就绕到了秦卫花的婚姻问题上。大姐说："你的心也别太高了，人活一世总得有个家，有个自己的娃。你看，我和你二姐一人俩孩子，虽然操心，也很累，偶尔还和他们怄怄气，但看着他们一天天地长大，心里有种说不出来的开心和快乐。你也不要太奔你的工作了，工作干得再好，也不能替代娃。将来老了，万一有个小病痛，总得有人给你往医院送吧。你再有钱，钱能送你去医院？"秦卫花笑嘻嘻地对俩姐姐说："我向你们保证，我将来肯定会有娃，而且保证给娃找一个好爹，你们就放心吧。"

秦卫花对婚姻问题突然乐观起来，让姐姐们吃惊不小。大姐、二姐相视一笑，便不再说这个话题了，她们在心底猜测秦卫花可能已经恋爱了。因为，自从春根去世后，她们很少看见秦卫花笑，而今天秦卫花却一直在笑，不仅嘴角带笑，眼睛也带笑，仿佛有藏不住的开心事在心里翻滚。

　　吃完饭，俩姐姐哄四个孩子睡午觉，秦卫花收拾碗筷。等她洗刷好碗筷，孩子们也都睡着了，秦卫花从随身携带的包里拿出了一小包茶叶，又从橱柜里找出已落满灰尘的茶壶、茶盏，洗刷干净，泡好茶。姊妹仨围坐在餐桌边喝茶，空气是那样地静谧，孩子们睡眠中发出的小声响不时传到客厅，让静谧的环境又增添了一份安逸。秦卫花感觉仿佛有很多话要对两个姐说，但好像又不知道从何说起，三个人只是静静地喝着茶。温润爽滑的茶是甜的，细品仿佛还有一丝遥远的苦味。

　　日子一如既往地继续着，不知不觉地到了小云大学毕业季。关于就业问题，小云征求秦卫花的意见，秦卫花也给不出什么意见，只是问："你是咋想的呢？"小云叹了口气，说："姐，你问我咋想的，能依我想吗？我家的条件你是清楚的，我必须尽快找到一份工作，挣钱帮助父母养家。如果依我想，当然想接着读研究生，但我家的情况不允许啊。以我现在的本科学历，想找个好单位就业恐怕也不大可能。"秦卫花说："那就继续读研究生，我供你读，等你毕业了再慢慢还我。"小云说："我就是惦记着欠你的钱一直没还，才想早点工作，如果你赞成我继续读研究生的话，那我真的就去读了，只是你给我爸垫付的医药费还得拖几年才能还你。如果我读研究生，也不需要花太多的钱，国内的研究生需要三年才能毕业，我们家的条件无论如何也不允许我再继续读三年书。但读那种一年制学时的研究生还有可能，年前我试着报考了香港中文大学的研究生，前段时间也收到了他们的录取通知书，顺利的话一年就可以毕业，我正在纠结要不要去读。"秦卫花用手指弹了一下小云的头笑着说："你这个傻丫头，我的心事你还不明白吗？看你读书，我只当你在替我读。等你将来混出个人样了，你的成就，我就当是我的成就。到时候你不要嫌弃我不知天高地厚太拿自己当葱就行了。"听了秦卫花的话，小云站了起来，踮起脚尖在秦卫花的额头上深深地吻了一下，说："你是我的贵人，是我的观音菩萨。"

3

光阴荏苒，接下来的日子里，小云如愿去香港中文大学读研究生了，而且获得了全额奖学金。课余时间到报社实习，其间发表了多篇有影响力的新闻报道。毕业后，顺利入职人民新闻日报社。第一天上班，小云特意邀请秦卫花陪她一起去，让秦卫花见证她人生的第一次荣光，秦卫花陪小云一起来到报社大门口，目送小云走进报社大门，湿了双眼。

入职已经一个月的小云正在办公室赶稿，财务部门打电话让她去领工资。在财务部，一位负责的同事给了小云一张银行卡，告知这是她的工资卡，小云第一个月的工资八千七百元已经在卡里了……

小云回到办公室，立即给秦卫花打电话，兴奋地向她报告这个喜讯："姐，我三个月的工资就能还清你为我爸垫付的手术费了，不过我准备用四个月时间还完，我需要添些生活用品。明天中午请你来我单位旁边的烤鸭店吃烤鸭好不好？吃完烤鸭我再带你参观一下我们报社。"秦卫花欣然答应小云的邀请，但不同意吃烤鸭，希望能到小云单位吃工作餐，小云说："吃工作餐，不能表达我的心意。"秦卫花说："我知道你的心意，但对我来说，到你单位吃工作餐比吃烤鸭更能让我开心。"小云听秦卫花言语恳切，就同意了她的提议。

次日中午十一点半，秦卫花如约来到报社。小云到大门口接她，远远地看见她穿了一条白色长袖连衣裙，站在大门口的树影下，初秋的树叶仍浓烈地绿着，像把绿伞呵护着一朵白莲花。从秦卫花身边路过的人都忍不住要看她一眼。

小云拉着秦卫花的手进了报社大门，径直朝单位食堂走去。食堂饭菜供应采取的是自助餐形式，刷卡就餐。每餐有荤素十多个品种，只需两块钱，一般不允许家属跟随就餐，但到访的客人除外。小云用就餐卡在刷卡器上刷了两下，从工作人员手里接过两个自助餐盘，递给秦卫花一个，两人开始选餐。秦卫花见选餐区不仅有日常的家常菜，还有大虾这样的高档菜；主食不仅有馒头和大米饭，还有包子、面条、蒸红薯、蒸山药等，暗自感叹小云的单位真好，这里的两块钱真大！

吃完饭，小云带秦卫花去她的办公室参观，把她介绍给自己的同事们："这是我姐，没有血缘关系的亲姐，是我的天使，我能够顺利读完大学，还能继续读研究生，全是她的功劳。"小云的同事们都用崇敬的目光看着秦卫花，纷纷向她问好。有人问秦卫花在哪里工作，小云忙替她回答："我姐是理发师，也是名演员，不过到目前为止，还没有遇到适合她的角色，所以不够著名，拜托你们有机会遇见大导演时一定帮忙举荐我姐。"同事们一边点头说好，一边赞叹秦卫花的善良和美貌，并恭维说她是未来的明星。

小云领着秦卫花在报社大院里逛了一圈后要继续下午的工作，

秦卫花就此告辞，离开报社的她和上午踏进报社大门之前的她已经不是同一个人了。现在的秦卫花是个崭新的、有勇气有决心和过去告别的、对未来充满希望的秦卫花，一个相信自己有能力创造美好生活的秦卫花。走出报社大门时，她又回头看了一眼巍峨的报社大楼，在心底对自己说：离开云安俱乐部，开启新生活！

2010年的年底，春节快到了，北京城洋溢着祥和的节日气息，而云安俱乐部却被哀伤的氛围笼罩着，传言这里模特的表演将要被取缔。云安俱乐部的模特表演并不是个秘密，但多年来，并没有人对它提出过异议。北京常常组织扫黄打非行动，却从没有人找到这里。而现在，据传云安俱乐部的模特表演已被纳入了扫黄打非的范围，俱乐部的管理层正在酝酿如何取消模特表演，如何转型。

模特们一片哀丧，而这哀丧却不属于秦卫花。即使不取消模特表演、不解散模特队，她也要离开，她已经做好了离开俱乐部的打算。但至于未来去哪里，秦卫花还没有想好，她计划先找个地方读读书，虽然她不可能像小云那样有机会去读正式的大学，但多读点书总是好的。她也想去学习绘画，一则因为她小时候就喜欢画画，二则她认为画画不需要太深厚的学力基础，即使成不了所谓的画家，但长期接受艺术的熏染，至少看上去像个有文化的人，那是她所希望的。她在京城西郊的画家村看过那里画家的画作，觉得自己或许也可以在那里租间房学习绘画。至于生活来源，那是个不需要考虑的问题。当初她卖身而买的那套门面房，每个月可给她带来近两万元的固定收入。

秦卫花内心充满了希望，沉浸在对美好未来的幸福憧憬之中。

大姐的一个电话打破了秦卫花刚刚开启的幸福梦。大姐夫被警察带走了，由讨要工程款而引发。赵二春承揽的工程是从长安建筑公司转包而来的，长安建筑公司作为承包商已经和发包单位结清了工程款，但就是不和赵二春的施工队结算。虽然赵二春签订了所谓的转包合同，但合同内容对他很不利。转包合同不是和承包单位长安建筑公司签订的，而是和一个叫张理的个人签的。从合同上看不出这个叫张理的人有权代表长安建筑公司签订转包合同。律师看了合同后告诉赵二春，依据目前的证据，不能直接起诉发包单位和工程承包单位长安建筑公司，只能起诉和赵二春签合同的张理。律师经过调查，发现张理是个无业游民，名下没有任何可供执行赔偿的财产，赵二春即使打赢了官司，也拿不到工程款。而赵二春领着百十号人，没日没夜地在工地上干了近一年，工人们都等着钱回家过年，现在要不回工程款，没有钱给工人们发工资，怎么面对跟着自己的乡亲？

赵二春着急却找不到解决办法，不知谁给出了个馊主意，让他到天安门城楼上去跳楼，说一旦引起社会关注，钱就能要回来了。赵二春就买了张游览票，上了城楼后，扬言要跳楼，结果被警察带走了。秦卫芝咨询律师，律师说赵二春涉嫌扰乱社会秩序，可能会被判刑。大姐秦卫芝在电话里央求秦卫花说："你在云安俱乐部上班，好歹认识些人，那些人都是有权有势的，看能不能求他们帮帮忙，把你大姐夫放出来？"

听了大姐的话，秦卫花吓出了一身冷汗，以她的认知，大姐夫可能真的要坐牢。云安俱乐部的确有许多有钱有势的人，但那些人何曾把秦卫花当作和他们一样的人看，根本不可能帮忙，可这话不能对大姐说。

秦卫花停顿了一会儿，犹豫地说："大姐，我认为这样的事还是请律师比较好。我在俱乐部只是个给人做头发的理发师，那些有钱有势的人，哪会把我看在眼里。我在他们眼里，是没有面子的。"大姐说："我们愿意花钱，求他们帮忙把人救出来。我原本也想着请律师的，但律师张口就要二十万，还说不能保证把人弄出来。说如果把人弄出来，还得再交三十万，我想与其这样，还不如直接找人，花钱不用经律师的手，兴许还能省点。"

秦卫花只好安慰大姐，说让她想想办法再说，可她去哪里想办法呢？想来想去，只有找小云商量了，或许小云能给出个好主意，帮忙找找人？秦卫花给小云打电话，简单地说了一下事情的经过。小云很热心，让秦卫花带着大姐直接到报社，向报社领导反映反映，看报社能不能帮忙呼吁一下。秦卫花忙连声道谢，小云说："姐，你跟我客气啥？你这么客气倒让我感觉生分了。"秦卫花说："不是客气，是真的感谢，大姐夫可是家里的顶梁柱，他要是进了监狱，大姐一家人的日子就没法过了。"

秦卫花立即开车接上大姐，往报社赶。到报社已是中午时分，小云请她们先去报社食堂吃工作餐。见大姐没有心思吃饭，小云安慰说："大姐，我们报社正在收集恶意拖欠农民工工资的新闻线索，你面临的困难，正是我们要解决的。你先安心吃饭，吃完饭我带你去见我们领导。"听了小云的话，大姐立即面露喜色，双手合十对小云说："云哪，你要是能让你大姐夫不坐牢，你就是俺的观音菩萨，是跟着你大姐夫干活的百十号工人的活菩萨。"小云笑道："大姐，你先安心吃饭，如果问题真像秦姐电话里说的那样，应当能解决。如果问题解决了，也不是我的功劳，是我们领导的功劳，是我们党和国家为民政策的功劳。"

吃完饭，小云把秦卫花她们领到顶头上司张处长那里。张处长听秦卫芝讲完事件，叹了一口气，说："当前在农民工工资支付方面确实存在很多问题，依照法律规定，建设工程对外承包，只能承包给有资质的公司或企业，而有资质的公司或企业承包了工程后，并不组织施工，而是把工程转包出去。有些工程经过多层转包，到具体组织施工的包工头手里，已几乎没有利润可言。具体干活的农民工只能挣个苦力钱，而有时竟连这苦力钱都拿不到。多层转包导致农民工讨要工程款困难，为了助推这类问题的解决，我们报社最近正在策划一个帮助农民工讨要工程款的专题。"张处长接着对小云说："这次活动就从你的熟人这里开始吧，看看能不能找到突破口，帮助农民工兄弟解决讨薪难的问题。先去采访一下抓走当事人的警察，看看是否必须判处刑罚，采取治安处罚是否可以？毕竟是事出有因，当事人的过激行动也是无奈之举，也到发包单位去采访一下，了解一下工程款是否全部给承包单位结清了，如果还有部分剩余，是否可以协调发包单位将剩余的工程款直接支付给实际施工的人。在采访过程中，要争取发包单位所在地基层政府的配合，争取把好事办好，为讨薪的农民工兄弟真正解决实际问题。"小云欢快地答道："是！谢谢领导信任，一定努力完成任务！"

其实，对于小云而言，接手这项工作，不仅仅是在为赵二春，也是在为自己的父亲奔走呼吁。小云爸爸当年在工地上摔断了腿，需要三万元的手术费，而雇主只给交了五千元的住院费就不再管了，幸亏在秦卫花的帮助下，手术才得以顺利进行，保住了腿，可后来所谓的工伤赔偿却不了了之了。虽然秦卫花替父亲垫付的医药费，她已经全部还清了，但她认为自己欠秦卫花的情是一辈子也还不了的。这次能有机会为赵二春的事情尽心尽力，也算是对秦卫花恩情的报答，小云很开心。

人民新闻日报社对农民工讨薪问题高度重视，连续发了数篇报道。赵二春在被处以十五天治安拘留处罚后，于腊月二十三那天得以回家。长安建筑公司在媒体舆论的压力下，依据赵二春和张理签订的承包合同，给赵二春的工程队结清了工程款，工人们终于赶在春节前拿到了工资，欢天喜地地回家过年啦！

秦卫芝和赵二春历经这次磨难后，简直把秦卫花当成了神，打心眼里感激她。要不是秦卫花，不仅工程款要不回来，赵二春还可能被判刑坐牢，这个家就塌了。天大的灾难在秦卫花好友秦小云的帮助下迎刃而解，赵二春从看守所回到家的当天晚上，要不是秦卫芝拦着，差点就给秦卫花跪下了。秦卫花笑着说这一切都是小云的功劳。赵二春真诚地说："要好好谢谢人家小云，把律师当初开口要的五十万元费用给小云送去吧？律师张口就要二十万，还不保证把人给弄出来，如果把人给弄出来还要另外再收三十万，人家小云没要一分钱，就把我给弄出来了，连工程款都给我要回来了，我咋谢人家呀！"秦卫花说："我估计小云不会要你的钱，回头我问问她。"

秦卫花把赵二春的话转告给了小云，小云说："姐，这是我的工作，不需要谢。你想让我犯错误吗？你不是说我的前程就是你的前程吗？"小云停了一会儿，又说："钱，我是不能要的，如果大姐夫想表达谢意，可以制作一面锦旗，带上几个农民工兄弟，把锦旗送到我们单位来。如果心里还过意不去，可以从老家弄点小米，用小袋子分装好，每个小袋子里装上两斤小米，弄上三百袋，算是给我们报社职工弄个年底福利。"秦卫花一听，连忙说好，立即让赵二春去办。

赵二春为了更好地表达对人民新闻日报社的感谢之情，请了一个锣鼓队，雇了一辆大客车，一路敲锣打鼓前往报社送锦旗。路过之处，人们纷纷议论。他们到达报社时，大门口早已云集了各路媒体记者，除了本报社的记者，许多兄弟媒体也都派出了强大的采访阵容。媒体同仁一致认为这是一个很好的新闻点，抗日战争、解放战争时期，人民用小米喂养了红军、解放军，现在，人民用小米来感谢为他们伸张正义的新闻人。一时间，各大媒体都在报道转发这个消息，小云也因为成功帮助农民工讨薪，表现出了敏锐的新闻视角和超强的组织策划才能，被报社破格提拔，做了栏目编辑，负责农村时讯栏目的采访、发稿工作。

秦卫花帮忙讨要工资的事，被回乡的农民工们演绎、传说，越传越神奇，仿佛成了她们村的花木兰，岂止是她们村，她所在的乡甚至县，都在流传关于秦卫花的故事。更有好事的邻居频繁到秦卫花家，用羡慕的口吻向秦卫花父母探寻她的消息。老两口觉得脸上无比光彩，托人给秦卫花打电话，让她回家过年。

秦卫花已经很久没有回家了，上次回去还是春根去世那年。这么多年没有回家，虽然别人并不知道她在外面做什么工作，但她总自感无颜见人，内心充满了羞愧。而现在，大家对她刮目相看。曾经烙在她身上的那些耻辱印痕没人知晓，乡亲们眼中的她头带光环，身披霞光。如今，她可以风风光光地回去，接受乡邻们的祝福，享受乡邻们的敬重，还有同龄女孩们羡慕的目光。

在父母的强烈要求和大姐、二姐的劝说下，秦卫花终于答应回家过年。赵二春做包工头这么多年，一次性全部结清一年的工程款，还是头一次，是件大喜事，便向老婆秦卫芝提出换车要求，秦卫芝不同意，认为旧车开着挺好，没必要浪费钱换新车。赵二春却说："三妹帮咱把一年的工程款都要回来了，还省了五十万的律师费。她这么多年都没回家过春节了，这次好不容易答应回去，咱不得买辆新车拉三妹回去以示尊重？"秦卫芝觉得赵二春的话说得有理，就说："那就干脆买个大车吧，把二妹一家也捎上。"

腊月二十九，赵二春开着新买的九座商务车，拉着自己的家人，带着秦卫花和秦卫红一家四口，从北京出发，兴高采烈地往家赶。当汽车驶入村道，秦卫花透过车窗看见那片阔别多年却仍然十分熟悉的土地，再次嗅到那片土地散发出的芬芳的泥土气息，泪水模糊了她的视线。

车拐进村街，就有小孩们沿车奔跑，力图超越车速，跑向秦卫花家报信。车还没到，远远地就看见许多村民正聚在她家门口。车刚在家门口停下，一位中年男子立即走到车旁，替秦卫花拉开了车门。秦卫花并不认识这个人，大家介绍说这是去年新上任的村委会主任。村主任亲自给自己开车门，仿佛心脏起搏器狠狠地叩击着秦卫花，让她那有些枯竭僵硬的心突然弹动了一下，打通了原本堵塞的血管，热血在心底快速流动。

大家簇拥着秦卫花进入院内，让到客厅中的单人沙发上坐下，村主任在紧挨着她的另一张沙发上坐下，一些乡亲则挤坐在她对面的长沙发上。秦卫花环顾四周，客厅里满是人，许多人没有地方坐，就只好站着，以前觉得很大的客厅这会儿看上去竟很小。还有一些人进不了客厅，只好站在院子里，甚至大姐、二姐两家人也没能进入客厅。秦卫花看着村民们望向自己的眼神里满含着温暖和崇敬，泪水再次模糊了视线。

村主任看出秦卫花的心情很激动，也动情地说："小秦，这么多年在外打拼，苦一定没少吃，咱们农村人干活不怕苦不怕受累，就怕干了活拿不到钱！这种现象普遍存在，乡亲们在外务工受了委屈，回村请求我们村委会伸出援助之手给予帮助，可在那些陌生的大城市里，有谁会把我们这些最基层的村干部放眼里呢？我常常代表村委会出门帮大家维权，但大多数情况是不仅没有效果，还让自己生了一肚子的气。你这次虽说是帮助你大姐夫讨要工程款，实际上也是帮跟着你大姐夫干活的百十号乡亲们维权，这百十号人背后就是百十个家庭呀！以后村里的事还需你多多支持，大家在外遇到难处，求到你，在你力所能及的前提下，还请多伸援手啊。"

村民们附和着村主任的话说："是，是呀，麻烦你以后也替我们操操心。你动动嘴，比我们跑一百趟都管用。"听着村主任和乡亲们对自己的期望，秦卫花内心有点怯，不好意思地说："我哪里有那么大的能力，这次是碰巧了。以前和我在一起打工的一个小姐妹，研究生毕业后幸运地入职到人民新闻日报社，刚好报社今年把为农民工讨薪作为一个年终专题，我们碰巧赶上了。"村主任说："认识《人民新闻日报》的记者可不是件小事，咱们的县委书记想在《人民新闻日报》上发个表扬咱县的消息都排不上队。"

大家陪着秦卫花说了一会儿话，村主任说："天不早了，小秦刚从北京回来，坐了大半天的车也累了，早点休息，大家改天再来打扰。"说完就起身告辞，乡亲们也都跟随着村主任纷纷离开。

秦卫花的母亲见客人都走了，走过来拉住她的手想说点什么，但话还没出口，眼泪便涌出眼眶，顺着苍老的面颊流了下来，滴在秦卫花的手上。秦卫花抬手帮母亲抹眼泪，这么多年没见，母亲老多了，才刚满六十岁，已是满头白发。想想北京六十岁老太太容光焕发的样子，再看看自己老态的母亲，秦卫花心里五味杂陈，泪水也从眼角无声地流下。母亲见女儿流泪，忙说："你看看，多年不回家，回家该高兴才对，妈知道对不住你，你不要和妈计较……都怪妈，不该惹你掉泪，快去东厢房里歇会儿吧。你去看看，东厢房还能住不？几天前，跟着你大姐夫一起干活的几个人自作主张来咱家给你装修房子，我不让装，他们不听劝，非得装，我也就没再拦。他们很是下了些功夫，一间小房子折腾了好几天，抬掇得像个新房子，你去看看还满意不？你爸今天一大早就把炕给烧热了，说是让屋子里先暖和暖和。他说你在北京住的房子里有暖气，怕你回来嫌屋子冷，住不惯呢。"

母亲拉着秦卫花的手走进东厢房，房子的四壁泛着安静的白光，显然是用白色乳胶漆刷过多遍。原来的老式木窗换成了双层玻璃的铝合金推拉窗，窗子的面积也扩大了一倍。窗子上面并排加装了两根罗马杆，分别挂着一层米黄色的纱帘和一层同色的镂花绒布。在秦卫花的记忆中，那窗楣上方原本只是拉了根铁丝，铁丝上挂了块蓝色花布，便是那时的窗帘。炕也被修葺一新，原来的土泥炕围被加装上了木质靠背，木质靠背用清漆漆过，看上去温暖而舒适，四个外甥、外甥女不知何时已经在炕上睡着了。大姐、二姐不在屋里，大概去厨房了。母亲让秦卫花先休息休息，自己到厨房忙活晚饭。秦卫花躺在东厢房的炕上，望着崭新的扣板顶棚，对自己说："别了，云安俱乐部！"

第八章

1

春节过后，秦卫芝和秦卫红两家人结伴回了北京。赵二春继续做他的包工头，周家成仍然在那家五星级大酒店做主厨。秦卫芝和秦卫红在北京的家里带孩子，去北京的菜市场买菜，带孩子去北京的公园，仿佛已是北京人。如果不是孩子们不能入北京的公立幼儿园、公立学校读书，她们常常忘记自己不是北京人。

秦卫花暂时不想回北京，她要在家休整一段时间，让家乡父老乡亲温暖的目光彻底涤荡自己身心的疲惫。

秦卫花家所在的长辉县现在改制成了长辉市，正在大力推广招商引资项目。她现在成了家乡的名人，是许多农民工口口相传的花木兰。她到市招商局咨询招商引资的政策和正在推广的项目，招商局的工作人员热情地接待了她，问询她计划投资多少，可以依据她的投资计划给她量身提供项目。经过一番咨询，秦卫花知道实际投资金额和项目计划投资额可以不同，与政府签订的投资合同上的数字可以虚一些，最后实际投资落地款项，政府并不监管。

秦卫花坦诚地告诉招商局工作人员："我是秦安村人，多年来一直在北京打拼，是名专职理发师，兼职做演员，原本也没有太多的积蓄，挣了点钱都买成了房。没想到北京房价这几年涨得这么厉害，我卖一套房子就能凑够一千万，准备回家乡投资，但没想好做什么。"得知秦卫花实际首批到账投资金额可高达一千万时，招商局的工作人员情绪有点小激动，建议她抽个时间去拜见一下他们的局长，详细地记录了她的投资期望和联系方式，承诺将尽快向领导汇报她的投资意向，争取尽快给秦卫花提供一个符合她投资需求的好项目，并说如果有这样的项目会及时联系。

秦卫花在招商局留下投资意向资料后，每逢召开招商项目推介会，市招商局都会邀请她去参加。她原本在家闲着，也乐意出去逛逛，只要收到邀请，她是每请必到。来招商局开会的商人，大多是男性，她是为数不多的女性，人又长得漂亮，很快成了县里的名人。

为了和她的成功人士身份相匹配，秦卫花回了趟北京，淘汰了原来那辆小宝马，气宇轩昂地开着挂着京牌的奔驰车回到家乡。

2012年的春天，在长辉市的街头，人们常常可以看见一个长发披肩、身材曼妙、神采飞扬的女子，开着一辆北京牌照的奔驰车在大街上穿梭。这个镜头成了长辉市那个春天的街景之一。秦卫花在长辉市内到处考察项目，但一直没有做出投资决定，她甚至成了市长、书记的座上宾。大家似乎都很希望她尽快投资，似乎又不在意她是否真的投资。

在长辉市的招商引资名单中，中州市的地产大佬吴建雄位列榜首。长辉市不在中州市管辖区域，和中州市只隔着一条兰河。近年来中州市城区范围快速扩张，城区已经扩展到兰河的南岸河堤。城区跨越兰河，扩展至兰河北岸将是中州市发展趋势。相对于中州市而言，长辉市的土地便宜，吴建雄瞄上了隶属长辉市兰河北岸紧邻中州市的土地，准备在那儿搞房地产开发。吴建雄计划开发的土地，在原本荒凉的兰河滩区。滩区的土地，便宜得简直像白送。秦卫花在招商会上见过吴建雄几次，第一次见，两人就都有相见恨晚之意。

吴建雄向秦卫花介绍了他的房地产开发规划。按照规划，他将在兰河滩区建设一个高端的别墅群，主要销售对象是中州市的富人们。现在中州市已经没有土地可以用来盖别墅了，而兰河滩区和中州市只隔了一条兰河。过去因为有兰河这个天堑，从长辉市到中州市交通很不方便，只有两座大桥可以通过。现在政府加大基础设施建设投资力度，在中州市和长辉市之间的兰河上，新修了第三座大桥，对挂中州市和长辉市牌照的车辆免收过桥费。这也就意味着，中州、长辉两市已经连为一体，兰河北岸的那一片滩地，便成了房地产开发商眼中的香饽饽。长辉市政府财政薄弱，无力在市政基础设施建设上对滩地进行投资，把滩地打包卖给一家资金实力雄厚的地产公司，由其投资进行市政基础设施建设，进行成片开发，并允许地产公司对土地进行二次转让。秦卫花原本计划投资购买一百亩滩地，进行房地产开发建设，但由于长辉市政府定的政策是成片开发，不分割零散对外出让土地，只好暂时放弃。

长辉市招商局的工作人员建议秦卫花和吴建雄合作投资，秦卫花清楚自己的一千万在吴建雄眼里简直可以忽略不计，所以估计他不会与自己合作，但她还是鼓足勇气向他提出共同开发滩地的请求。没想到吴建雄竟爽快地答应了，秦卫花坦诚地和盘托出自己的家底和要求说："谢谢你肯和我合作。我只有一千万，只能占个小股，可是我仍想参与公司的经营管理。您若做董事长，至少得给我个总经理或副总经理的职位。"不料吴建雄也满口答应并说："我最缺的就是愿意为公司操心、负责任的管理人才，你在公司有投资、有股份，又愿意操心，我求之不得。据我公司投资部门前期对这个项目的投资论证，这个项目首期投资至少需要十个亿，你如果投资一千万，那我就投资九亿九，我这就安排公司的法律顾问起草合作协议，设立我们共同的项目公司，专项开发这一片滩地。我们按投资比例享受投资收益，我做董事长，你做总经理，项目全权由你负责，最好啥都不用我管，我乐得省心。"秦卫花听了这些话，高兴得几乎要跳起来。

很快，秦卫花和吴建雄共同投资的卫建房地产开发公司宣告成立，公司和长辉市人民政府举行了盛大的投资签约仪式。秦卫花代表卫建房地产公司，长辉市市长代表长辉市人民政府出席签约仪式，长辉市电视台对这次签约仪式进行了隆重的报道。秦卫花的乡亲们在电视新闻里看见她，兴奋地奔走相告这一巨大喜讯。赵二春撺掇秦卫芝给秦卫花打电话，请秦卫花帮忙，看能不能通过其他公司转包，直接从卫建房地产公司承包工程。秦卫花答应了这个请求，但要求赵二春注册成立一个公司，以公司的名义承揽工程。

卫建房地产公司的兰河滩地项目投资建设有条不紊地进行着，作为总经理的秦卫花并没有多少具体的事务需要处理。吴建雄从事房地产投资开发建设多年，有一个成熟的项目运营团队，具体日常事务皆由跟随其多年的副总经理林民协调处理。秦卫花只负责和政府方面的协调和沟通，吃饭喝酒及各种应酬是常用沟通方法。酒宴中，常有接受宴请的男人借着酒劲，对秦卫花有些过于亲昵的举动。秦卫花开始明白吴建雄为什么不仅同意让她投资参股而且愿意把总经理的职位让给她了，吴建雄看中的不是她的投资款，而是她的容颜，吴建雄在利用她做公关。她开始懊悔在卫建公司的持股比例太低，她的人力资本没能折价算成股份是巨大损失。

秦卫花开始思考以何种形式、何种方式向吴建雄提出增加持股比例的要求。如果贸然提出，被吴建雄断然回绝，那就尴尬了，毕竟白纸黑字的投资协议在那放着呢。公司关于各方持股比例、分配原则的章程，也都写得清清楚楚，还在工商局有备案，怎么能说变就变呢？谁让自己没经验，只计算资本价值，没有计算自己的人力价值呢？为什么没有计算自己的人力价值？或许秦卫花内心是抗拒将自己作价而沽的，她认为现在的自己是秦卫花，而不是秦画，是一个有财富资本的人，她要靠财富资本而不是身体资本立足。然而，让她没想到的是，她不将身体作价而沽，反而被别人免费利用，任凭他人免费利用身体价值而不要求回报难道不是愚蠢？当然，变更股份也不是唯一的出路，如果吴建雄能变成她的男人，那属于吴建雄的财富也必然属于她，那将是最好的结果。当然，她不会刻意追求这个结局，如果有机会主动上门，她也不会拒绝。

吴建雄不仅是房地产大佬，作为男人，也堪称儒雅。虽然已经年逾五十，比秦卫花大近二十岁，但仍然精神抖擞，气宇轩昂，具备女人梦寐以求的丈夫的超高水准。最让人敬佩的是，在男人普遍有钱就变坏的大环境中，他虽然生意做得风生水起，多年独霸中原省首富之席，却仍然保持着富有之前的本色，不仅没有和原配离婚，也不曾有在外面包养小三或者某个女人声称怀了他孩子等富人的常见绯闻。如果能够嫁给吴建雄，秦卫花不仅可以继续游走在长辉市人民政府，也可能成为中州市政府的座上客，甚至是中原省政府的座上客，那么云安俱乐部的会员客服们，将会殷勤地向她伸出橄榄枝，请她去做他们的会员，而不是模特。而她将骄傲地拒绝，因为确信会有更高级的俱乐部来邀请她，比如年费五百万的高山会。到那时，五百万的年费对于她而言，只相当于当年她领取第一个月工资买那只桶子鸡的钱。当然，或许她并不需要申请加入高山会，因为吴建雄已经是高山会的会员了，作为他的妻子，她当然也是高山会的座上宾。

2

怎么才能让吴建雄娶了自己呢？从认识吴建雄到现在的合作，已经有将近一年的时间了，秦卫花依据多年和男人打交道的经验，判断吴建雄之所以和她合作，应当包含把她弄上床的企图，但绝没有娶她的意思。许多次两人共同参加因公司业务而必须应酬的酒局，结束后，吴建雄曾借着酒劲半真半假地向她提出过上床的要求，她都装着没听见。云安俱乐部的那个秦画已经死了，如今的她应当是一个自尊自强的女人，长辉市是自己的家乡，怎么能在家乡的父老乡亲面前丢人呢？她希望把自己堂堂正正地嫁出去，而不是偷偷摸摸地和某个男人上床。

卫建房地产项目的推进原本很顺利，长辉市政府给予了大力支持，土地局、规划局在市政府的领导下听从统一调度，均积极配合，卫建房地产进行开发建设所必需的各项审批整体进展顺利，但还是出现了之前没有预见到的意外。兰河北岸原本是一片滩涂，没有多少居民，拆迁也很顺利。卫建房地产准备首批开发五千亩土地，原计划建设一个一千亩的湿地公园，余下四千亩建成别墅，在规划局批准规划前，设计方案需要先行取得河务部门的审批，而河务部门由中央直属管辖，不归属长辉市人民政府领导。河务部门认为卫建地产项目的建设规划侵占了兰河湿地，因此拒绝在规划征求意见函上签字。按照河务部门的意见，至少要保留三千亩的兰河湿地作为公园，最多只能有两千亩的土地用来进行房地产开发。如果按照河务部门的意见执行，卫建房地产公司的利润就会大打折扣，所以必须让他们批准公司的建设规划。为了解决这个问题，秦卫花几乎天天拜访河务部门，和具体负责审批工作的办公室工作人员协调沟通，以求规划能够获得批准。秦卫花和工作人员已混得熟稔了，但公司的建设规划仍然没被批准。有人提醒秦卫花，让她去找河务局的一把手杨局长，说只要杨局长点头，啥都好办。

秦卫花是不愿意去找这个杨局长的，她之前曾拜见过他，他那双被耷拉下的眼皮遮盖住了眼角的眼睛，像猫盯着鱼一样肆无忌惮地在她身上扫视。她感觉此人太龌龊，所以尽量回避他，以为绕过他，公司的建设规划也能获批。现在看来绕不过去了，必须过杨局长这道关。

秦卫花硬着头皮去找杨局长，请他吃饭，暗示他如果公司的规划获批，她是可以陪他上床的。但这个杨局长太老奸巨猾，一副不见兔子不撒鹰的态度，他的意思是先上床，再商讨规划批与不批的问题。而秦卫花也不想为了公司的事，把自己赔进去，更何况她只有百分之一的股份！她清楚地知道，如果自己这次和他上了床，那她将无法拒绝其他重权在握、有权卡她的男人对她提出的同样要求。她深知男人们的德性，在得了某个女人的便宜后，不仅不会珍惜这个女人，甚至还会在酒场上炫耀，到那时候，她就不再是企业家秦卫花了，而是披着企业家外衣的妓女甚至荡妇。她精心规划的美好蓝图又将化作泡影。

秦卫花把这个难题转交给了吴建雄，让他亲自解决河务局的公关问题。吴建雄能有什么高招吗？他也没有比秦卫花更好的办法，只是做利益输送而已。利益输送这种事，在秦卫花看来还是由吴建雄来做比较好，毕竟她只有公司百分之一的股份，为百分之一的利益，冒百分之百的风险，不值得。

为了便于和长辉市政府及下属各局委高效沟通，秦卫花在市里租了一套公寓做临时住房。虽然是临时住房，秦卫花却把房间收拾得温馨可人，吴建雄去过几次，曾有一次借着酒劲赖着不走，秦卫花只好打电话给他的司机来把他搀走。而那时候的秦卫花并没有想过要嫁给吴建雄。

卫建公司为了解决各种必需的宴请，出资在秦卫花临时住房的楼下租了一套房子，开了一家小会馆，请了一个厨师、一个服务员，后来的客户招待就方便多了。

3

吴建雄请杨局长到公司的小会馆里吃饭，秦卫花作陪。酒过三巡，秦卫花借故走开，回到楼上自己的房间里坐了一会儿，给吴建雄留出来和杨局长做交易的时间。等秦卫花再次回到小会馆时，杨局长说秦卫花擅自离席，要罚酒，秦卫花笑眯眯地说："我错了，愿意受罚。"秦卫花喝了罚酒，又插科打诨兼耍赖让杨局长连喝了六大杯。宴请在欢快的气氛中结束。

秦卫花的酒量向来很好，今晚这点酒对她来说是小菜一碟。可不知道为什么，她这次却好像是喝醉了。酒席散了以后，吴建雄安排司机送杨局长回家，自己则亲自送她上楼。秦卫花半倚在吴建雄的怀里，踉跄着往楼上走。到了房门口，在她掏钥匙准备开门的间隙，吴建雄借机在她的唇上吻了一下。秦卫花不仅没有像以前那样往外推他，似乎还回应了一下，用舌尖顶了一下他的唇，吴建雄心中窃喜：今天有希望？！

秦卫花开了门，走进屋，和吴建雄告别，吴建雄哪里愿意告别，跟着蹭进了屋里。秦卫花说："我没事儿，就是刚才那最后几杯酒喝得有点猛，头有点晕，但不需要照顾，你走吧。"吴建雄站在那里并不走，秦卫花只好请吴建雄在小客厅的沙发上坐下，并给他倒了一杯水，说："喝完这杯水你就走吧，不送你了。我头晕，需要立即休息，你走时把我的门顺带锁上。"然后独自进了卧房，关上门，开始洗漱。吴建雄坐在客厅里，听着卧房浴室里哗哗的流水声，不禁心痒难耐，浑身燥热，于是端起水杯大口喝水。

过了一会儿，水声停了，吴建雄脱去自己的外衣，悄悄地走到卧室门口。他用力一推，竟把卧室的门推开了，看见秦卫花正裹着浴巾擦头发。秦卫花见他进来，吓得张大了嘴巴，经过片刻迟疑后厉声道："吴董事长，你咋还没走？我请你立即出去！"吴建雄把秦卫花的厉声解读成了矫情，不知是因为喝了酒，还是别的什么原因，此时的他只有一个念头，就是把秦卫花给睡了。他快速地脱掉自己的衣服，扯掉裹在秦卫花身上的浴巾，将秦卫花推倒按在了床上。秦卫花奋力地反抗着，而所有的反抗显得那么无力。吴建雄顺利地进入了秦卫花的身体，但秦卫花的反抗并没有停止，她的反抗反而让吴建雄觉得是在配合他做运动。纠缠了一段时间后，秦卫花仿佛是累了，不再反抗。吴建雄则在秦卫花身上释放了最后一股力气后，累瘫在床上。他想躺在秦卫花身边喘喘气，不自觉地往秦卫花的下身看了一眼，立即吓出了一身冷汗，秦卫花的下身处分明有一团殷红。难道，难道她还是个处女？吴建雄感到了一丝恐惧，隐隐约约地预感到自己摊上了大麻烦。而秦卫花并不说话，只是不停地哭泣，吴建雄只好安慰她说："我一定好好对你，你别再哭了。我错了，求你原谅，我会好好补偿你的。"秦卫花哭着说："补偿，你拿什么补偿我？钱吗？我缺钱吗？我的钱虽然没你的多，但我也不缺钱，再多的钱对于我来说也只是一个数字，你毁掉了我的未来，我以后怎么嫁人？你给我滚！"

吴建雄还想说点什么，但听到"滚"字，如同接到了特赦令，心想，如果不趁机逃之夭夭，后果不堪设想，要是今天能逃脱，以后她再闹也不难应对。旋即起身下床，胡乱地穿上衣服，逃出了秦卫花的家门。走到楼道里，还能隐隐地听见秦卫花的哭声。

吴建雄下了楼，司机已在楼下的车里等他多时了。吴建雄上了车，对司机说："回家。"逃离了作案现场的吴建雄虽然内心仍然忐忑不安，但不再像刚才在秦卫花的床上那么恐惧了，因为他现在已经离开了危险之地，而且是秦卫花主动让他离开的，看来秦卫花在处理这方面的事情上还是不够老到，缺乏应对之策，吴建雄经过思考得出了一个让他心安的结论，自我预判能够控制局面。他预计今晚事件可能出现的最坏的结果是，把他持有的卫建公司的股份无偿转让给秦卫花百分之三十来平息事端。在他看来，所有的问题都可以用钱来解决。回到家里，妻子已经睡下，吴建雄不敢去打扰妻子，悄悄地走进书房，在沙发床上躺下。

吴建雄在书房里辗转反侧，怎么也睡不着。秦卫花还是个处女？怎么可能？依他多年观察女人的经验，他第一次见秦卫花，就判定她是一个久浸风尘的女人，他对自己的判断深信不疑。请秦卫花和自己合作，并不是看上了她那一千万元的投资款，而是想利用她的美色帮自己做公关，协调沟通关系，甚至还幻想把她发展成自己的情人。秦卫花的资产虽然不能与他相提并论，但也堪称富有，不像那些一穷二白的女人，一旦沾了身，总想讹出更多的钱来。以他多年和女人交往的经验，和秦卫花这样的女人上床，比招惹那些一穷二白的女人安全。他对和秦卫花的"合作关系"能推进到床上是有信心的，因为他对自己作为男人的吸引力还是有信心的。

　　但是这一年多的接触让他开始怀疑自己最初的判断了。秦卫花举手投足间，虽然常常露出风骚，但绝不给他人可乘之机。吴建雄疑惑秦卫花是情场高手，情场高手怎么可能是个处女？女人但凡是情场高手，那都是男人们培养出来的，这样的高手，得历经多少男教练才能培养出来？她怎么可能还会是处女？可是一团殷红赫然在那里啊！秦卫花会向他提出怎样的要求？向他要钱，如果真要钱也就好办了，要得少了就给，要得多了，想办法治她一个敲诈勒索罪。吴建雄反复这样想着，一夜未眠。

　　第二天早上起床，胡乱吃了点东西就赶紧离家，来到他在中州市的建雄集团总部办公室。他想给秦卫花打个电话安慰一下，但转念一想，还是放弃了。万一秦卫花选择忘记，伤心之事不再提，那是最好的结局，干吗还要主动去碰那个霉头？再说，自己已经离开了，干脆就给她来个死不承认，她能有什么办法？思来想去，认为最好的办法还是不承认，假装酒喝多了脑袋断片了，忘了昨天晚上发生的事情，如果一旦承认，后面的麻烦不可预见也难以掌控。将来时机恰当时，可以在经济上，让渡点小利益给她作为安抚，或许秦卫花还会继续和他暗通款曲。吴建雄打定了主意，就把这件事情从心里放下，开始了他的正常工作。

　　一整天过去了，秦卫花也没有联系他，吴建雄心想这事过去了，不禁暗自得意起来。

第二天早上，吴建雄起床后习惯性地打开手机，看见了秦卫花的一条短信：上午九点派你的司机到我住处拿一个文件。吴建雄心里暗想，会是什么文件呢？但短信的语言平静，应当没什么大问题，他心里暗自庆幸！庆幸自己前天晚上英明的决定——快速地逃离，果然逃就逃掉了。吴建雄猜想着文件的内容：是河务局在规划局的规划征求函上盖章的批文？如果是这样的文件，也应当由河务局转交给规划局，不会直接交给申请单位啊。思来想去，猜不到是什么文件，但不管是什么，先派司机拿回来再说。

司机从秦卫花住处拿回来的文件，是一个密封的档案袋。吴建雄撕掉档案袋的封口，从里面掉出来一个 U 盘，吴建雄将 U 盘插进电脑，随着电脑画面弹出的瞬间，豆大的汗珠从他脸上一颗颗滚下，视频显示的是前天晚上他在秦卫花卧室里的情形。整个画面显示秦卫花一直在反抗、在挣扎，吴建雄立即想到了两个字："强奸"。如果这个 U 盘被交给公安机关……警方完全可以依据视频画面所呈现的事实将他的行为定性为强奸罪。想到这里，吴建雄不禁后背发冷，感觉巨大的灾难在向他袭来。

吴建雄用颤抖的手拨通了首席法律顾问李律师的电话，要求他半小时内务必赶到他的办公室。李律师正在开庭，提议派他的助理过来，吴建雄不容置疑地命令道："让你的助理开庭，你立即过来，十万火急。"吴建雄挂了李律师的电话，焦躁地在办公室里来回踱步，如同热锅上的蚂蚁。每一分每一秒，对他来说都是煎熬，而李律师仍然迟迟不到，再打李律师电话，语音提示已关机。吴建雄气得暴跳如雷，但也不能去法庭上把李律师抓来，只好耐心地等他庭审结束。正在开庭的李律师心想：我又不是消防队员，所有的法律问题都应当提前预见、提前规划，凡是出现火烧眉毛的紧急情况，一定是预见和规划出了问题，而对于这样的紧急状况，即使需要采取补救措施，也不必限于一时三刻的工夫，所以不用这么着急，还是认真把庭开好才是。对于律师，最不能耽误的就是开庭，只有其他非开庭事项，工作时间才可以临时调整。

当李律师在办公室见到吴建雄时，他正躺在沙发上，司机和秘书手忙脚乱地忙乎着。血压一向正常的吴建雄，突然感到头晕目眩，秘书赶紧为他测血压，发现飙升至一百八，吓得不敢再动。只好躺在沙发上，静等李律师的到来。吴建雄在商场驰骋二十多年，平时总是优雅从容，恐怕只有在公司面临生死存亡的紧要关头时，他才会这么紧张焦虑，而现在公司运转平稳，新组建的卫建公司的项目，至少可以持续开发十年，一切都在良好地进行着，有什么可着急的事呢？秘书和司机预感事态严重，同时觉得很蹊跷，却不敢问。

吴建雄见李律师来了，便让司机和秘书退下，并示意他坐到办公桌旁，指着电脑说："你看看那个 U 盘里的东西，看完咱俩再商谈。"李律师看完也很是震惊，明白吴建雄为啥那么着急了。吴建雄强奸了秦卫花？即使果真如此，他也自感有责任帮助他开脱罪责。况且他不相信吴建雄会干出这种只有流氓成性的人才会干的勾当，但视频的画面让任何一个人看，都会得出强奸的结论。

李律师见过秦卫花，秦卫花和吴建雄合作设立卫建房地产公司的合同，还是他起草的。秦卫花留给他的印象很好，不仅富有，人长得也漂亮，性格温柔体贴，待人随和，脑袋也很灵光，虽然财富的来源不是很清楚，但看着也不像职业犯罪分子。如果是秦卫花设计陷害吴建雄，那么目的只有一个，要钱。现在不论是吴建雄被陷害，还是真的强奸了秦卫花，都需要先稳住她，不能让她报案。当务之急是需要了解她的诉求是什么。最简单也是最便捷的途径，就是和她立即进行谈判。如何谈判，如何掌控谈判的尺度和技巧，李律师对自己还是很有自信心的。让吴建雄花最少的钱来平息这个事件，是他需要考虑的问题。如果谈判节奏控制得好，一旦秦卫花欲望太大，无法满足，甚至可以治她个敲诈勒索罪。但如果不是秦卫花设计陷害吴建雄，她不要钱，只要求追究吴建雄的刑事责任，那可真就成大麻烦了。李律师又问了一些细节方面的问题，当听吴建雄说秦卫花身下还有一摊殷红时，确信这是一个骗局，因为他和吴建雄有个共同的判断：秦卫花不可能是个处女，秦卫花的身姿、体态、看人的眼神中常常透露出的强烈的诱惑性，都是佐证。一个处女，是不可能懂得并施展这种诱惑的。

吴建雄决定委托李律师全权处理这件事情，目标是：不惜经济代价，保住人身安全。

李律师给秦卫花打电话，约她见面商谈如何处理这件事。没想到秦卫花说："不见面，也没有什么好谈的。我已经把所有的物证都交给我律师了，让他替我到公安机关报案，我知道吴建雄在中原省的厉害，所以我们准备去北京报案，这件事有什么好谈的呢？没想到吴建雄是这样一个人渣！我们是生意上的合作伙伴，我的财富资本虽然无法和他相提并论，但他也不能这样来欺负我，你要跟我谈什么？"秦卫花的一席话让李律师后背发凉：秦卫花没有要钱的打算，那就是没有敲诈吴建雄的打算！李律师原本十分确定秦卫花会提经济要求，而现在她的态度完全不在他的预测范围。他意识到遇到了劲敌，一种挫败感油然而生。做律师三十余年，自认是中原省的首席大律师，没想到一个非法律专业出身、混迹生意场上的年轻女人，一出手就把他拍死了。如果以 U 盘画面显示的内容为定案依据，毫无疑问，吴建雄会被定性为强奸。

不仅吴建雄辛苦打下来的地产王国会倾塌，吴本人也将会被治罪。强奸罪的起点刑是三年，如果罪名成立，那吴建雄这一生就完了。

李律师把和秦卫花沟通的情况，立即反馈给了吴建雄。吴建雄道："我和她前世无冤，往日无仇，她为何要置我于死地？如果说不是为了钱，现场怎么会被录下来？她肯定是事先做好了局，给我来了个请君入瓮。既然是做局，就可以通过钱来解决。"吴建雄又对李律师说："你把其他的案件都推掉吧，再有案件找你都不要接了，损失我会补偿的。我安排财务先给你预支一千万的律师费，你清楚这件事情对我的重要性，这不是钱的事，事关我的身家性命。不论你采取什么方法，一定要先稳住她，不能让她去报案，否则就麻烦了。只要她不报案，我们就有机会。"李律师深知此事重大，知道万一处理不好，吴建雄真的会有牢狱之灾，丝毫不敢大意，立即让吴建雄的司机开车带着他和两个助理，找到秦卫花的住处。

敲门，没人应；打电话，秦卫花不接。李律师只好带着助理坐在秦卫花门口的楼梯上，每隔半个小时敲一次门。三小时后，秦卫花终于打开了防盗门里面的那扇木门。当她看见门外站着三个男人时，立即愤怒地嚷道："你们来这么多人干什么？想抢劫吗？"李律师连忙赔着笑脸说："秦总，您让我进去，有话好好说，这次是吴总的不对，但所有的问题都得找个解决的办法不是。如果您报了案，吴总这一生就毁了，您的声誉也会受影响，最好的方法还是我们坐下来谈谈，看看能不能找到一个途径，让损失最小化。"秦卫花听李律师说完，犹豫了一会儿才打开了防盗门。

秦卫花将李律师他们让到沙发上坐下，又沏了茶并给每人倒了一杯，便静坐在那里等着李律师开口。李律师小心翼翼地说道："吴总已经知道错了，也很懊悔，但如果把他送进监狱，实在是太恐怖了。能不能用一个不送监狱的其他法子来解决？比如，让他给您拿出一大笔钱来，钱多到让他肉疼，既惩罚了他，也补偿了您。"

听了李律师的话，秦卫花悠悠地说道："李律师，我一直敬重你，律师也是我崇敬的职业，成为一名律师是我儿时的梦想，但我因为读书少，没考上大学，学历不够，连参加律师考试的资格都没有。我也知道即使有资格参加考试，过关率也很低，所以，对所有的律师我都是仰慕的。但你刚才的话真不像是从一个律师嘴里说出来的。你让我抓着老吴强奸我的把柄敲他一笔钱，这是什么行为？你作为律师不清楚吗？你在诱惑我犯罪？你希望我敲诈勒索？"

李律师和两个助理不禁面面相觑，面露羞愧之色。但三个人心中的疑惑并没有解除，秦卫花仿佛看出了他们的心思，继续说道："我知道你们律师喜欢录音录像做证据，虽然我没有这个喜好，但自从你们进入这个房间，你们所有的语言、行为，都被拍摄记录下来了。我没计划拍摄你们，是你们自己闯进来的。我一个单身女人独自居住，本身就是一个不安全因素。为了保证人身安全，我在这套房子里安装了监控，没想过留什么证据，是吴建雄自己不自重，撞了上来。李律师，你现在又教我去敲诈勒索吴建雄，你也想进监狱？"

听了秦卫花的话，李律师一行三个人魂都吓飞了，如果李律师变成敲诈勒索的教唆犯，那么他的两个助理也将会成为共犯，三个人一辈子的前程也就完了。他们的脸唰地变成了惨白色，咳嗽，搓手，抹汗，各自呈现出不同的窘态。

看着他们狼狈的样子，秦卫花脸上流露出一丝不易被察觉的笑容，仿佛是对他们说，又仿佛是在自言自语："吴建雄呀吴建雄，你毁掉我了呀，将来叫我如何嫁人！"李律师毕竟是个在律师行业里摸爬滚打了三十多年的老手，各种危险的情况也都经历过，稍微平息了一下情绪，继续和秦卫花沟通。即使谈判不成功，他也需要知道秦卫花的报案工作进展到了哪一个阶段。秦卫花很坦诚地告诉李律师，她复制了多份视频，分别放在不同的地方，其中一份，已经和当天晚上的床单以及各种物证一起打包封好，交给北京的律师了，她已经安排让律师在北京报案，由北京公安机关立案后再转交给中原省办理，中原省就不敢压着不办。而北京的这个律师，是秦卫花大姐的好朋友，律师把这件事偷偷地告诉了大姐，大姐不同意立即报案，流程才暂时停了下来。大姐建议静观一下吴建雄对这件事情的态度，再决定是否报案。秦卫花说她明天就去北京，催律师赶紧报案。

李律师和秦卫花聊了一会儿，起身告辞。李律师在心里琢磨，如果秦卫花要的钱太多，要得吴建雄肉疼，而吴建雄为了免灾，先给了钱以后又后悔，想追究秦卫花敲诈勒索罪，那他将来也难全身而退。这个秦卫花太厉害了，他开始承认，自己不是秦卫花的对手。

李律师向吴建雄汇报了沟通的情况，吴建雄心里除了后悔，再没有其他情绪。暗想：看我的态度，看我的什么态度呢？不要钱，只求追究我的刑事责任？事发已经三天，秦卫花并没有立即报案，显然追究刑事责任不是她的目的，应当还有其他解决问题的可能性，那途径在哪儿呢？难道秦卫花想让我娶她？果真如此，那才是最大的麻烦，怎么跟妻子计洁解释这件事呢？但目前来看，这件事是包不住了，自己要回家向妻子坦白，取得她的谅解，或许她能帮着想出解决问题的办法。

4

　　吴建雄和妻子计洁都是八十年代的大学生，且是大学同学，毕业后共同留校任教，计洁是土生土长的中州市人，父母虽然不是什么达官贵人，但都是公务人员，小日子算得上富足。而吴建雄却来自农村，父母都是农民，他在家排行老八，上面有七个姐姐，吴建雄的父母一直不停地生，就是为了能生下个儿子，直到他出生，才停止生育。由于家里姊妹多，经济条件又不好，姐姐中没有人读到小学毕业，都是读到小学三四年级就辍学，回家做农活，帮助父母挣钱，供吴建雄读书。

　　俩人恋爱的时候，计洁的父母很是反对，但计洁仍嫁给了吴建雄。婚后，学校给他们提供了一间宿舍，条件虽然简陋，但生活幸福而温馨，夫妻俩对未来的生活充满了希望。一年后，他们的女儿出生了，夫妻俩都很欢喜，然而吴建雄的父母得知计洁生了个女儿，当场就坐在产房门口大哭，认为绝后了。父母坚持让吴建雄再生一个男孩，而当时的计生政策不允许，吴建雄想方设法做父母的思想工作，但老人冥顽不化，一心仍想抱孙子。那时候的计划生育政策极严，吴建雄夫妇如果生了二胎，存在被单位开除公职的风险，俩人当然不愿意冒险生二胎。而吴建雄父母的观点是：宁可丢工作，也要再生个孙子出来。吴建雄和父母的关系因此非常紧张。女儿媛媛长到五岁那年，父母突然一反常态，主动要求到吴建雄家小住一段时间，帮助他们照顾媛媛。小两口也想借机让二老喜欢上女儿，打消坚持让他们生二胎的念头，就答应了父母的请求。计洁和吴建雄父母在这期间相处融洽，媛媛和爷爷奶奶很是亲昵，俩老人对媛媛也很娇惯。当老人提出带媛媛回老家小住一段时间时，计洁原本不想答应，但考虑到媛媛或许是她和公婆缓和关系、让老人放弃抱孙子执念的推手，就同意了。

媛媛被爷爷奶奶接回去不到半个月，吴建雄父母家所在地派出所民警打来电话，说媛媛不幸掉河里溺水而亡，让吴建雄回家见女儿最后一面。吴建雄和妻子得此噩耗悲伤欲绝，匆忙赶回老家，发现女儿媛媛并没有溺亡。原来是吴建雄的父亲编造了一个谎言，并跑到当地的派出所，求当地派出所民警给吴建雄工作的学校打电话，小民警想着人命关天，哪有爷爷拿孙女性命开玩笑的？就把电话打到了吴建雄所在的化学系。接听电话的化学系主任也丝毫没有怀疑电话内容的真实性，吴建雄的同事都替他女儿溺亡而难过。

人说智慧都是逼出来的，两个老农民竟然想出了一个瞒天过海之计：向吴建雄所在单位谎称他女儿溺亡。如果单位确信并销了媛媛的户口，那么吴建雄和妻子就可以再生一个，他们就有希望有一个孙子了……他们事先也不敢和吴建雄商量，怕他和计洁不同意，想着先把生米煮成熟饭，就不怕吴建雄两口子不配合了。

吴建雄和计洁的领导、同事都认为媛媛溺亡了，而事实并非如此，回单位后如何向大家解释？其实，吴建雄深受父母重男轻女思想影响，也希望自己能有一个儿子，于是顺水推舟地接受了父亲的安排，把女儿留在农村父母家生活，孩子的姑姑托人给媛媛在农村上了户口，计洁刚开始不同意这样做，但反对无效，最后也就只好答应了。

一年后计洁再次怀孕，为了确保二胎生个男孩，怀孕五个月时，吴建雄专门托人给妻子做彩超查了查胎儿的性别，彩超显示是个男孩，他悬着的一颗心才算放进了肚里，满怀期待盼着儿子的降生。然而，女儿并没有溺亡的事情不知被谁举报了出来，吴建雄所在单位立即启动调查程序，单位最初的处理意见是开除两人的公职。后经多方沟通协调，考虑到关于孩子溺亡的谎言是吴建雄父亲编造的，吴建雄夫妻事前并不知情，单位重新评议后，再次给出的处理意见是：吴建雄主动辞职，保留计洁的工作，胎儿打掉，计洁结扎。这个处理意见吴建雄也是不能接受的，他四处拜求，吴建雄的父母也从老家赶到学校，见领导就下跪，见吴建雄的同事也要给人家下跪。弄得同事们都很同情他。学校之所以要如此严惩吴建雄，主要是担心如果对他的行为不予以严惩，诱发其他职工效仿，学校的计划生育工作将不可控。同事们纷纷自发替吴建雄求情，学校经过风险评估，最终给的处理结果是：吴建雄辞去学校的公职并结扎，保留胎儿和计洁的工作。

几个月后，吴建雄的儿子降生了，他虽然丢了工作，但并不悲伤。

彼时，全国上下正在兴起第一轮经商下海潮，吴建雄恰逢其时地开始了他的经商之旅。

在中国改革开放之初的八十年代，最早一批经商的人，或是从农村出来的农民，或是虽在城里居住但没有正式工作，甚至是一些就业困难的劳改释放犯。像吴建雄这样高学历、放弃公职经商的人是极少的。吴建雄一下海，生意就做得顺风顺水，几乎没遇到过什么挫折。九十年代末，他开始投身房地产，中国房地产行业的黄金二十年，让吴建雄赶上了。他的房地产生意做得风生水起，逐渐在中原省占据了领头羊的位置。

常言说，男人钱多就变坏，即使不想变坏，也会有贪钱的女人主动投怀送抱。十年前，吴建雄没能抵制住诱惑，和一个刚入职他们单位不久的女大学生擦出了火花，虽然吴建雄的年龄比那女生父亲还要大，可那个女生仍寻死觅活，坚持要求吴建雄娶她，甚至拒绝吴建雄给予的巨额分手补偿金。但后来对方了解到吴建雄已做了绝育手术不能再生育，便从他那里要了一些钱，就此作罢了。

5

　　如果秦卫花知道吴建雄做了绝育手术，还会向他提结婚的要求吗？如果秦卫花的目的不是和吴建雄结婚，那她会要什么呢？吴建雄想得脑袋疼，也找不到解决问题的办法。但无论如何，这件事情需要让妻子知道，就由她来定夺如何处理吧。计洁肯定是又气又恼，但绝对不会把他往监狱里送，无论如何，他知道妻子和他永远是一体的。

　　计洁现在已经是大学教授了，因大学里授课时间有限，她在家的时间多于在校的时间。吴建雄回到家里，计洁正在书房备课，保姆在厨房忙着准备晚饭。

　　吴建雄进了书房，关上门，坐到计洁对面的椅子上，凝视着她，满含歉疚地说："我捅了一件天大的祸事，如果处理不好，我这一辈子就完了。这件事对你是一种耻辱，我很自责。至于如何处理，我听凭你的处置。"说着，从包里拿出U盘，递给了计洁。吴建雄预估计洁看到播放的画面会暴怒，没想到她并没有发怒，虽然脸色阴沉，但很平静。

　　看完了视频，计洁问吴建雄："你准备咋办？那个女人开的什么条件？"吴建雄把律师和秦卫花沟通的情况全部如实告诉了计洁，然后说："目前最大的问题是不知道这个女人要什么，她目前坚持说要报案，没有说要钱。最可怕的是，她好像还是个处女。"吴建雄向计洁坦诚地描述了整个事件的过程和细节，计洁听完吴建雄的描述，坚定地说："我敢肯定她不是处女，我也肯定这是一个她早已设好的局。她肯定有想要的东西。而她不直接说出来，其实是在逼你说出她想要的。我已经猜到了八九分，她想要我的位置。如果她知道你已经结扎，她还会这么想吗？如果她不要取代我，也不要钱，那你恐怕只能进监狱了。这个女人很懂法律，知道一旦要钱就涉嫌构成犯罪，所以不要钱，要和你结婚。通过和你结婚然后离婚分得你的财产，这样，她既得到了自己想要的财，还不会涉嫌犯罪。要想办法调查一下这个女人的背景，但情况紧急，短时间内如何调查清楚？"夫妻两人在书房里商量了半天，也没有想到妥当的处理方法，只好打电话给李律师，让他到家里来商量对策。三人商量到深夜也没想到什么好主意，只好决定让李律师和吴建雄第二天一起去见秦卫花，看看她到底要什么。

李律师在短信里告知秦卫花，说他和吴建雄准备明天去见她。秦卫花立即回拨电话："不用见，我明天一早就去北京，我希望下次见到他是在法庭上。我要看到他坐在被告席上被审判的样子。有了俩钱，就自以为了不起了，我要好好地教训他，不知道他仗着有俩钱欺负了多少姐妹！欺负了人，想着花点钱就打发了，我这次要让他受受教训。"李律师开了免提，秦卫花说的话，吴建雄和计洁都听见了。情况紧急，李律师和吴建雄决定立即赶往秦卫花的住处，阻止她去报案，无论她开出什么样的条件，都满足。

二人到达秦卫花的住处，已是凌晨三点。敲门，秦卫花不回应，李律师只好把门擂得震山响。为了避免把邻居们吵醒，秦卫花无奈地开了门，放他们进了房间。

二人在沙发上坐下，李律师一眼就看到茶几上放了一张当日早上九点去北京的火车票，便立即把火车票抢到手里撕碎，并装进随身携带的包里。秦卫花愤怒地痛斥李律师，李律师并不反驳，只是点头哈腰赔不是。秦卫花的愤怒仿若铁拳砸进了棉花堆里，渐渐地也就平息了下来。

过了一会儿，她起身泡了一壶茶，斟了三杯，但并不说请吴建雄和李律师喝茶，而是独自端起一杯，喝了起来。屋内的空气是凝滞的，秦卫花不说话，只是一杯接一杯地喝茶。吴建雄和李律师见秦卫花不说话，内心更加恐惧。最后还是吴建雄打破僵局，说："小秦，我对不住你，但我是真心喜欢你，所以才情不自禁犯了错误，求你原谅。请你给我一个弥补的机会，如果你愿意，我求你嫁给我，以弥补我给你带来的伤害。"说完，就在秦卫花的面前跪了下来，秦卫花并不去阻拦，但脸上流露出一丝不易察觉的微笑，然后冷冷地道："嫁给你，你这是癞蛤蟆想吃天鹅肉，你多大年纪了？让我嫁给你？你毁掉了我的未来，毁掉了我的幸福，我的未来和幸福你能赔得起吗？"吴建雄不敢搭话，只能默默地跪在那里听着。

李律师说："秦总，这事总得有个解决的法子呀，你总不至于真把吴总送进监狱吧？"秦卫花说："那你说怎么惩罚他？让他赔我钱吗？我说过多少次了，多少钱都赔偿不了我的青春损失！他现在跪在这里，让我嫁给他，对他是惩罚还是奖赏？有了点钱，就自认为了不起，认为什么都能花钱买？我要让他知道，有些东西是花钱买不来的。"气氛再次僵在了那里，李律师想把吴建雄搀起来，但又不敢，吴建雄跪在这里，他坐着也不合适，就尴尬地站起来，在屋里来回踱步。秦卫花仿佛是个局外人，依旧悠然地喝着她的茶，仿若李律师和吴建雄不存在。吴建雄鼓足勇气开口打破沉寂，说："我马上就回家离婚，离婚后再立即向你求婚，行不行？"秦卫花的表情仿佛有些缓和，只听她缓缓地说道："你跪了这么久，地上凉，起来吧。"吴建雄听了这句话总算松了口气，立即站起身来。秦卫花悠悠地说："离婚？把所有的财产都留给你老婆？把你这个糟老头子留给我，我将来还能不能有个一儿半女都未可知，嫁给你有什么好？伺候你？"吴建雄和李律师都感到事情有了向好的转机。

天亮时分，秦卫花拿到了吴建雄给她写的保证书。在保证书里，吴建雄首先忏悔他对秦卫花的不轨之举，承诺三天之内和妻子离婚，吴建雄在卫建房地产公司的股份不能分给妻子计洁一分。一周内和秦卫花领取结婚证，吴建雄必须为秦卫花举办盛大的结婚典礼，结婚仪式遵守古老的三媒六聘之规，至少请两个处级以上公职人员做媒人，婚后要配合秦卫花做好孕育下一代的准备，保证秦卫花有自己的孩子，保证一辈子真心爱秦卫花，绝不出轨。

吴建雄在保证书上签了名、按了指印后，秦卫花对他说："我被你坏了身子，事到如今，看在我们共同合作一年多的情面上，为了卫建公司的发展，我委曲求全，原谅你，但你要知道好歹，结婚后要一心一意地和我过日子，别和我在一起心里还念着你前妻。如果是那样，你就不要娶我，也不要耽误了我。我大不了降低身价，嫁个农民，也会生活无忧地过一辈子，你就在监狱里过你的好生活吧。婚礼办得越快越好，我怕我会后悔，改主意。"吴建雄连忙点头说是。他原本想把自己已经结扎的事告诉秦卫花，又担心她知道自己不可能再生育而改主意，坚持要报案。那可就真是麻烦了，现在只能走一步算一步，而且秦卫花开的条件也不苛刻，除了公司的股份，没有限制他把其他财产留给妻子。卫建房地产公司的资产，在吴建雄资产比例里，不到十分之一，而秦卫花对其他资产没提要求，真不像是一个看重钱财的人。在吴建雄看来，秦卫花限制他将卫建房地产公司的股份分给妻子也属正常，公司有秦卫花百分之一的股份，如果吴建雄把卫建公司股份分给妻子一部分，必然会导致公司后续经营中矛盾纠纷不断，影响公司正常发展，吴建雄突然似乎很理解秦卫花。

离开秦卫花的住处，吴建雄和李律师一起回到了吴建雄的家里，计洁一夜未眠，丈夫一夜未归，她也不敢打电话，害怕激怒了秦卫花。但一直和李律师保持着信息联系，李律师通过短信向她汇报了事态的进展。在吴建雄到家之前，计洁已从李律师处得知了他们和秦卫花谈判的结果。计洁也开始疑惑了，秦卫花的表现不像是一个冲着钱来的人，以她的智慧，能够很清楚地判断，吴建雄在离婚时会把很多财产留给妻子，但秦卫花现在只限制了卫建公司的股份。她也认为秦卫花的要求是有利于公司发展的。

计洁作为吴建雄的原配，虽然觉得被逼离婚太窝囊，但如果吴建雄因为强奸进监狱，她的处境将更难堪，将会成为人们的笑柄。而离婚，在当下似乎是一件司空见惯的事情，尤其是像吴建雄这样的大老板，有个三妻四妾仿佛是很平常的事，虽然法律上不允许这种情况，但在现实生活中普遍存在。本市和吴建雄同样经营房地产行业的刘总，业务量不及吴建雄的三分之一，但熟悉他的人都知道他有三个老婆，原配妻子明知道丈夫在外边有两个女人，却假装不知道，热热闹闹地做着她的刘太太。两个小老婆倒也乖巧，也不去挑战刘太太的正妻位置，或许曾经也挑衅过，但失败了，只是比赛似的只管生孩子要钱。大家庭在刘总的统率下好像一直很和睦。和他们相比，计洁和吴建雄这两口子算是楷模了。况且，吴建雄还是她两个孩子的父亲，总不能让孩子们顶着父亲是强奸犯这顶帽子吧。何况，吴建雄愿意把除卫建公司股份以外的所有财产都留给她和孩子们，计洁接受了和吴建雄离婚的安排。吴建雄顺利地和计洁办理了离婚手续，和秦卫花领了结婚证。

6

吴建雄搬到秦卫花所租住的小公寓房里居住了。秦卫花把她在云安俱乐部的所学，循序渐进地用在了吴建雄的身上，吴建雄的感觉越来越美好，仿佛回到青春时代，甚至常常有幸运感在心头升起。

计洁并没有放弃对秦卫花的调查，她一直认为吴建雄"强奸"是秦卫花设的局，她想方设法在寻找证据。刚开始吴建雄还支持她的调查工作，渐渐地就不再理会她调查秦卫花的进度了。吴建雄和计洁离婚时，把所有的财产都登记在了儿子吴楠的名下，但实际上所有资产的经营仍然由吴建雄掌控。每逢卫建公司遇到资金紧张的情况，他仍然一如既往地从他管理的其他公司自由调度资金支持卫建公司。

卫建庄园一期规划的一百栋单体别墅很快建好交房了，其中的一号别墅占地足有五亩，被留作秦卫花和吴建雄的婚房。婚房交工后，即在二人登记结婚两年后，秦卫花和吴建雄举行了盛大的结婚典礼，主婚人是中原省工商联副主席，证婚人是长辉市市长。他们的婚礼在中州市最大的花香宾馆举行，将宾馆的客房全包了三天。秦卫花安排了几辆大巴车，把她村子上所有愿意来参加婚礼的人都拉了来，在花香宾馆免费吃住三天，一时风光无限。

秦小云也受邀参加了婚礼，应秦卫花的恳求，还替她邀请了人民新闻日报社中原省记者站的几位同事共同来参加。秦小云在作为嘉宾致辞时说："……新娘的美貌，在座的来宾有目共睹，而新娘的心灵比容貌更美。我在大学读书期间，因家庭困难需要通过勤工俭学来解决学费和生活费问题，日子过得很艰难。屋漏偏逢连夜雨，父亲又因在建筑工地干活摔断了腿，急需钱做手术。是我们美丽的新娘，第一时间主动向我伸出援手，及时为我父亲垫付了手术费。感谢我们美丽的新娘——秦姐在我最困难的时候，所给予的帮助，正是在她的帮助下，我才得以完成本科和硕士学业，有了今天的工作。受助者是幸运的，而助人者也将从助人的过程中收获幸福喜乐，我要向秦姐看齐，希望能把她给予我的这种善，传递下去……"秦小云的发言赢得了宾客们热烈的掌声，大家都用崇敬的目光遥望着站在典礼台上头戴花环的秦卫花。

婚礼上，秦卫花也流下了眼泪，那是幸福和激动的泪水。吴建雄在婚礼上承诺，在未来的后半生将全心全意用心守护秦卫花，不让她受伤。秦卫花站在婚礼的舞台上，看着所有来参加婚礼的嘉宾，感觉自己仿佛站在了云端。她为自己骄傲，为自己自豪。在某个瞬间，她竟想起了秦自然，嘴角不经意间流露出鄙视的笑，而转瞬间，她又想起了春根……

这场盛大的婚礼也被上传到了网上。

秦卫花和吴建雄住进了别墅，对吴建雄的照顾更加细心和用心了。床上的功夫自不必说，吴建雄舒服得甚至不想出门工作，只想和秦卫花腻在家里。生活上，秦卫花像母亲照顾孩子一样照顾着吴建雄，家里没有请保姆，除卫生由卫建公司物业的保洁部门每天派人负责打扫外，吴建雄的饮食、服装全部由秦卫花亲手打理。出席什么样的活动，穿什么样的衣服，都由秦卫花负责搭配；每天要换的衣服，也都由她提前预备好。秦卫花特别想有个孩子，为了实现这个梦想，她想着法帮助吴建雄调理身体。每天，无论吴建雄在外面应酬回来有多晚，她都会为吴建雄熬一碗小米参汤或煲一碗生蚝海鲜汤。每当秦卫花给吴建雄端上这些汤时，吴建雄的内心都会有一丝丝歉疚，有几次他差点情不自禁告诉秦卫花自己已经结扎的事实，这样，秦卫花就不用再这么费心了，但是即使没有孩子，他们也会很幸福。但好几次话到嘴边，吴建雄又咽了回去。他不敢想象，秦卫花知道真相后的反应。他不会忘记，秦卫花当初放弃报案，答应和他结婚的条件之一就是要有个孩子。如果不能有孩子，她还会和他结婚吗？会选择放弃报案吗？

顾真雨在网上看到了那场属于秦卫花的盛大婚礼，当她看到新郎是吴建雄时，很是震惊。她虽然不认识吴建雄，但知道他是中原省地产界的大咖，暗自疑惑秦卫花如何能傍上他这样的大人物。深知原配心理的顾真雨，辗转联系上了计洁，两个共同仇恨秦卫花的女人见了面，顾真雨把秦卫花的历史向计洁倒了个底朝天。计洁欣喜若狂，立即把这个消息告诉了吴建雄，而吴建雄根本不信，计洁只好带着顾真雨去见他。面对顾真雨的言之凿凿、信誓旦旦，吴建雄开始半信半疑了。

见过顾真雨，吴建雄心情凝重地回到家里。聪明的秦卫花一眼就看出了他有心事，而且初步判断这个心事和自己有关。她问吴建雄怎么了，吴建雄却回答说没事。晚上睡觉，吴建雄连睡衣也不换，就直接躺到了床上。秦卫花拿出他的睡衣，准备给他换上却被一把推开了。

秦卫花知道出事了，是什么事呢？她必须问出来，如果连问题出在哪里都不知道，就不可能有解决的办法。秦卫花并没有和吴建雄吵，而是嘤嘤地哭了起来，并絮叨着自己对吴建雄如何好，而他却莫名其妙地给自己脸子看，一把年纪了连个孩子也没有，辛辛苦苦挣下的家业最终也是别人的，活着还有什么意思……

吴建雄听着秦卫花的哭诉心里开始有些发软，心想：会不会是顾真雨陷害秦卫花？想到这里，吴建雄决定试探一下秦卫花，看她怎么解释。于是问道："你认识顾真雨吗？"秦卫花听到"顾真雨"三个字，便明白了是怎么回事，并立即想好了应对的办法。其实，这个办法不是她刚想起来的，她曾经预设过，如果有人指证她曾在云安俱乐部做过模特，自己该怎么办。她知道，一般人不会刻意告诉吴建雄，那是自讨没趣。何况云安俱乐部模特的真实工作内容，对社会大众来说也是秘密。即使是知晓这秘密的人，也讳于承认知晓这个秘密。只有一个人，有指证秦卫花的能力和动力，这个人就是顾真雨。

秦卫花缓缓地说："怎么不认识！扒掉她的皮，我也认得她的骨头。我刚到北京的那几年，就是在她老公经营的黑贝美发美容中心做理发师。这个理发店在北京很有名，许多演艺人员都选择在那里做头发。我们的收入也很可观，我干了两年，挣了有十来万块钱，都被她借走了。借钱时她给我打了张借条，但后来我怎么也找不到了，我清楚地记得借条是被我放在集体宿舍的柜子里的，她有我们宿舍的钥匙，我怀疑是被她偷走了。她不否认借了我的钱，但坚持见到借条再还钱，没了借条，她就不还我钱。因为钱的事我和她闹翻了，然后就离开了黑贝。她平白无故地吞了我十万块钱，我越想越生气，一直放不下，后来在两个警察朋友的帮助下，把钱要了回来。为此她一直耿耿于怀，想杀我的心都有，怎么？你认识她？见到她了？她肯定说了我一大堆的坏话，你就因为听了她说我的坏话，就给我脸色看？她怎么说我的？"

吴建雄一边听秦卫花说，一边在想：两个版本有一个共同的地方，就是都与十万块钱有关，而且这十万元在警察的帮助下，最终被秦卫花拿走了。只是两个人关于这十万块钱的来源说法不一致。吴建雄开始怀疑是顾真雨故意陷害秦卫花。两人关于事件的描述虽然不一致，但有一点是相同的：那就是两人的矛盾很深，而且在矛盾的处理中，秦卫花占了上风，不排除顾真雨报复秦卫花的可能性。想到这里，吴建雄并不直接回答秦卫花的问题，而是接着问："你在云安俱乐部工作过吗？"

　　秦卫花坦然地回答道："工作过呀，这工作最初还是顾真雨帮助联系的。云安是一家很大的会员制俱乐部，每天晚上都有演出，需要有化妆师和理发师为演员们化妆做造型。顾真雨联系了这个业务，从黑贝抽了几名理发师、化妆师，每天晚上去给俱乐部的演员们做造型，我去过，黑贝的高级理发师几乎都去过。

　　"我离开顾真雨的理发店以后，就自己开了个理发店，这你是知道的，我以前也跟你说过。由于刚开张，生意不是很好，我和云安俱乐部演出部门的负责人沟通了一下，把给他们演员做发型的工作承揽到我的小理发店，等于是抢了顾真雨的生意，我们俩的仇就越结越深了。我在云安俱乐部工作过的事情曾经告诉过你，你还记得《人民新闻日报》的秦小云吗？你见过她，我们结婚时她还邀请了人民新闻日报社在中原省记者站工作的同事一同来参加我们的婚礼，那几个记者你不是也认识吗？我和小云就是在云安俱乐部认识的，她当时负责茶水服务，你今天怎么想起问这个问题来了？顾真雨跟你怎么说的？"

　　秦卫花提到秦小云，吴建雄当然记得，她在他们的婚礼上所说的话。是呀，秦卫花是个真诚善良乐于帮助他人的人，怎么会是妓女呢？如果是妓女，秦小云还会和她交往吗？吴建雄完全相信了秦卫花所说的一切，后悔自己差点上了顾真雨的当。吴建雄一五一十地把顾真雨说的话全部告诉了秦卫花，秦卫花听完哭得更伤心了，说吴建雄不信任她，竟信任一个外人，信任她的敌人对她的诋毁和造谣。如果不是今天问了出来，她死了都没地方申冤。接着，秦卫花又问："你怎么认识她的？她在哪里？你带我去见她。"吴建雄支支吾吾地说是在一个酒桌上认识的，也没有留她的联系方式，无法再联系上她。吴建雄没敢说是前妻计洁介绍他认识的，但秦卫花早已猜到，这事是计洁干的。

秦卫花又哭了起来，絮絮叨叨地说起过去的事，说后悔嫁给了吴建雄，落到今日下场。结婚快三年了，还没有怀上孩子，老了怎么办？自己如果没孩子，这辈子就等于是给吴建雄和他的孩子们白打一辈子的工，还被人诬蔑，被人怀疑……看秦卫花哭得这么伤心，吴建雄开始自责起来，伸手把秦卫花揽进了怀里，给她擦眼泪，哄她不要再哭，还主动换上了睡衣，不停地吻秦卫花，温柔地吻着她身体的每一个部位，直到秦卫花破涕为笑，两人又滚在了一起。

秦卫花让吴建雄起誓，以后如果听见有人说她的坏话，要立即告诉她，不许自己装心里，吴建雄一一答应。趁着吴建雄的兴致好，秦卫花再次向他提出做试管婴儿的要求，吴建雄又拒绝了："我们在一起还不到三年，年轻人结婚三年不怀孕也是正常的，我还没有享受够二人世界呢，等两年再说吧。如果过两年还不怀孕，我们再考虑做试管婴儿。"

顾真雨事件后，计洁没有看到期待中的吴建雄对秦卫花的疏远，感到很奇怪，便质问吴建雄，吴建雄就把秦卫花的话转告了计洁，并对她说："你以后不要再疑神疑鬼的了，要么我把秦小云的电话给你，或者你直接去北京找秦小云，到她单位看看，那样一个大记者，怎么会说假话？从现在的情况来看，十有八九是顾真雨恶意陷害报复秦卫花，这是借刀杀人。再说，当初，是我求她嫁给我的，娶她是我提出来的，她当时还不愿意，如果当初她不同意嫁我，我可能就被送进监狱了，这事你都忘了？总之，和秦卫花结婚，错不在她，在我。我知道这件事情最委屈的是你，你再忍两年，等卫建房地产公司的项目一完结，我就把公司解散，把和秦卫花的股份收益结算清楚，然后再渐渐疏远她。我和她又不可能有孩子，你有什么可担心的？你就不要再操她的心了，以后我抽时间多回来陪你，我理解你的苦，千错万错都是我的错，你就不要再折腾了，折腾得你累我也心疼。"

　　听吴建雄搬出秦小云，计洁对顾真雨所说的话是否真实也开始疑惑起来，但是，她坚信即使秦卫花不是云安俱乐部的妓女，也不可能是处女，于是说："无论如何，她也不可能是个处女，就冲这一点，她就是个骗子。"吴建雄说："她从没说过她是处女，只是我当时事后看到了一摊殷红，怀疑她是处女，但是从来也没和她确认过这事。"计洁说："那是她事先做好的局，谁知是什么血？"吴建雄说："你这话有点太主观了，她如何事先设局？她如何知道我会进去？当时她已经喝多了酒，走路都歪歪倒倒的，我送她回家时，她都不让我进屋，是我怕她走路不稳，才坚持要送她的。进屋后她就让我走，然后自己进卧房了，她怎么会提前知道我后来会进她卧房做那种昏头的事，连我自己都没想到，我那天怎么会那么疯狂。你和我结婚这么多年，我啥人你不知道？那天的情况的确不在意料之中。"计洁突然尖声地嚷道："肯定是她给你下了药。"吴建雄听了计洁的话，苦笑着摇摇头，心想：计洁恨秦卫花恨疯了。但这也是他造成的，便对计洁又生出许多内疚来。

相比之下，倒显得秦卫花大度得多，她常常叮嘱吴建雄，让他在生活上多关照计洁。想到这里，吴建雄起身给计洁倒了一杯茶，紧挨着她坐下，伸手想去揽她的肩膀，计洁却腾地从沙发上站了起来，尖叫道："别碰我，别弄脏了我。"谈话不欢而散，吴建雄越来越不愿意见计洁。

只是吴建雄自始至终都没有想过一个问题：他那天晚上为什么那么疯狂？

计洁并没有放弃对秦卫花的调查，她再次联系了顾真雨。顾真雨得知秦卫花所言所为后，惊讶得无话可说，暗想：当年就觉得这个小丫头不简单，现在看来真是骗子中的高手。

为了帮助计洁指证秦卫花，顾真雨开始寻找证人。她找到的第一个证人是给她付了二十万定金、负责购买秦卫花初夜的司机小王，当她找到小王向他说明自己的意图时，小王断然否认自己曾认识一个叫秦卫花的人，更没有出钱买过什么女人的初夜。顾真雨在小王那里碰了一鼻子灰，仍不死心，就想从云安俱乐部寻找突破口，但俱乐部两年前就关闭了，工作人员也四散不知所终。即使俱乐部不关闭，那里的人员流动巨大，人际关系疏远，也未必还有人能认识秦卫花。顾真雨很是费了一番周折，终于找到当年模特领班刘丽。顾真雨吸取了在小王那里碰了一鼻子灰的教训，并没在电话里直接告诉刘丽自己找她的目的，而是先约请她一起吃饭。

到了约定的地方，顾真雨见面不说事，而是先送给刘丽一个Gucci包，而后才委婉提出来，希望刘丽能够出面指证秦卫花曾在云安俱乐部里做过模特，实际上就是性工作者。刘丽怪怪地问顾真雨道："谁说云安俱乐部的模特是性工作者？如果她们是性工作者，我是领班，那我是干什么的？"顾真雨连忙赔笑道："您的工作性质当然和她们不一样，您是领导者，是管理者。"刘丽冷笑道："谢谢你高抬我，依你的意思，我岂不就成了组织卖淫的了？你准备把我往监狱里送？"顾真雨忙解释道："不是要向官方去指证，只需要你能出面告诉秦卫花的老公吴建雄，也不需要写书面材料，我组织个饭局，约上秦卫花的老公吴建雄，你在饭桌上聊天的时候说出来就行。"刘丽冷冷地说道："谢谢你看得起我，这事我干不了，你另请别人吧。"

顾真雨又在刘丽这里碰了钉子，还损失了一个包，但她还是不死心。她隐约记得曾经有一个男人包养过秦卫花一段时间，那时秦卫花还和她要好，带她见过那个男人，通过多方打听，顾真雨终于找到了那个男人的电话，当顾真雨在电话里告诉那个男人她的意图时，对方立即挂断了电话，再拨打就是空号了。

顾真雨把所能想到的证人找了个遍，但没有人愿意出来指证秦卫花。她虽然不甘心，也只好放弃。

虽然顾真雨放弃了对秦卫花的指证，计洁却仍不愿意放弃，她把秦小云视为最后的、唯一的突破口，决定亲自去找秦小云。她先是电话联系了秦小云，在电话里做了自我介绍，秦小云礼貌地问她有什么事需要帮忙。她说在电话里不方便说，希望见面谈。秦小云推说工作忙，没时间见面。后来在计洁再三恳求下，秦小云终于答应见面，但是把见面地点定在了人民新闻日报社的接待室，而不是计洁提议的酒店或咖啡馆。计洁虽觉见面地点太过严肃，但为了能见到秦小云，也只好答应。

在接待室里，秦小云第一次见到了计洁，只见她衣着考究，一副典型的知识女性模样，年龄和秦小云的母亲相仿，但满脸的疲惫憔悴。秦小云见状，内心对她生出了些许的同情。

计洁在开口说话前，认真地平复了一下情绪，希望自己能够平静地和秦小云交谈，但当"秦卫花"三个字从口中跳出来时，她的脸还是不由自主地扭曲了一下，显然这三个字给她带来了太多的愤恨。在见秦小云之前，计洁反复思考斟酌她和秦小云谈话的内容，希望自己能给秦小云留下一个客观理性的印象。经过很长的谈话铺垫，计洁最后把话题落在一个点上：秦卫花假冒处女，要挟吴建雄给自己带来了严重的伤害，所以必须娶她。听计洁说完，秦小云说："吴建雄强奸秦姐的 U 盘我看过。问题的核心不在于秦姐是不是处女，而是吴建雄是否强奸了她，是否为了避免被追究刑事责任而向她求婚，娶了她。如果你们认为所谓的强奸案是秦卫花设的圈套，你们应当立即报案或者对秦卫花的要挟置之不理，而不是向她求婚以换取她不报案、不追究吴建雄罪责。现在时过久远，有些问题估计已不好查清，但你仍可以报案，我这里不是办案机关，没办法给你提供实质性的帮助。"

听秦小云这么一说，计洁仿佛抓到了救命稻草，急促地问："那你认可秦卫花不是处女了？"秦小云说："你误解我的意思了，我是说秦卫花是不是处女并不影响强奸罪的构成。强奸处女和强奸妓女负有同样的刑事责任，如果你因为我这一句话，坚持说秦卫花不是处女，甚至断章取义认为我说她是妓女，显然是不合适的。我和她相识多年，我是在云安俱乐部勤工俭学的时候认识她的，只知道她是演员，也是理发师，不知道演员或理发师的工作是否包含性工作内容，我给不了你想要的答案。但我能告诉你，秦卫花是个心有善念的人，你不要对她抱有太多的仇恨。"

听完秦小云的话，计洁很沮丧，但谈话没有再继续下去的可能了，只好极不情愿但仍保持礼貌地向秦小云告别。计洁走出人民新闻日报社的大门，突然蹲在地上号啕大哭起来，身边顿时围了许多好奇的人，人民新闻日报社的保安立即过来驱赶，计洁意识到自己的失态，感觉自己简直像个泼妇，哪有一点大学教授的样子！不能再这样放纵自己的情绪了，为了一个秦卫花把自己闹得人不像人鬼不像鬼……计洁下定决心，把秦卫花从心底抹去，不再计较她的风光，也不再计较她的卑鄙。她清楚地认识到自己和秦卫花不是一个维度的人，或者说压根就不是一个物种，不能再因为这个女人自我贬损了。

第九章

1

秦卫花现在俨然是社会名流了，不仅是长辉市人民政府的座上宾，还应邀参加了两次中原省人民政府的新春团拜会。能参加这个会的人，皆是省内各个行业的翘楚或离退休老干部，都是为社会作出了巨大贡献的人，也大都经历了半世的沧桑，岁月的印痕都刻在了脸上。而坐在他们中间的秦卫花，满脸的胶原蛋白，仿佛一颗璀璨的明珠。秦卫花美丽而优雅，嘉宾们都乐意和她交谈，仿佛和她交谈是一件很惬意的事。眼前的风光并不能让秦卫花满足，她渴望去更高的舞台展示自己。

卫建公司赞助拍摄了一部电视剧，秦卫花在剧中扮演了主角，一时间她仿佛成了影视明星，常常接到各种邀请，频繁出席各种大型庆典。她常作为嘉宾出现在中原省各类电视节目中，点开中原省的本地网，几乎每天都有她的消息。

我和秦卫花是在省妇联组织的一个联谊会上认识的，联谊会的议题是为万名贫困地区妇女送温暖，由省妇联牵头，组织对试点乡村的农村妇女免费提供 HPV 病毒检测工作。我作为这项救助活动的法律服务志愿者参加了联谊会。

联谊会上，首先是医生代表发言，介绍 HPV 病毒感染者早发现早治疗对降低女性感染宫颈癌发病率的临床研究成果。然后，秦卫花作为女企业家代表发言，现场表示愿意捐赠一千万元人民币作为救助资金。接着，现场来宾均纷纷表示了捐款意向。受现场热烈氛围的感染，我也表示捐款五万元。工作人员现场统计捐款意向资金高达五千三百多万元。但随后实际捐款到位资金只有一千五百三十七万元，我和秦卫花是为数不多按当天承诺的捐款金额全部捐款到位的捐赠人。活动主办方事先预见到捐款意向金额可能不会全部到位，首批救助计划就按两千五百万元做预算，但没想到捐赠意向金额和实际捐款到位金额差距如此巨大，主办方一时面临着巧妇难为无米之炊的困境，但项目必须启动，后经和第三方检测机构谈判，让其放弃利润，仍有近五百万的资金缺口，秦卫花临危进行了第二次捐赠，补上了资金缺口，保障了该项目的顺利进行。

卫建房地产公司的土建工程，由秦卫花的大姐夫赵二春承包建设。卫建房地产开发建设的别墅卖得非常好，当然不拖欠他的工程款，他也能及时为施工人员发放工资。赵二春工程队的施工人员，主要由秦卫花村里的青壮年农民组成，他们能顺利拿到劳动报酬，都念秦卫花的好。村里有几户人家，因家里没有壮劳力，干不了施工队的活儿，就被秦卫花安排到公司做保洁员或做养护花草的园丁。在秦卫花的照拂下，秦安村每户人家都能从卫建房地产公司获得数额不等的劳动报酬，生她养她的村庄变成了远近有名的富裕村。

老天是公平的，不会让一个人的生活太完美，光鲜靓丽富贵的秦卫花，表面上看活得似乎像个神仙，其实也有缺憾。年近三十五岁的秦卫花，虽然腹部已经开始长赘肉，但是一直没有隆起。眼看着成了大龄妇女，根据医生的判断，自然受孕的概率将会越来越低，不免有些着急。而吴建雄却是一副气定神闲的样子，一点也不操心，对秦卫花提出做试管婴儿的要求，一直避而不应。秦卫花由于求子心切，夜夜要求尽欢，吴建雄的身体渐渐有些不支，面对秦卫花的渴求常常感到疲惫和力不从心。

吴建雄和秦卫花的生活出现了不和谐，卫建公司的经营也出现了新问题。

依据规划部门批准的建设规划，卫建公司在兰河滩区的住宅建设容积率极低，初始规划建设的都是别墅。但能够买起别墅的人毕竟是少数，还有很大一部分的普通人，也想在兰河滩区的湿地公园附近拥有一套自己的小房子，作为周末度假休息之用。吴建雄决定盖一部分多层住宅，提高容积率，让卫建公司拥有的这块土地收获更大的经济效益，为自己创造更大的财富。吴建雄把变更卫建公司规划的想法报告给了长辉市政府主管城市建设的赵副市长，赵副市长一听可以增加卫建房地产公司的销售收入，也就意味着可以增加长辉市的税收收入，立即表示支持。安排规划局的李局长和卫建公司对接，办理卫建庄园三期的规划变更手续。

这本来是一个极小的问题，因为即使变更规划，房屋密度仍很低，不会存在违规问题，而且上有市长的支持。但卫建公司的变更规划申请上报到规划局已经大半年的时间了，规划局的批准文件却迟迟没有出台，而卫建公司已经按照申请变更规划的三期设计，开始进行多层住宅建设，部分房屋甚至已经竣工验收。规划变更设计没有获得规划局的正式批准，就无法取得销售许可证，不能正式销售，严重影响了卫建公司的资金流转。

吴建雄请李局长吃了几次饭，李局长对变更规划的态度让他感觉到这事有点棘手。他允诺要送给李局长一套价值超千万的别墅，李局长说吴建雄是在准备送他进监狱，断然拒绝了。吴建雄送给李局长一张存有一千万元存款的银行卡，也被他退了回来。由于李局长还有一年多就要退休，没有升官的欲望，便对市长的命令充耳不闻。市长也不能拿着他的手让他批改规划，唯一的办法就是等他退休新局长到任。

可卫建公司是等不起的，建好的房子等两年再卖，那损失可就大了！让市长把李局长调离规划局？好像也没有可能性，李局长在规划局工作了近二十年，各种关系盘根错节，还有一年多就要退休了，把他调动到哪里去呢？平级单位，哪里的待遇能比规划局的好？提拔，哪有提拔快退休人员的？吴建雄被李局长折腾得焦头烂额，低声下气地对他说："局长，要是给您下跪能让您把我这规划变更给批了，我就给您跪下了。"李局长开玩笑似的说："让你这个活神仙给我下跪，我怎么受得了？岂不是折我的寿。"吴建雄赔笑说："李局真会取笑我，我何时成了神仙？整天为了公司的经营忙得脚打后脑勺。"李局长意味深长地笑道："你每天晚上被家里的美娇娘伺候着，不是神仙是什么？舍不舍得让我也做做神仙？"吴建雄听了李局长的话，瞬间有点恼羞成怒，但很快又把怒气压了下去，强颜玩笑道："那咋弄？我们换换？让你们家的嫂子伺候伺候我？让我们家的那位伺候伺候你？家家都有本难念的经，我们家那位表面上看着温柔贤惠、年轻漂亮，实际上是个母夜叉。哪天你有时间，让你领教领教她的厉害。"说完自己先哈哈大笑起来，李局长也陪着笑了起来，吴建雄知道李局长的目的了。

李局长的目的龌龊卑鄙，竟然还敢说出来，吴建雄很是愤怒，他提的要求对他简直就是一种侮辱。回到家里，面对秦卫花，不禁有一丝羞愧涌上心头，他当然不敢告诉秦卫花李局长所说的那些混账话。而秦卫花只要见吴建雄回家，就像猫一样偎在他怀里，不停地撩拨他。这曾经是吴建雄最渴望的享受，现在却变成了负担，甚至是折磨了。吴建雄不禁想逃了，每当这时，他就会想起李局长对他说过的那些混账话。

卫建公司变更规划审批的事儿陷入僵局，吴建雄也无计可施。

2

长辉市市长出国考察的申请获批，邀请吴建雄陪同，吴建雄临行前交代秦卫花，让她抓紧时间和规划局的李局长沟通，尽快让三期的规划变更申请获批。秦卫花撒娇道："你自己都办不下来，让我去！我才不要去见那个老家伙，他的眼睛能钻到我的肉里去，你愿意？"吴建雄说："我当然不愿意！不让别人看你，那我只能把你锁起来，你同意吗？谁让我老婆长得那么美呢。娶了个这么漂亮的老婆，我可以大度地允许别人看两眼，看两眼咱也少不了啥，就让他看吧！我对我老婆是有信心的，相信我老婆的'葵花宝典'能解决所有的问题。"秦卫花深知规划设计变更获批对公司的重要性，但她不能立即答应吴建雄，她要让吴建雄好好求求她。在吴建雄的再三恳求下，秦卫花才勉强答应去找李局长沟通一下试试，并要了两千万元的活动经费。吴建雄说："太多了吧，一千万怎么样？"秦卫花："一千万你都没有送掉，我送一千万能办成？你不是打算把我也送给人家吧？"听秦卫花这么说，吴建雄不免有些心虚，忙说道："两千万就两千万，无论如何也不能把老婆赔进去！你是在骂我呢还是在贬损你自己呢？难道我会为了省点钱给自己找顶绿帽子戴？"不等吴建雄的话说完，秦卫花就用唇堵住了吴建雄的嘴，连亲带蹭地在他身上滚了起来。

秦卫花向吴建雄提要求说："你出国期间，让志刚来给我开车吧，有什么需要跑腿的事情我也好支使他。他是你亲外甥，也好让他替你看着我，免得我将来把事办成了，你又疑心是我把自己给卖了的缘故，出力不讨好。"吴建雄连忙点头答应。

吴建雄的司机，是吴建雄四姐的儿子，叫孙志刚，人长得高大帅气，聪明机灵，做吴建雄的司机近十个年头了，虽然已经三十多岁，却尚未娶妻。也曾谈了几个女朋友，但因为高不成低不就，婚姻问题就搁在那儿了。秦卫花没有自己的专职司机，平时出门都是自己开车，参加重大活动需要司机的时候，就从卫建公司的司机班临时调用。

吴建雄出国后的第三天下午，秦卫花让孙志刚开车，拉着她去长辉市规划局。到了李局长的办公室，秦卫花公事公办地催问李局长，卫建公司的规划设计变更申请什么时候能够批下来。李局长还是跟她打哈哈，不直接回答问题，秦卫花说："是不是因为喝我们家酒喝得不够多，所以不批？我今天特来请李局长今晚去我们家吃饭，我亲自下厨，不知李局长是否愿意赏光？"李局长笑呵呵地应道："求之不得，求之不得。"秦卫花又补充道："我们家老吴可是不在家，没人陪您喝酒，您看是不是叫上局里的其他同事一起？有人陪您喝才热闹。您看叫谁合适？张副局长？办公室李主任？审批科的齐科长？"李局长眯着他的眼睛盯住秦卫花的胸脯说："行啊行啊，怎样都行。"秦卫花又问："是我直接去请他们？还是您代请？"李局长急不可耐地说："我替你请，你抓紧时间回家准备晚饭吧，晚上我去时叫着张副局长他们一起。"秦卫花站起身来，笑盈盈地和李局长告辞。李局长说："学学人家西方文明，给我一个拥抱再走。"已经走到门边的秦卫花，又回转身，张开手臂，拥抱李局长，李局长用自己的双臂狠狠地箍住了秦卫花的上身，让自己的胸在秦卫花的胸部狠狠地蹭了几下，秦卫花低声咯咯地笑道："别呀，弄得人家痒痒的。"听了秦卫花的话，李局长觍着脸说："痒了，晚上让我给你好好挠挠。"秦卫花趁机从李局长的怀里钻了出来，快速转身，打开办公室的门走了出去。心里暗骂：老流氓！

离开李局长的办公室，秦卫花回到了孙志刚的车内，说："去菜市场，今晚规划局的人来家里吃饭。"秦卫花去菜市场买了一些火锅食材，让孙志刚帮着拿回了家，并让他清洗食材，准备电磁炉火锅。

餐桌上的一切刚布置停当，就听见大门的铃声响了，孙志刚赶紧走出房门，见李局长笑盈盈地站在院子的大铁门外，连忙给他打开了门，秦卫花也慌忙迎到别墅入户门前的台阶上。李局长上下打量着秦卫花，只见她上身穿一件紧身的牙白色低胸露脐羊绒衫，下身着低腰阔腿牙白色灯芯绒长裤，衬得秦卫花胸隆、腰细、腿长又充满活力，仿如春日下的白玉兰花，李局长的魂儿一缕缕地开始出窍了。秦卫花问李局长："其他的同事呢？他们在后面吗？"李局长哈哈大笑道："你让我替你请客，其他人都嫌我脸小，不给面子，都不来，只好我自己来了。"秦卫花笑道："谁敢不给您李局长面子？分明是他们惧怕局长您的酒量大，不敢和您一起喝酒，胆怯了，所以不敢来，其实他们来与不来也无所谓，您老到了，就是全局人都到了。"说完挽着李局长进入室内。

秦卫花先请李局长在客厅的沙发上坐下，一杯茶的工夫，孙志刚已经把火锅煮沸腾了，就邀请他们二人入席。秦卫花和李局长互相推让着，但看着更像是互相搂抱着入了席，孙志刚也在旁边的位置上坐了下来。秦卫花拿起桌上放着的茅台酒，半真半假半撒娇地对李局长说："李大人哪，今天为了请您，我可是下了血本啦，把我们家老吴珍藏了几十年的八千块钱一瓶的茅台都给您拿出来了，今天我们俩一醉方休。不过我丑话先说到前头，喝了我们家的这瓶酒，明天就麻利儿地把我们卫建公司的那个规划设计变更给批了，不然今天这酒不给喝。"李局长笑着回应道："八千块钱一瓶的茅台虽然珍贵，但也没有这么贵吧？"秦卫花眯起她那原本就不大的眼睛，从浓密的睫毛下透出了一丝诱惑的光，娇声道："加上我的一醉方休呢，值不值？"李局长忙说："值值值。"秦卫花让孙志刚把酒打开，给李局长和自己一人斟满一杯，然后举起酒杯，说："第一杯酒敬李局长，感谢李局长的光临。"说完端起酒杯一饮而尽，看着李局长也空了杯，又倒了一杯，说："这第二杯感谢李局长这么多年来给予卫建公司的支持，感谢您过去给我们的所有帮助。"秦卫花端起酒杯再次一饮而尽，李局长也笑盈盈地陪着一饮而尽。秦卫花又倒了第三杯酒说："这杯酒是拜佛酒，拜托活佛李局长，明天就把我们家的规划设计变更给批了。"说完一饮而尽，李局长这次没有附和秦卫花，而是慢腾腾地在火锅里捞东西吃。秦卫花见他没端杯，就自语似的道："局长不喝，那就是嫌弃我这下酒菜不好，待会儿我给您端一盘好菜来。"孙志刚因为是司机，不能喝酒，就坐在旁边吃菜，听秦卫花说待会儿端一盘好菜来，猜测秦卫花是要把那张存有巨额存款的银行卡拿给李局长。这个时候是需要他回避的，于是就站起身来说："我吃好了，你们慢慢吃，我在院里的车上等李局长。"说完起身离开餐桌，拿起车钥匙出了别墅的房门。

李局长见孙志刚出了房门，立即活跃起来，色眯眯地盯着秦卫花问："你的那盘好菜呢？是什么菜？还不快拿出来。"秦卫花拉开餐桌下的小抽屉，拿出一张银行卡，笑盈盈地对他说："这里面有一千万，现在给你，算不算是一盘好菜？"说完把卡递到了李局长的面前，李局长并不接卡，而是一把握住了秦卫花的手，并顺势伸出舌头在上面舔了一下，说："这才是我想要的菜。"秦卫花笑盈盈地抽回了手："这盘菜你可动不得，这是我们家老吴的专属菜品。他若知道有人动了他的菜，会休了我的，我可不敢。"李局长醋意满满地说："你还真三从四德啊，你们家老吴在外面可是彩旗飘飘啊。"秦卫花眯着眼睛说："我可不信你造谣，老吴对我忠贞不贰。"秦卫花再次让李局长把第三杯酒端起来，他还是不端酒，于是秦卫花端起酒杯，走到他身边，几乎是把身体贴在了他身上，说："李局长，你喝还是不喝？难道是想让我喂你不成？那我就喂你。"说完，端起酒杯，搂住李局长的脖子，往他的嘴里灌酒。秦卫花站着，李局长坐着，他的头正好贴着秦卫华的胸部。李局长顺从地喝下了这杯酒，觍着脸说："再来一杯。"秦卫花又给他倒了一杯，李局长喝完酒，用嘴唇咬着酒杯的边缘站了起来，顺势把酒杯塞进了秦卫花的胸衣里，然后把手伸到里面找酒杯。秦卫花半推半就半藏半躲，惹得李局长的心更加奇痒难耐，恨不得立刻拉她上床。秦卫花仍不停地劝他喝酒，他此时哪有心情喝酒，赌气似的说："不让吃菜，光让喝酒，不喝了。让我先把你这盘菜吃了！"秦卫花笑着说："想吃我这盘菜，除非把我灌醉。"一句话点醒了李局长，开始忙不迭地给秦卫花敬酒，不一会儿，秦卫花就显出了醉态："我喝醉了。"秦卫花闭上眼睛，斜靠在李局长的肩膀上，李局长知道这意味着什么，他想把秦卫花抱到卧房里去，无奈没有这么大的体力，只好把她拖到沙发上，迅速脱光了自己的衣服。

李局长现在面临的最大问题是，他充满雄性荷尔蒙的大脑与雄性荷尔蒙分泌严重不足的器官之间的矛盾。他的大脑渴望着在秦卫花这块土地上纵情驰骋，而具体执行驰骋任务的器官却那么软弱无力。他在秦卫花的身上吭哧了半天，豆大的汗珠从脸上滚下，却还没能进入秦卫花的身体。醉酒中的秦卫花，似乎挣扎了一下，两腿之间闪开了一条缝，他才得以进入，但仅仅是进入而已，并没有他想象中的狂欢。折腾了一会儿，似乎从他身体里流出了几滴液体，那原本就没坚挺起来的家伙又缩成了一团，从秦卫花的身体里滑了出来。他也无奈地从秦卫花的身体上滑了下来，坐在沙发上喘了喘气，迅速穿好衣服，又从餐桌上拿起那张卡，拉开房门走了出去。秦卫花听见院子里响起汽车发动的声音，听见车子开出了大门，便从沙发上起身，捡起被李局长脱掉并扔在地上的衣服重新穿好。当她来到餐桌边，发现那张银行卡被拿走了，不禁有些恼羞成怒，在心里狠狠地骂道："老流氓，等着看我如何治你，不把你治得吐血，不知道老娘是谁！"

3

　　秦卫花拿起手机给孙志刚发了一个短信：我喝得有点高，没法收拾餐桌，你送完李局长后回来帮我收拾下吧。发完短信，便半躺在沙发上休息。不一会儿，孙志刚回来了，他敲了敲入户门，却听见秦卫花在屋里说："我头晕，不能起来给你开门，你用钥匙开吧。"

　　孙志刚进了屋，见秦卫花半躺在沙发上，紧闭着眼睛，赶紧走过去，俯下身问："我给你倒杯水吧？"秦卫花说："不用，茅台酒的好处就是即使喝醉了也不难受。我就是有点头晕，休息一会儿就好了，你赶快把餐桌收拾好，我看不得家里凌乱的样子。"

孙志刚转身开始收拾。很快，餐厅和厨房都整洁如新，秦卫花仍躺在沙发里，孙志刚再次俯下身子问："舅妈，回卧室里睡吧？"说着伸手去搀扶秦卫花，秦卫花伸出一只胳膊搭在孙志刚的肩上，让他扶着或者说是半抱着往楼上的卧房挪去。她的头顶在他的胸前，他的下巴刚好挨着她的额头。她高耸坚挺的胸部，频频蹭着他，让他感到血一阵阵往头上涌。

孙志刚把秦卫花放在了卧室的床上，转身准备离开，却听秦卫花说："我的胃有点不舒服，需要一杯热牛奶来压一下，你给我弄一杯来吧。"孙志刚下了楼照办，将一杯加热后的牛奶端上楼来递给秦卫花。秦卫花并不用手接，孙志刚只好把她的头揽在胸前，端着杯子，一口口地喂她喝。秦卫花并不睁眼，只是凭着嘴的触觉喝，不知怎么的，秦卫花的嘴碰到了孙志刚的唇，两人的唇一下子就黏在了一起，再也无法分开……

第二天早晨，孙志刚醒来时阳光已洒满了院子，而秦卫花还光着身子在他的怀里酣睡，孙志刚没有喝酒，他清楚地记得昨夜发生的事情，十分懊悔。但几乎一整夜的疯狂让他第一次知道了什么叫"欲仙欲死"，趁着秦卫花还在梦中，他想赶快离开。而看着秦卫花光滑得蛇一样蜷曲的身体赤裸地窝在那里，他仿佛被施了魔法一般，一双手又开始在她身上上下抚摸起来。酣睡中的秦卫花任由他的手在身上游走，当他的手再次游走到她的秘密花园时，指尖感觉到那里仍是湿漉漉的，他的那个旗杆则瞬间再次弹了起来。他需要再次挥舞他的大旗，否则它可能会爆炸。于是，他再次把身体覆盖在秦卫花身上，那旗杆仿佛是一把利刃，直挺挺地刺入秦卫花秘密花园里那深邃的暗道，那隧道像水蛭一般，紧紧地吸吮和包裹着他的利刃，和他的利刃一起纵横驰骋。孙志刚感觉自己仿佛是在云层中飞，飞过一座座美丽的花山，碧水荡漾的河流湖泊，他张开嘴伸出舌头，疯狂地舔舐着秦卫花的乳房。秦卫花则在梦中发出一浪高过一浪的呻吟，仿佛是鼓舞孙志刚继续前进的冲锋号。孙志刚前进，前进再前进，终于他的利刃顶到了隧道的尽头，他大叫一声，瘫倒在秦卫花的身上，秦卫花也随之发出了悠长的呻吟。

　　秦卫花仍在梦中，孙志刚则终于离开了床，抓起自己的衣服冲下楼去。当他在楼下客厅里胡乱穿上衣服，冲到院子里，才发现已是正午时分。他钻进车里，开起车就跑，但他并不知道自己要往哪里去。

　　大概是孙志刚的关门声把秦卫花从梦中惊醒了，她伸了伸懒腰，自我欣赏了一下自己的裸体，然后走进浴室洗起澡来。洗完澡，秦卫花感觉有点饿，就下楼给自己做了一碗鸡蛋番茄面，吃完面条，仍感到深深的倦意，索性上楼继续睡觉，再次醒来时已是傍晚时分。她拿起手机拨通了孙志刚的电话，孙志刚一看是秦卫花打来的，心头不禁一紧，拿手机的手也开始发抖，但还是硬着头皮接听了电话。秦卫花在电话那头语气十分平静，让他明天上午九点钟左右开车去家里接她，然后去规划局。

　　次日上午九点，孙志刚准时来到秦卫花家的门口，孙志刚见她走出房门，不禁满脸通红，而秦卫花却面色平静地上了车，然后淡淡地问孙志刚："我昨晚喝醉了酒，没说什么胡话吧？我什么都记不起来了。李局长是怎么从我们家走的，我怎么上的楼，怎么回的房间，全不记得了，昨天睡了一整天，到晚上五点多才醒，本想喊你过来给我做点吃的，后来想想还是算了，自己强撑着煮了点面条，今天早晨才算彻底醒了。"听完秦卫花的话，孙志刚悬着的心才放了下来，但又有些失落：那么美妙的夜晚，她一点都不记得了吗？

秦卫花到了规划局，径直来到了李局长的办公室，李局长正在和几个副局长商讨工作，如果在往常，秦卫花会选择在办公室门口站着等候，而今天，她连问也不问，直接进了办公室，给自己找了把椅子坐，也不说话。其他几个副局长一看情形不对，赶忙找个理由都撤了出来，并顺手关上了李局长办公室的门。李局长见秦卫花这个态势，很不高兴，她显然是没把自己这个局长放在眼里。他走到秦卫花的身边，厉声道："你想干什么？你这个样子很容易给人造成误解。"秦卫花并不说话，从随身携带的包里拿出一个 U 盘来，递给他。李局长把 U 盘插进桌上的电脑，打开一看，竟是前天他在秦卫花家所作所为的录像！汗珠顿时从他额头上渗了出来，他在心底恨恨地骂道：卑鄙的小娼妇！心里虽然这样骂，脸上却挂着笑容："这么见不得人的事情，你怎么给录下来了？传出去对你也不好啊。还是销毁了吧。"秦卫花扬了扬眉说："销毁不销毁全由李局长你来决定。你够卑鄙的，趁着我酒醉，糟蹋了我，还把我的银行卡也拿走了！把我的卡还给我，赶快麻溜儿地把我们家的规划设计变更给批了，我就把这录像彻底销毁。要不然，当心我们家老吴到时候告你一个迷奸他妻子的罪……"说完扭头就走，走到门口，秦卫花又回过头来说："U 盘里的东西你尽管销毁，我这里还多着呢！"

吴建雄为期半个月的出国考察结束了，孙志刚到机场接他，顺便告诉了一个他最希望得到的好消息：规划设计变更申请被批准了，新的规划许可证也已经领回来了，多层住宅房已经开始销售且势头很火，买房的人排队等着交钱。吴建雄长长地出了一口气，这件压在他心头半年的大事终于解决了。而一丝疑问却悄悄地爬上心头：怎么解决得这么快？是秦卫花献身的结果吗？想到这里，吴建雄感觉仿佛吃了一个苍蝇，心里有些不舒服，就问孙志刚："规划局这么顺利地批下新规划，你知道你舅妈怎么做的工作吗？"孙志刚向吴建雄讲述了自己那几天亲眼所见、亲身所历的事："舅妈请李局长到家吃了顿饭，我帮忙买菜洗菜，布置餐桌，作陪一起吃的饭，但我没喝酒。饭吃到一半，舅妈准备给李局长送银行卡时，我就找了个借口离开了房间，到车里等李局长。不一会儿，李局长吃完饭，我就开车把他送回了家。中间隔了一天，舅妈又让我开车送她去规划局，从规划局回来后不到三天，我们新的规划许可证就下来了。"吴建雄听孙志刚这么说，好像秦卫花和李局长之间也发生不了什么事情，心情瞬间好了许多，但又有一些不放心，又问："我走这些天，你舅妈都去了哪里？李局长就来我们家一次吗？"孙志刚回答道："你走的第二天，舅妈就让我把她的车送到汽修厂整修去了，到今天还没有拿回来呢。舅妈出门都让我开车拉着他，除了规划局，没去过别的地方。规划局也只去了三次，一次是去请李局长来家吃饭，第二次是去找李局长催办咱公司新的规划许可证，第三次就是去领证。其他时间她都在家里待着，周末请了几个女朋友来家里玩了两天，有一个好像是律师，您也认识的。那两天，我也一直在家里帮忙招待客人。李局长就来家里那一次，再也没来过。"听了孙志刚的话，吴建雄刚才有点不安的心才安稳了下来。

晚上，吴建雄回到家里，秦卫花一如既往地给他端来了人参汤。晚上睡觉时，仍像水蛭一样紧紧地黏住他，欢悦之情从吴建雄的心底汩汩往外涌，生活真美好！

多年来，秦卫花的睡眠一直不好，每天能休息五六个小时就算好的，而最近，她突然很贪睡，晚上不到十点就困得睁不开眼，便早早进入了梦乡。如果不定闹钟，早上九点还醒不了。睡觉占据了她太多的时间，便没有时间像往常一样和吴建雄纠缠亲密了。

吴建雄倒轻松了许多。刚开始的几天，秦卫花还很开心，觉得睡眠好了是件好事情，可过了一段时间后，她开始有点担心，怀疑自己是不是得了什么病，于是去医院看医生。

医生问秦卫花的症状，秦卫花说："除了困，也没有别的症状。"医生又问："你结婚了吗？"秦卫花很奇怪，难道生病和结婚还有关系？就答："结了。"医生又问："你月经正常吗？最近月经有没有超期？"一句话点醒了秦卫花，她这才想起自己的例假已经超期十多天了还没来，不禁瞪大了眼睛问医生："你怀疑我怀孕了吗？可我一点不恶心，也不呕吐，我根本就没往这方面想过。如果是真的，那简直太好了！我结婚三年多了，一直希望有个孩子，但都没怀上。"医生说："怀孕的表现很多样，各种症状都有，要不要开个化验单确诊一下？"秦卫花连忙点头。

化验结果很快出来了，化验单确诊一栏写着：早孕。

强烈的幸福感瞬间传遍全身，眼泪在眼睛中打转，秦卫花下意识地摸了一下自己的腹部，虽然还是平平的，但她仿佛已经感觉到生命的种子正在肚子里发芽生长。她拿起手机拨打吴建雄的电话，问他在哪儿。吴建雄说在集团总部的办公室，秦卫花说："那你就在办公室等着我，我马上到，我有一个天大的好消息告诉你！"秦卫花想当面把这个好消息告诉吴建雄，要欣赏他听到喜讯时脸上幸福快乐的表情。

秦卫花到吴建雄办公室时，他正在和几个副经理开会。秦卫花急不可耐地走了进去，吴建雄正想说让她等一会儿，她却不管不顾地走到了吴建雄的身旁，故意把化验单在他眼前晃了一下又收回去，然后笑盈盈地看着吴建雄。然而，吴建雄的脸上并没有出现她所期待的表情，而是脸色突然变得铁青，显出一种意外和莫名的惊恐，甚至还有些扭曲。"散会！"他顿时粗暴地对几个副经理说道。副经理们感到有点莫名其妙，同时也意识到情况不妙，都匆匆起身快速离开了办公室。

　　吴建雄的表现让秦卫花有点摸不着头脑，他的表情为何如此怪异？见人都离开了，吴建雄才冷冷地问道："谁的？"这话让秦卫花很是愤怒："你什么意思？为什么这么侮辱我？你的！你今天必须要给我解释清楚，为什么这么质问我？"吴建雄冷冷地答道："我的？你当我是傻子吗？"秦卫花愤怒地吼道："你说不是你的，你说是谁的？你凭什么怀疑我？拿出证据。"吴建雄冷冷地答道："凭我知道我不可能让你怀孕。"秦卫花尖叫道："你为什么不可能让我怀孕？因为你年纪大了吗？男人八十岁还能让女人怀孕呢！"吴建雄猜测秦卫花怀的孩子可能是李局长的，如果是那样，也不能全怪秦卫花，自己也有责任。想到这里，吴建雄的情绪稍微和缓了一些，说："既然怀上了，我也不怪你，你把孩子打掉，我们还好好过。从今天起，你啥时候把孩子打掉，我啥时候回家。"说完，他起身离开办公室，留下秦卫花一个人迷茫无助地站在那里。问题出在哪儿？他凭什么判断孩子不是他的？而且态度那么坚决。即使他知道自己和李局长、孙志刚上过床，那孩子也有三分之一的概率是他的，而他却如此决绝地予以否认，什么原因？他说他的身体根本就不能让我怀孕，他的身体怎么了？他无精子吗？他的前妻计洁可是生过两个孩子的呀！百思不得其解的秦卫花突然打了一个寒战：难道吴建雄最初答应娶她的时候，就知道他们永远不可能有自己的孩子？

　　秦卫花的思绪陷入困局，百思不解，理不出个头绪，此时她想到了我，给我打电话，问我在哪里。我告诉她我在办公室，她用不容置疑的口吻说："在办公室等我，我半小时后到。"我刚想说我还有事，改天再约，她已经挂断了电话。

秦卫花闯进我办公室时的状态吓了我一跳，平时的优雅从容荡然无存，看上去像个乍了毛的狮子。我请她在沙发上坐下，给她倒了杯水，等她的情绪稍微平复些后，问她出了什么事。她说："今天，我查出怀孕了。你知道我这么多年一直渴望有一个自己的孩子，这对我是个天大的喜事。我满心欢喜地把这事告诉老吴，他却暴跳如雷，竟然让我把这个孩子打掉，说他不可能让我怀孕。"我一听，这的确是大事，便问："吴总为什么断然否定孩子是他的？是这段时间里你们俩没有夫妻生活？"秦卫花摇了摇头。于是我继续分析："如果是这样，那即使他认为你有情人，孩子也有可能是他的，而他当下否认，只有一个合理解释，那就是他失去了生育的能力。而他和前妻有两个孩子，说明他曾经可以生育，而后来不能了。大概率是他做了绝育手术，所以他才这么确定孩子不是他的。"

听了我的话，秦卫花半天不语。而她刚才慌乱的情绪却平复了许多，沉默了许久，我忍不住打破沉默问道："如果这个孩子不是他的，你打算怎么办？"秦卫花吐了口气："现在看来，老吴和我结婚就是个骗局，他没有安心和我过日子，只是把我当工具人，将来我失去了利用价值，他会毫不犹豫地抛弃我。对于我而言，孩子才是我的希望。我这几十年，拼尽全力，刚刚才活得像个人样，我不会为了老吴放弃孩子的。"我问："如果老吴坚决要求你把孩子打掉，你怎么办？你俩的婚姻会走向何处？"秦卫花突然莫名地微微一笑，说："离婚。"

我说："离婚？你想过没有，你俩现在共同经营的卫建公司里，你只有百分之一的股份，虽然名义上是公司的总经理，实际在公司的主要职责只是负责公司的外联，相当于公司的公关部经理，无法掌控公司的经营状况，公司的财权及经营状况完全由老吴的经营班底把持。如果你俩离婚，依照相关法律，婚前财产归各自所有。婚后经营所得，即卫建公司的经营收益，就是利润属于夫妻共同财产，而目前公司的项目尚处在投资阶段，投资大于收益，收益在未来几年才能慢慢显现。如果你现在离婚，很可能没有什么共同财产可分，婚前投入公司的资本会不会折损也是个未知数。如果你真准备离婚，有些潜在风险必须提前预防，比如，公司的财权、控制权，如果你仅控制公司财权，可以预防公司的现金被转出，但不能避免以公司对外提供担保的形式掏空公司的事情发生。所以，我建议你如果真不准备和老吴过下去了，最好遵循好合好散的原则，协商解除婚姻，不要闹到法庭上，闹到法庭上的处理结果对你不利。即使法院判决依法分割财产，你在财产分割上也会处于不利地位，何况，你怀了孩子，而这个孩子不是他的。"

秦卫花没有直接回答我的话，而是把当初她为何与吴建雄结婚的事情经过向我叙述了一遍，告诉我她仍保存着当初老吴强奸她的视频资料，并问我现在能否再继续追究吴建雄的强奸罪。我说："当初他强奸你时，你没报案要求追究，后来你俩又结婚了，依据我国现有的法律，不会再追究老吴的强奸罪，但这可以在离婚分割财产时为你赢得支持。若单纯让法院依法裁判，对你能有多大利好，我不好判断。但如果通过调解结案，能赢得主办法官对你的同情，在财产分割上或许会对你有利好。但这里有许多不确定因素，我也无法给你一个明确的预判。"秦卫花在我这里待了四个多小时才离开，离开时恢复了往日的气定神闲、优雅从容，和来时判若两人。

这么多年来，秦卫花一直暗自得意骗吴建雄娶了自己，现在看来，不是她骗了吴建雄，而是她中了吴建雄的圈套。她认为必须搞清楚吴建雄为何那么确信孩子不是他的，可是谁能给她提供答案呢？她想到了孙志刚，回到卫建庄园一号她就拿起手机给孙志刚发了个短信：忙完抓紧到我家来一趟。

吴建雄气哼哼地离开公司办公室，坐进车里也不说话，当孙志刚小心翼翼地问他去哪儿时，吴建雄果断地说去计洁家，并且示意自己将在那里留宿，不用等他。当孙志刚接到秦卫花的短信后赶到她家时，发现屋里没有开灯，黑黢黢的。他顺手打开房灯，见秦卫花蜷缩在沙发里，脸色蜡黄、满脸泪痕。孙志刚第一次见秦卫花这个模样，内心不禁生出无限怜惜，忙走到秦卫花躺着的沙发旁俯下身子低声问："怎么了？"秦卫花把化验单递给了孙志刚，说："你看，我和你舅结婚这么多年，一直没有怀孕，现在好不容易怀上了，他却否认孩子是他的。他说他的身体就不可能让我怀孕，他的身体怎么了？你知道吗？请你如实告诉我，不要让我蒙在鼓里，像傻子一样被人骗。"孙志刚看着化验单，头上冒出了汗。和吴建雄的矢口否认相反，他确信秦卫花怀的是他的孩子，但秦卫花似乎压根就没往他身上想过。那夜之后，他曾多次忍不住想和秦卫花再亲近，但秦卫花好像完全不记得那天晚上发生的事。

孙志刚盯着化验单看了一会儿，说："你不能怪我舅否认孩子是他的，他在计洁怀第二个孩子的时候，为了保住计洁的工作，主动做了绝育手术。"虽然和我的预判一致，但孙志刚的话仍像一颗炸雷，在秦卫花的头顶轰地炸响。原本计划的美好生活，眼看要瓦解了，吴建雄提出打掉肚子里孩子的要求，无论如何不能答应。她已经三十六岁了，对女人而言，三十六岁怀孕已经是一件很不容易的事情了，更何况像她这样年轻时身体严重透支过的人呢。为了怀孕，她没少找大夫开药调养身体，大夫说她的子宫很不适合受孕，现在好不容易怀上了，怎么可能打掉！孩子的父亲是谁并不重要，重要的是孩子是她的。秦卫花的脑袋快速地盘算着，如何能在保住孩子的同时还能保住她的财富和社会地位。

她躺在那里，想着下午和我的谈话。孙志刚见秦卫花瞪着两只眼睛直直地盯着天花板看，人仿佛被定在了那里，就安慰道："别想那么多了，为肚子里的孩子想想，也不能那么悲伤，对孩子不好。你好不容易怀上了孩子，这不是你多年期盼的吗？"两滴眼泪从秦卫花的眼角流了下来，她伸手抚摸着腹部，自言自语道："我可怜的孩子，你是上帝的孩子吗？我竟然不知道你爹是谁。我到底是在哪里犯了错？有了你。"

孙志刚听着秦卫花的自言自语，满腹疑惑：她真不记得那天晚上的事了？她真的喝断片了吗？孙志刚坐在那里，仿佛依然能感受到那天晚上秦卫花火一样地燃烧，她是那么疯狂啊，她都不记得了？想到这里，孙志刚不禁有点伤感。

两人就这样静静地待着，过了许久，孙志刚打破了沉寂："你想吃什么？我给你做，我舅说他今晚不回来了。如果需要，我可以留在这里陪你，有些事不管你记不记得，我是记得的。我有时候甚至幻想，那些事能长久一些该多好，哪怕长久到一辈子，我也不会嫌长。"

秦卫花突然破涕为笑，说道："我遇到了这么大的灾难，倒把你变成了诗人。你说得对，为了肚子里的孩子，我也要好好的。我可以饿着，肚子里的孩子不能饿，你给我做碗番茄鸡蛋面条吧。"

孙志刚起身进了厨房，不一会儿，就端出了两碗香喷喷的面条，笑着说："准妈妈，快过来吃饭吧。"秦卫花缓缓起身，来到餐桌前坐下，慢悠悠地吃起面来。刚吃了几口，秦卫花突然说：

"没查出来怀孕，我也不觉得想吃酸的；现在知道怀孕了，嘴也跟着想吃点酸，你给我拿点醋来。"孙志刚起身到厨房拿了一瓶醋，一点点地往秦卫花碗里倒，边倒边说："你尝尝，看行不行？"秦卫花用筷子挑起了一根面条，尝了尝，说："可以了，不要再倒了。"吃完一碗，秦卫花把碗递给孙志刚，说："我再要半碗。"孙志刚接过碗笑着说："我就猜到一碗不够你吃的，做得多，再来两碗也有。"说完起身到厨房，又端回满满一大碗番茄鸡蛋面，秦卫花一看却不满地说："我说要半碗就够了。你给我盛这么大一碗，吃多了，我会变成肥婆的。"孙志刚说："你现在是一个人吃两个人的饭，两碗一点也不多，吃吧吃吧，吃不完剩下。"吃完饭，孙志刚立即起身收拾碗筷到厨房洗刷，秦卫花又回到客厅的沙发上半躺着。

孙志刚收拾完厨房，来到客厅，坐在秦卫花旁边的沙发上，问："我舅让你把孩子打掉，你会打吗？"秦卫花悠悠地说："除非他杀了我！不论他承不承认这个孩子，我都会把孩子生下来。现在不是有亲子鉴定吗？生下孩子，做个亲子鉴定，到时候看他还有什么话可说！孩子是谁的，我能不清楚吗？这么多年，我碰都没碰过别的男人，这孩子不是他的，是谁的？你说他做过绝育手术，所以他认定孩子不是他的，我能理解。等孩子生出来，鉴定了孩子是他的，看他咋说！到时候我非让他跪地上好好地向我求饶！只不过我可能会受一段时间委屈了。不过这么多年来，我已经习惯受委屈了，再受几个月又如何？"秦卫花又问孙志刚："如果你舅坚持让我把孩子打掉，不打孩子就要离婚，你帮谁？"孙志刚郑重地说："我帮你和你肚里的孩子。"秦卫花听了咯咯地笑了起来："是真心的吗？不管真的假的，我听了还是挺开心的。不过你要记住你的话呀，我担心你舅会把我往死里整，担心肚子里孩子保不住。"

孙志刚看着躺在沙发里的秦卫花，无限柔情从心底升起，忍不住走过去想亲近她，秦卫花一把推开他："我和你舅还没离婚呢，我还是你舅妈，你舅正在找我出轨的把柄，怎么？你要帮你舅制造我出轨的把柄吗？"孙志刚委屈地涨红了脸，说："你怎么能这样冤枉我？我如果是那样，让天打五雷轰。"秦卫花用手捂住孙志刚的嘴："不许说这样的话，我和我肚子里的孩子还得依靠你呢。"孙志刚顺势抓住秦卫花的手捂住自己的脸，泪珠从他的脸颊上滚了下来，孙志刚顺势跪在沙发旁边，说："你知道我的心里有多苦吗？我知道你看不上我，你怎么能看上个司机呢？可是我的魂已经不在我这里了。自从那一夜你摄走了我的魂，我就成了你的俘虏、你的奴隶，任你宰割的奴隶。我这个可怜的躯体已没有了魂魄，只剩下一个空壳在四处游荡。多希望你也能接纳我这可怜的躯体啊，让我的灵魂和躯体再次合为一体。"孙志刚说完竟呜呜地哭了起来，秦卫花并不劝慰，只是伴随着哭泣发出了几声叹息。

孙志刚哭了一会儿，渐渐停了下来，秦卫花用手抚摸着孙志刚的脸，擦干他脸上的泪，笑着说："好，别哭了，看把你委屈的，比我还委屈呢？今天真是惊心动魄的一天，让我从幸福的高峰摔到痛苦的谷底，你舅变成了二郎神，你倒变成了诗人，净说一些奇奇怪怪的话，什么奴隶，什么灵魂的？我累了，要回房休息了。"说完起身，准备去二楼的卧房睡觉。孙志刚伸手想去搀扶她，秦卫花笑着说："我哪有这么娇气，不用担心，能自己上楼。我也没有哪里不舒服，不需要你照顾，你就早点回去休息吧。需要你帮忙时再联系你。"说完扭头深情地看了孙志刚一眼，那一眼又让他觉得她记得那一夜。他的脑袋瓜实在被弄迷糊了：她到底记不记得那一夜？孙志刚目送秦卫花上了楼后，关了楼下客厅的灯，走出房门，又从外面将房门反锁好。当他站在院子里抬头看到秦卫花卧房柔和的灯光时，一丝凄然从心底升起：这个和他一起燃烧过的女人，现在正在孕育着他的孩子啊，他不想离开，他多么希望能够留在她的身边陪她，但她不允许。她希望自己怀的孩子是别的男人的，她希望陪她的人不是他。

第十章

1

秦卫花上楼洗漱完毕后，躺在床上开始思考自己该怎么办，该如何面对今天突然发生的一切。吴建雄做过绝育手术，这是她过去无论如何没有想到的。她不可能改变这个事实，但她要设法让吴建雄相信这个孩子是他的，有这个可能性吗？如果吴建雄坚信孩子不是他的呢？要把孩子打掉吗？即使打掉孩子，俩人之间的信任已经没有了，没有了信任，又没有孩子，这样的婚姻也是不可能维系的。最可能的结果就是离婚，离婚或许并不是最坏的结果。如果离婚，就要考虑如何规避对自己不利的因素，在财产分割时争取到利益的最大化。

如何才能把卫建公司的财务控制权抓在手里呢？卫建公司是一个独立的法人公司，也是秦卫花拥有股份的唯一公司，但对吴建雄而言，它只是建雄集团的一个子公司而已。卫建公司的日常经营管理，一直由建雄集团的经营班底负责，整个集团公司统一经营管理，各个子公司、分公司之间财务虽然独立核算，但常有资金往来。当前集团里只有卫建公司的项目处于大规模投资开发建设阶段，为支持其发展，集团其他子公司的资金频繁往这边流转。目前，卫建公司建设的多层住宅正处在热销中，每天回笼资金数额巨大，估计账面已有五六个亿的现金流，如果决定和吴建雄闹崩，必须首先抓住这五六个亿，抓住卫建公司的财务控制权。如果离婚，能够协商成功，好合好散，那是最好的结果。但从目前的情况来判断，这种概率很低，必须做好打官司的准备。如果必须通过法院诉讼离婚，和法院关系的好坏就尤为重要。如果在长辉市法院来打这场官司，秦卫花自认比吴建雄有人脉优势。但估计吴建雄肯定会避开长辉市，会选择在中州市打官司。吴建雄和中州市法院院长秦飞的私交甚密，如何让秦飞的这个砝码倾向自己？

经过几个小时的思考，秦卫花的脑袋里有了一个明晰的战略路线图。她拿起手机，给卫建公司的财务总监打了个电话，通知他明天早上八点，召集公司财务人员开会。又给秦飞发了个短信：秦院长，我有一个重要的涉及个人隐私的法律问题想咨询您，明天中午请您吃饭，能赏光吗？不一会儿，秦飞回了短信：明天上午十一点你到我办公室来，解答完你的问题，我请你在我们食堂吃饭，体验一下我们的工作餐，也体验一下我们的辛苦。秦卫花立即给他回了一个笑脸图片并留言：明天上午十一点我准时到。

办好这一切，秦卫花感觉心里稍微安稳了些，为了避免自己睡过了头，特意把闹钟定在了早上七点。

早上八点，秦卫花在卫建庄园的售楼部召开了公司财务工作人员会议，向工作人员提出了一个要求：公司对外交易支出，必须报她签字审核，未经她签字审核，不得对外转款，并让财务总监将公司财务印章和银行U盾的主盾交给她保管。财务总监虽然隐隐感觉到有点不妥，但也没敢拒绝，乖乖地交了出来。不到半个小时的时间，秦卫花顺利地结束了财务工作会议，然后找到公司行政办公室的主任，说她需要用公司的印章到规划局办理业务。办公室主任便把公司的公章交给了她。秦卫花带着公司经营所必需的两个硬件印章、财务U盾主盾回到家里，下到负一层的地下室。那里有一面隔墙：从外面看是一堵墙，而里面实际上内嵌了一个保险柜，这个机关，只有负责这栋房子装修的赵二春和秦卫花知道。她把印章和U盾放进了保险柜，又从保险柜里拿出来一个U盘和一份文件，U盘里存的是那年吴建雄强奸她的视频，文件则是那年吴建雄给她写的结婚保证书。她把这两样东西装进包里，驾车往中州市赶去。

上午九点钟以后，是城市交通的宽松期，不到一个小时车程，秦卫花就到了中州市中级人民法院的大门口，她给秦飞发短信：我已到您院大门口。秦飞很快回了信息：一会儿有人和你联系。不一会儿，秦卫花的电话响了，是个陌生的号码，对方很有礼貌地问："是秦总吗？秦院长让我来接您。请把车牌号报给我，一会儿您直接开车进院里，我在一楼大厅等您。"秦卫花报过车牌号后，就把车开到大门口的出入口等候，不一会儿，出入口的车辆起降杆升起，她开车穿过大门进入院内。秦卫花停好车，来到一楼大厅，一个帅小伙正站在大厅门口的回廊前等候，见秦卫花过来，立即迎了上去，问："您是秦总吧？秦院长还在接待客人，让我过来接您。"秦卫花微笑着点头，跟着小伙来到一间办公室。小伙礼节性地招呼秦卫花落座、喝茶，告知稍后会带她去院长办公室。

大约过了半个多小时，办公桌上的电话响了，帅小伙接听完电话对秦卫花说："院长这会儿忙完了，让我带您过去。"秦卫花起身，跟着帅小伙来到隔壁办公室门口，帅小伙按了一下门铃后，门自动打开，二人进到办公室，秦院长见到秦卫花，便从宽大的办公桌后起身走来，一边和秦卫花握手，一边说："欢迎秦总来我们这里视察指导工作。"帅小伙引导秦卫花坐到秦院长办公桌对面的椅子上，再次帮秦卫花倒了一杯水，就退出了院长办公室。

秦院长四十岁左右的年纪，看上去文质彬彬，长得一表人才，据说是中原省法院系统最帅的一个院长。秦院长笑嘻嘻地打趣秦卫花道："你们家吴总呢？今天怎么舍得让你独自出门了？"秦卫花听了这句打趣的话，不仅没笑，反而哭了起来，弄得秦院长有点莫名其妙，连忙止住笑，问："怎么了，秦总？"秦卫花哽咽着说："秦院长，您就不要取笑我了，老吴给我出了一个天大的难题，我来之前考虑再三，反复斟酌应当不应当找您。我知道你和老吴的关系非常好，但我也知道您是个公平正直的人，所以还是厚着脸皮来了，因为只有您能帮我。"说完，秦卫花把当年吴建雄给她写的结婚保证书递给了秦院长。秦飞接过去，认真地看了几遍后问："你们结婚之前老吴为什么要写这个保证书？现在是个什么状况？"

哽咽变成了哭诉，秦卫花继续说："我当初嫁给他，是被迫无奈的……当时他……强奸了我，我要报案追究他的刑事责任，他苦苦哀求，说他是因为真心喜欢我才那样做的，求我嫁给他。那时他已经是五十多岁的人了，我不想嫁给他，但考虑到我们俩合伙开的公司正处在起步阶段，如果把他送进监狱，公司的经营也将难以为继……"说到难言处，秦卫花略有迟疑，但思路清晰，语言连贯。

接着她又说："被强奸作为受害者，虽然会受到法律保护，但是要受到来自社会舆论的巨大压力，非常不利，我再想嫁个好男人，就难了……家人劝我忍气吞声，说这种事，女人吃了亏就自认倒霉算了，一旦声张开来，会被各种流言蜚语淹死。在多方压力下，我选择了忍气吞声，息事宁人，答应了他的求婚。当时我就担心，他选择和我结婚，只是因为害怕我追究他的刑事责任，一旦结了婚，免去了被追究刑事责任的可能，他就会再找理由和我离婚，所以我才要求他写了这份保证书。他已有两个孩子了，且都已成年，我担心他不想再要孩子，所以把配合我生孩子也写进了保证书。婚后这么多年来，我一直死心塌地地和他过日子，一心盼望着能和他有个孩子，但一直都没能怀孕。我让他去医院看医生，他一直找各种理由推托不去。昨天我才知道，他多年前就已经结扎，从和我结婚的那一天起，他就明知道我们不可能有孩子，还一直欺骗着我！昨天得知这个消息时，我感觉天都塌了，哭了整整一夜。关于我和老吴的未来，我也考虑清楚了，只有离婚一条路可以走，我不能接受他欺骗我，更不能接受我一辈子没孩子。如果我不离婚继续和老吴过下去的话，就等于我给吴建雄他们一家人，免费打一辈子工。"

秦卫花一气呵成的长篇控诉让秦飞感到问题有点复杂，他迟疑地问道："你说吴总强奸你，当时你也没有报案，现在事情已经过去这么多年了，估计也难以证实了。就算有证据，你们已经结婚，也不能再追究他的强奸罪了。"不等秦飞把话说完，秦卫花呜咽着道："都怪我既蠢又笨，被吴建雄像猴一样地耍着，我现在也不想追究他的强奸罪，只是想请您帮忙，在我们离婚分割财产时不要让我吃太大的亏。对于他的这种骗婚行为，法律上能否进行惩罚？能否在分割夫妻共同财产时少分给他一些？他强奸我的证据，我现在还保存着。"说完，把 U 盘递给了秦院长。

秦院长接过 U 盘插入电脑，电脑屏幕清晰地显示出让他感到血脉偾张的画面。看完 U 盘，秦飞沉吟了半晌没有说话，空气中弥漫着别样的气息，他不好意思抬眼看秦卫花。此时的秦卫花暂时停止了哭泣，一双水灵灵满含忧愁的眼睛正凝视着秦飞。秦飞努力地抬起头，目光和秦卫花的眸子相撞，顿时感觉灵魂飞出了天外。

挂在墙上的石英钟显示时间已经过了中午十二点，办公室外面的楼道静悄悄的，秦飞用迷幻的眼神隔着办公桌注视着秦卫花，只见秦卫花上身穿一件桃色斜肩短款毛衣，半个香肩露在毛衣外面，下身是一件青苹果色宽松牛仔裙，脸颊上还有一滴泪在缓缓地往下滑落，看上去是那么让人动心，一丝怜悯不由自主地在秦飞心底升起：这么美的女人怎么这么傻？这一辈子算是被吴建雄害惨了，这个吴建雄……

当秦飞恢复意识的时候，被眼前的一切吓出了一身冷汗，他不记得自己和秦卫花怎么就到了办公室小套间的床上……秦飞恢复了理智，替秦卫花穿上衣服，扶着秦卫花从床上坐了起来，羞愧地说："你太美了，让我昏了头……你想怎么样惩罚我都行，我都接受，哪怕要追究我的强奸罪。"秦卫花则温柔地歪躺在秦飞的怀里，说："谢谢你让我尝到了做女人的真滋味。我和老吴过了这么多年，和今天相比，算是白过了。如果你自愿接受惩罚，那就惩罚你经常去看我。等我离婚了，你要常常像今天这样陪我。"听秦卫花这样一说，秦飞内心一阵狂喜。抬头看看挂在墙上的钟，已经是下午两点，下午上班时间快到了，他恋恋不舍地对秦卫花说："饿了吧？真想留你在我们食堂吃个饭，但你很快要和老吴打官司，为了避免不必要的麻烦和猜疑，我就不留你了。在你和老吴的矛盾解决之前，我们要避免在公开场合见面。你也不要再来办公室找我了，有事给我发微信，但微信里不要说事情，我方便的时候会给你回电话。"秦卫花起身告辞，走到办公室门口时她顿了顿，折身回来抱住秦飞的脖子，踮起脚尖狠狠地吻了他一下，然后才打开门，步入楼道，随即飘进电梯。

等秦卫花坐到自己车上，才感觉到饥肠辘辘，赶快用双手捂着肚子，自言自语地说："我的小宝贝，饿坏了吧？不要怪妈妈哟。"秦卫花开车出了中州市法院的大门，来到法院西隔壁的一家五星级酒店。在酒店一楼的自助餐厅，秦卫花挑了一个安静的位置，坐下来，慢慢地享受她的美味午餐。

2

吴建雄回到曾经是他和计洁的家里。计洁还在学校没回来，保姆见他回来很吃惊，因为他已经很久没进过这个家门了。吴建雄虽然和计洁离了婚，但二人都不认为他们之间做了彻底的分割，在他们彼此的心底，对方仍然是依靠。和离婚前不同的是，吴建雄不再经常回这个家，但他并没有从这个家里带走任何东西，包括衣物，仿若他只是在做离家远游。

吴建雄现在身上所穿的衣服，都是秦卫花后来为他添置的。离婚初期，计洁认为吴建雄和自己离婚是不得已而为之的权宜之计，分开只是暂时的，吴建雄在度过被追究强奸罪的危险期后会很快回归。当发现吴建雄对自己的态度越来越不耐烦，计洁才意识到她的判断可能错了。自那次在人民新闻日报社门口大哭一场以后，计洁内心冷静了很多。目前的计洁，虽然也在心里和吴建雄划分了界限，但实际上他们是无法彻底完全分割开的。他们的大女儿在加拿大工作生活多年，已经有了一个一岁多的小外孙。儿子吴楠在建雄集团任总经理，帮助吴建雄打理集团的业务，而吴建雄也尽量放手让儿子管理集团事务。关于吴建雄对自己的态度，计洁选择忽略不计，觉得已经这么大一把年纪了，有些东西也没有计较的必要了。吴建雄仍然保留着家里的钥匙，他随时可以回来，这里仿佛仍然是他的家。

吴建雄进了门，像从前一样，直接穿过客厅，进了书房。保姆跟了进来，问："晚上在这边吃饭吗？"吴建雄点点头，说："想吃你熬的稀饭了。"保姆转身回厨房准备做饭，吴建雄闷闷地坐在书房的沙发里，暮色渐渐降临，书房也暗了下来。

吴建雄坐在黑暗里思量：我今天的反应是不是太过激烈了？他的脑海里像放电影一样，回放着他和秦卫花这几年的生活片段。秦卫花自从和他结婚以来，从没有和哪个男人有过密切交往，出席社交场合也往往是拉着他一起，虽然不时会遇到垂涎她美貌的男人，但她都能很好地应付，既不吃亏，也不伤害那些人的脸面，还能哄着人家开心地为她效劳。这几年，卫建公司和长辉市的地方关系主要靠秦卫花协调，让吴建雄省了不少精力，也省了不少银子。从秦卫花婚后的种种表现上来看，她是一心一意地想跟吴建雄把日子往好处过的。吴建雄在脑子里过滤了秦卫花可能怀孕的种种情形后，认定秦卫花怀的是规划局李局长的孩子。秦卫花是为了卫建公司的利益，才被那个王八蛋李局长欺负的，她是如何被那个王八蛋李局长欺负的呢？一定是那个王八蛋趁那晚到家里吃饭时，在酒里给秦卫花下了药，秦卫花就在不知不觉中被欺负了。他想起外甥孙志刚曾给他说过，那晚请李局长吃饭，秦卫花喝多了，他送完李局长回来时，秦卫花还在沙发上躺着……想到自己明知李局长垂涎秦卫花，出国前仍将协调规划的事交给她……倒是自己对不住人家秦卫花呀，不能给人家孩子，还一直欺骗人家。想到这儿，吴建雄有些内疚，懊恼自己今天对秦卫花的态度太不理智，在心里盼着秦卫花给他打个电话或发个微信，求他回家。然而，电话接了许多个，微信也有不少，就是没有秦卫花的。

计洁和吴楠也到家了，保姆来喊吴建雄出去吃晚饭。计洁和吴楠对吴建雄的突然回来有些意外，但也没问原因。三个人谁都不说话，闷闷地吃了一顿饭。吃完饭，吴建雄又回到书房，计洁原本计划到书房备课，见吴建雄去了书房，就留在客厅看电视，吴楠吃完饭就回自己的房间了。

吴建雄等了一夜，也没等到秦卫花的电话和微信，彻夜未眠，第二天无精打采地到建雄集团总部上班。好不容易挨到晚上下班时间，上了车，孙志刚问："舅，去哪儿啊？"吴建雄："回家。"孙志刚又问："哪个家？"吴建雄："卫建庄园。"说完这话，吴建雄心里不免有些凄婉。不知何时，在他心里，只有卫建庄园才是家，而他和计洁曾经的家，已不再是他的家了。他只是一个客人，一个可以不征求主人意见，随时拜访的客人而已。而现在，卫建庄园一号，还会是他的家吗？

车子驶进卫建庄园一号的院子。往常，如果秦卫花在家，听见汽车驶进院子，知道是吴建雄回来了，就会欢快地迎出来。而今天，吴建雄下了车，没有任何动静。他走到一楼的入户门口，用手敲了敲门，没有动静，只好拿出钥匙打开门。

吴建雄进门时见秦卫花正半躺在客厅靠窗的沙发上看时尚杂志，待他走到客厅中央了，秦卫花仍然专心致志地翻看杂志，仿佛压根就没看见他。吴建雄走到秦卫花身边的沙发上坐下，长时间的沉默后，问道："晚上吃什么？"秦卫花懒懒地答道："我晚上不想吃，你想吃什么自己做吧。"吴建雄起身来到厨房，才意识到这个厨房他以前似乎从没进来过。他在厨房站了一会儿又来到客厅，给孙志刚打电话："你走到哪儿了？你舅妈没做晚饭，你买点菜回来帮我做饭。"

不一会儿，孙志刚就开着车回来了，带回了黄瓜、番茄、面条、桶子鸡、熟牛肉，还有素鸡等食材。没征求吴建雄的意见，孙志刚就自作主张地做起了鸡蛋番茄面条。饭很快就做好了，孙志刚盛了三碗，放在餐桌上，把桶子鸡和素鸡、牛肉分装在三个盘子里，还做了盘凉拌黄瓜，又拿了瓶醋放在餐桌上，然后，请吴建雄和秦卫花去吃饭。吴建雄见有桶子鸡，疑惑地问："这么短的时间里，你去哪儿买的？这附近也有卖桶子鸡的吗？"孙志刚说："这是我下午抽空出去买的，我妈前几天说想吃，一直没顾上给她买。今天刚好有空，就去买了，还没到家接到您的电话，就拿来给您和舅妈吃吧。"孙志刚又问："舅，你看我是陪你们一起吃完，帮你们刷好碗再走，还是现在回家陪我妈吃饭？"吴建雄见秦卫花仍半躺在沙发上，估计吃完饭也不会洗刷碗筷，就说："你陪我们一起吃吧。"说完又给孙志刚递了个眼色，示意孙志刚去请秦卫花来吃饭。孙志刚躬身来到秦卫花身旁，低声道："饭好了，吃饭吧。"秦卫花缓缓地放下手中的杂志，慢慢地站了起来，走到餐桌旁坐下，看到餐桌上的饭菜，笑着说："志刚的手艺不错嘛。"然后又扭过头对吴建雄说："我现在身体不舒服，心情也不好，没力气做饭。往后，这个家你想回来就回来，不回来我也不强求，我是不会再给你当老妈子替你做饭了。从今往后，是给你请个做饭的保姆呢还是你自己做？"

从吴建雄进家门到现在近两个小时的时间，秦卫花一直无视他的存在，现在秦卫花终于主动开口讲话了，吴建雄心里就松了一口气，忙说："行行行，你不做饭，你不用做饭，咱请保姆，你明天就着手请保姆吧。"秦卫花叹了口气，说："要找保姆你自己找，这个家你也该操点心了，从结婚到现在，我把你伺候得太好了，从今往后，我不伺候了。"吴建雄讨好道："好好好，从今往后，我伺候你行了吧？让我找保姆，我只能把这件事交给志刚去办。"于是又转过脸对孙志刚说："回家跟你妈说，让她抓紧时间帮忙找个会做饭的保姆，在找好保姆之前，请她来帮忙做饭。"孙志刚说："好，我今晚回家就跟我妈说。"孙志刚迟疑片刻，接着说道："舅，也别让我妈做饭了，在保姆找好之前，就由我来给你们做饭吧。我除了给您开车，其他时间都闲着。您在公司办公的时间，是我的闲时，我可以去买菜。接您回家以后我再给你们做饭，不耽误。主要是我妈年龄大了，做饭不讲究，怕她做的饭不合你们的口味。再说，我妈有点唠叨，也怕不能和舅妈和谐相处。"孙志刚说完，看着吴建雄的脸，等他回答，吴建雄想了想，说："行，就这么办吧。"

吃饭时，秦卫花的脸色比刚才温和了一些，吃完一碗，把碗往桌边一推，说："再给我盛一碗。"孙志刚看了吴建雄一眼，起身拿起碗，到厨房又盛了一碗面条，放到了秦卫花的面前。吴建雄本想说什么，但迟疑了一下，没有说出口，秦卫花又对孙志刚说："你既然答应帮忙做饭，明早的早饭也就由你做了。你是今晚住这里还是明早一早来你自己定，你舅在家吃饭，你负责做饭；你舅不在家，我的饭不让你管。"

吴建雄考虑到晚上要和秦卫花商量事情，让孙志刚留在家里多有不便，便说："你今晚先回去，告诉你妈让她抓紧时间找保姆，明天一早再来。"孙志刚连忙答应，秦卫花又说："那你既然回去，明早从中州给我带一碗老汪家的胡辣汤来吧，我想喝他们家的胡辣汤了。"孙志刚也连忙答应。

吃完饭，孙志刚收拾碗筷洗刷完毕，就驾车离开了。吴建雄走过来搀扶秦卫花，说："我们楼上休息吧。"秦卫花不予理睬，噔噔噔地快步向楼上的卧室走去。

　　二人上了楼，秦卫花也不洗漱，半躺在床上看手机，吴建雄小心翼翼地说："把这个孩子打掉吧，只要你同意，我什么都依你。"秦卫花翻着眼皮，瞟了吴建雄一下，问："你为什么说这个孩子不是你的？"吴建雄说："上个月我一直陪市长在国外考察，我俩都没有在一起，我当然怀疑啊。我也不追究孩子的父亲是谁了，为了让我安心，你就先把这个孩子打掉。既然这次能怀上，下次肯定还能再怀上，所以请你先把这个孩子打掉。我保证，你若再怀孕，我坚决要，绝不让你再打掉。"

　　秦卫花气哼哼地问道："你这么坚信孩子不是你的，你是不是一直在采取避孕措施，不让我怀孕？"吴建雄听秦卫花这么问，表情有点尴尬，但立即缓过神来，说："我怎么可能采取避孕措施呢？有个属于我们俩的孩子也是我的期盼哪！你看这么多年来我多配合你。"秦卫花又问："你真没有？那你敢不敢给我写保证？保证如果你采取避孕措施，我可以选择离婚，而且离婚时你名下所有的财产都归我，我们结婚后所得的所有财产也都归我。"吴建雄笑嘻嘻地说："你这是准备把我扫地出门啊！我们的日子过得好好的，干吗写这个呢？"秦卫花说："你写了，我明天就去打胎；你不写，我就不打，非把他生下来！"吴建雄忙说："好好好，我现在就写，但你得保证明天就去打胎。"秦卫花认真地点了点头。

　　吴建雄按秦卫花的要求，写好保证书，签好自己的名字，秦卫花又从抽屉里拿出了个红色印泥，让吴建雄按手印，吴建雄不想按，用哀求的口吻说："不用了吧，搞得跟写卖身契似的。"秦卫花用毋庸置疑的语气说："必须按手印，明天还要让孙志刚和我大姐共同做见证人，也在上面签个字，免得你耍赖。"吴建雄说："好好，我按指印，我保证不耍赖，但你也不能耍赖，明天必须把孩子打掉。"

　　看着吴建雄在保证书上按上手印，秦卫花哈哈大笑起来，把吴建雄笑得莫名其妙。过了一会儿，秦卫花打开抽屉，从中拿出三张化验单，扔给吴建雄，说："你自己看！"吴建雄看了看三张分属三家不同医院的化验单，都是秦卫花的早孕检测单，且都显示她没有怀孕。见吴建雄一脸迷茫，秦卫花笑着说："你昨天的态度那么激烈，让我开始疑心自己是不是真怀孕。今天又去医院复查了一下，昨天那家医院这次检测结果显示我没怀孕，我不信，又去了另外两家，也都说我没怀孕，证明昨天的检查结果是错的，肯定是医生把化验样本弄岔了，才闹出这么大的乌龙。"

　　吴建雄看了看化验单，长出了一口气，压在心头一天一夜的大石头，总算落了地。吴建雄在心里埋怨自己这么沉不住气，差点弄出了大乱子，又为自己怀疑秦卫花出轨而内疚。吴建雄伸手搂住秦卫花的肩膀，说："小心肝，你不知道，从昨晚到现在，我这一天一夜是咋熬过来的，简直生不如死。我真的害怕会失去你，谢天谢地，只是虚惊一场。原谅我昨天对你的态度，开个条件，让我补偿补偿你！"秦卫花说："不要你的补偿，只要我怀孕，你不说不是你的就行了。"吴建雄一边连忙点头答应，一边忙着宽衣解带，想和秦卫花亲热，却被秦卫花推开了，她懒懒地说："我今天没心情，等我心情好了再说吧。想起你昨天的态度，我就兴趣全无。"说完扭过头自己睡了，吴建雄只好闷闷地挨着秦卫花躺下。

　　因秦卫花怀孕事件而引发的那一天一夜的失去感，让吴建雄意识到他已经离不开她了，幸好是个大乌龙。面对失而复得的幸福，吴建雄下定决心好好珍惜这份幸福。

　　日子重归平静，但吴建雄明显感觉到和以前不一样了，秦卫花不再像以前那样黏着他，晚上回到家也没了参汤或生蚝汤。以前他不回家，秦卫花是不休息的。即使再晚，她都会待在客厅里，看书或看电视，等着他，不论严冬还是酷暑，一听见他的汽车驶进院子，她就会打开一楼的入户门，站在门口等他，帮他换上拖鞋，照顾他洗漱，然后相拥而眠。而现在，他回到家时，家里常常是黑灯瞎火，秦卫花也早已进入了梦乡。秦卫花再也没有主动和他亲热过，每次亲热都是他求着，秦卫花也没有了过去的激情，总是懒懒地应付。吴建雄把这一切都归咎于自己，认为是他伤了秦卫花的心。

三个月后的一个早晨，二人吃过早饭，孙志刚在旁边收拾碗筷，秦卫花笑盈盈地对吴建雄说："我昨天去医院了，确诊我是真的怀孕了。我去了三家医院，结论都一致。"吴建雄整个人瞬间傻掉了，他意识到自己中了秦卫花的圈套，怒不可遏，抬手要打她，却被孙志刚挡住了。吴建雄冷静了一会儿，说："把孩子打掉吧，我和计洁离婚的时候，她同意我离婚的条件是我承诺她不和你生孩子，如果和你生孩子，她就会拿走我所有的财产。"秦卫花冷笑道："那你当初为什么不告诉我？你向我求婚的时候，明确保证配合我生孩子。如果当时知道你们的约定，我是不会嫁给你的，你现在还在监狱里待着呢！"秦卫花明确地告诉吴建雄，他有两个选择：一是接受她肚子里的孩子，他们继续好好过；二是离婚，吴建雄在卫建公司的所有股份过户到秦卫花名下。

吴建雄木然地走出卫建庄园一号，初夏早晨的阳光是炽热的，吴建雄走在阳光里，感觉却像是走在冰窟里。孙志刚连忙跟了出来，给他打开车门，孙志刚问："舅，去哪儿？"他回答去建雄集团总部办公室。

吴建雄到了办公室，交代秘书说："谁来找我都说我不在，不要让人进来打扰我。"秘书见他的脸都黑了,连连点头,也不敢多问。吴建雄在办公室整整待了一天,快下班的时候给孙志刚打电话说:"让食堂给我备四个下酒菜,用饭盒分装后再装进便携食盒里,带上一瓶茅台酒,然后送我去中州市中级人民法院。"吴建雄又给财务打电话,让送五十万元现金到他的办公室来。

吴建雄把自己关在办公室,思考了一整天得出的结论是:这么多年,他一直活在秦卫花所做的套中。秦卫花设套让他强奸了她,并录下视频,作为要挟他的工具,如果当年秦卫花愿意接受以钱了结,一千万是一大关,而秦卫花没那么做,而是逼着他娶了她,借着他站到了金字塔尖。或许,秦卫花设圈套,只是为了嫁给他,如果他能够让秦卫花怀孕,事情或许不会走到今天的地步。但是,吴建雄是个自恃聪明的人,这个世界上,只允许他骗别人,不允许别人骗他。想到自己跟一个骗了自己的人生活了这么多年,还乐在其中,不禁怒火中烧,恨不得找个地洞钻进去。但现在不是生气的时候,而是如何破解这个圈套可能给他带来不利后果的关键时候,他必须想办法突围。

吴建雄深知和秦卫花的婚姻已经走到尽头,离婚不可避免,看秦卫花的布局,不仅准备让他净身出户,而且要霸占他在卫建的股份,通过协商离婚已不具有可能性,走向法庭是唯一的解决办法。之前他置身其中却浑然不知,现在清楚地知道了秦卫花的布局,不能坐以待毙,要寻找强有力的支持。他想到了中州市法院院长秦飞,如果秦飞能够帮他,判决确认他写给秦卫花的保证书无效,那么也就破了秦卫花意图霸占他在卫建公司股份的阴谋,自己不至于一败涂地。

他给秦飞打电话,约着一起吃晚饭,秦飞说:"现在八项规定监管严得很,何况你们公司还有好几个案件在我辖区法院等待判决，你我在一起吃饭，万一被别有用心的人拍到，我想帮你都不能了，有什么事晚上下班后直接来我办公室说吧。"

吴建雄和秦飞认识有十多年了。因为搞经营，建雄集团难免要和别人打官司，每有诉讼案件到法院，他都会拜托秦飞多多关照，秦飞也总是给予力所能及的帮助。秦飞处理案件很有技巧，结果基本上都能满足吴建雄的要求，但也不至于让案件对方当事人太不满。吴建雄希望秦飞这次同样能够给予他所需要的帮助：确认他写给秦卫花的保证书是无效的。

吴建雄到达秦飞办公室的时候，已经过了下班时间，秦飞在办公室边批阅文件边等他。

吴建雄进了秦飞的办公室，打开随身携带的食盒，拿出酒菜，坐在上次秦卫花曾经躺过的沙发上，招呼秦飞坐下来陪他喝酒。秦飞说："有啥事直接说，酒咱就不喝了，在办公室喝酒不合适。"吴建雄说："如果不喝点酒，今天跟你说的事，我都说不出口。我得靠酒给我撑撑胆。"秦飞说："啥事？让你这个江湖大侠这么为难？那好吧，我陪你喝两杯。"说着搬把椅子到茶几旁坐下陪吴建雄喝了起来。

大半瓶酒下了肚，吴建雄才鼓起勇气，告诉秦飞说他的老婆秦卫花怀孕了，而这个孩子肯定不是他的，因为他结扎多年了。现在秦卫花不同意打掉孩子，坚持要和他离婚。他也不怕离婚，闹到这个份儿上，离婚也是最好的出路，关键是他给秦卫花写了一个保证书，并把保证书上的内容，大致说了一下。

吴建雄没有注意到秦飞脸上风起云涌般变幻的表情，只是这风起云涌很快就被压了下去，秦飞听完后问："这是啥时候的事儿？"吴建雄说："怀孕是她今天早上才告诉我的，保证书是我三个月前给他写的，我来找你，就希望请你帮忙，看看能不能让那个保证书作废。"秦飞说："让保证书作废，恐怕有难度。如果说她欺骗你让你给她写了保证书也不可能，因为明明是你欺诈她，你结扎了却向她隐瞒了这个事实。从法律上来说，这个保证书，效力不予确认的可能性不大。"

稍事停顿，秦飞继续说道："不过，你们诉讼的法院可能不在中州市，你的户籍在中州市，但秦卫花户籍在长辉市，你们结婚后一直定居在长辉，最合适的管辖法院应是长辉市法院。"

吴建雄说："我不能去长辉市和她打官司，在长辉市我和她相比没有优势，她和长辉市上上下下的关系比我熟。在中州市，她没有什么关系，而且我还有你可以依靠，我想在中州市起诉她。你帮我推荐一个背景关系雄厚的律师。"秦飞说："你不是有律师吗？我记得你公司有个法律顾问，让他做你的案件代理人不行吗？"吴建雄叹口气，说："我的那个律师，业务水平还行，但关系不强。这个案件情况复杂，所涉利益巨大，卫建公司现有资产价值超百亿。整个项目的前期土地投资、基础设施建设投资、规划设计及变更已全部完成，后续只剩下盖房子和卖房子。盖房子的事由建筑公司负责，卖房子的事承包给了房屋销售公司，卫建公司只剩坐等收益了。如果保证书有效，那卫建公司所有的资产都将归秦卫花所有，我怎么能甘心啊！这场官司我不能输，属于我的东西，我一分钱也不愿意给她。如果按我给她写的保证书分配财产，那我就成了笑话，等于我给她免费打了半辈子的工。我需要请个有人脉背景、跟法院关系熟的律师，能够保证保证书作废，我才敢打这场官司。"

秦飞说："律师我倒是认识几个，但真的不知道谁有背景。如果你请了我给你推荐的律师，而这律师又把官司打输了，你肯定会把账算到我头上。根据你描述的这些客观存在的证据来看，我也不敢太明目张胆地帮你，帮不好会把我的乌纱帽也给帮丢的。秦卫花这个人能让你都怕她，我更怕她。我们法院现在是弱势群体，她知道我们俩关系好，我记得以前你请我吃饭的时候，她也曾参加过。一旦案件处理结果对她不利，她还不朝死里告我。你今天说的事我知道了，我会在力所能及的情况下，给你提供帮助和支持，但你不要抱有太高的期望值。另外，这个案件也不一定在我下辖的法院审理，秦卫花完全可以在长辉市法院起诉你。即使在我下辖的法院，也是先由区法院办理一审，二审才会到中院。在一审审理期间，我不能越级直接干预。在二审期间，我也不可能直接审理，只能在机会合适的时候，给你提供一些力所能及的帮助。"

吴建雄听了秦飞的话，也不便再强求，两人继续喝酒，直到把一瓶酒喝完，才起身告辞。在喝酒期间，吴建雄趁秦飞起身上厕所的时间，把装有五十万元现金的手提袋，放进秦飞办公桌下面的柜子里。吴建雄走后，秦飞发现后立即给吴建雄打电话，让他把手提袋拿走。吴建雄说他已经走远了，坚持不回来拿。第二天早上一上班，秦飞就给办公室主任打电话，安排工作人员到他的办公室，对手提袋里的钱进行了清点，并全程录像，然后把钱全部交存廉政账户。

吴建雄在秦飞那里，没有得到想要的答案，出了秦飞的办公室便立即联系法律顾问李律师，让他抓紧时间到建雄集团总部。李律师看看时间，虽然已是晚上十一点了，但意识到事情紧急，仍穿好衣服，开车赶往建雄集团总部。

吴建雄把事情的来龙去脉简单地介绍了一下。李律师问："你有保证书的复印件吗？让我看一下。"吴建雄说："保证书是我给秦卫花写的，就写了那一份，还按有我的指印，我写的时候压根就没当真。"李律师说:"你也太大意了,你做过绝育手术,怎么还敢给她写这种东西?"吴建雄说:"我以为这件事,她是不可能知道的。"李律师说:"她申请医学鉴定,一切就真相大白了。你做了绝育手术,如何能隐瞒得了。按理说,你就应当兑现保证书所承诺的。现在唯一对你有利的是,在你不具备生育能力的前提下,她怀孕了,显然是婚内出轨。在离婚案件中她属于过错方,而该过错能否导致你所写的保证书无效,具有很大的不确定性。"

经过反复探讨,李律师给出的建议是:"离婚诉讼,在财产分割上,如果保证书不能被确认为无效的话,你将会很被动。我倒有一个方案,或许可以让你摆脱目前的不利情形,你可以在提起离婚诉讼之前,先把卫建公司的有效资产转移走,再用对外借款、担保的形式给卫建公司留下一堆债务,用偷梁换柱之法,把公司的有效资产弄出去,让债务大于资产,即使在离婚诉讼中把你在卫建公司的股份全部判给她,你明面上虽然输掉了股权,而实际上没有输掉财产。"

吴建雄一听,觉得这招高,立即来了精神,问:"那该怎么操作?"李律师说:"抓紧时间,把卫建公司账户上现有资金全部转移到建雄集团下属的其他公司的账户上。再以建雄集团下属其他空壳公司的名义向银行贷款,然后将贷款转到你能控制的其他公司,让卫建公司为贷款提供担保,贷款到期后,由于借款公司不偿还贷款且无还款能力,银行就会起诉卫建公司,导致由卫建公司来偿还这笔贷款。这样就达到了转移卫建公司财产的目的,你实际上获得了卫建公司的有效资产,离婚诉讼输赢已经不重要。"

吴建雄听了李律师的这个建议,高兴得一拍大腿,道:"高!这招高!她要卫建公司,我给她!我给卫建公司留一堆债,让她慢慢还吧!"听完李律师的建议,吴建雄立即给卫建公司的财务总监打电话，让他把公司账上的现金全部转到建雄集团总公司，财务总监在电话那头问："这事秦总知道吗？"吴建雄说："我是董事长，我调资金还需要征得她的同意吗？"财务总监说："三个月前，秦总就把公司对外转账所需的财务印鉴手续、公司的银行U盾主盾拿走了。公司对外转账必须经过秦总。"听了财务总监的话，吴建雄在心里狠狠地骂道："这个小贱人，肯定有高人指点。她早就下手了，我竟然不知道，还一直蒙在鼓里！"吴建雄又给卫建公司的办公室主任打电话，要公司的公章。办公室主任告诉他，公章在三个月前就被秦卫花以到规划局办证为由拿走，至今还没有拿回来。打完这两个电话，吴建雄顿时瘫倒在沙发上，李律师也意识到事态的严重性，同时预感到这次离婚诉讼凶多吉少。

吴建雄的手机响了，一看，是秦卫花给他发的微信：鉴于今天早上你有打我的暴力倾向，为了我和孩子的安全，我们需要暂时分开一段时间，直到你愿意接纳这个孩子为止。从今天起，请你不要再来卫建庄园一号，房门的锁芯已被我更换，你的钥匙再也打不开房门。如果你强行进入，我将选择报警，为了你我的面子，希望我们俩好合好散，不要闹到法庭上，不要让外人看笑话。你那么富有，卫建公司只是你拥有的众多公司之一，你把卫建公司让给我，于你不过是九牛一毛。想想当年，如果不是因为你欺骗我嫁给了你，你现在应该还在监狱里住着呢。用卫建公司的股份换取你的自由，你仍然是个大赢家，而我却失去了最为宝贵的四年青春。

秦卫花的微信让吴建雄失去了理智，气急败坏地要求李律师立即起草离婚诉讼状，请求第一条是离婚，第二条是确认婚前财产归各自所有，第三条是夫妻关系存续期间所得财产依法予以分割，并要求追究秦卫花婚内出轨的过错责任。

李律师按要求迅速起草好诉讼状，递给吴建雄审核，吴建雄见上面写的受理法院是长辉市法院，立即咆哮道："怎么能去长辉市法院起诉？长辉市法院院长是你哥？"李律师说："依据法律规定的诉讼规则，离婚诉讼原则上是以被告住所地为受理法院管辖地。秦卫花的户籍和住所都在长辉市，只能到长辉市人民法院起诉。"吴建雄嚷道："我不管法律咋规定的，你直接到中州市法院起诉。"李律师低声回应道："无论如何也不能直接起诉至中州市中级人民法院，依你的户籍所在地，也只能起诉至中州市下辖的三元区法院。即使三元区法院接受了你的立案申请予以受理，一旦秦卫花提出管辖权异议，极有可能再移送至长辉市法院审理，没有必要做这种无用功。"吴建雄用毋庸置疑的语气说："你不用管，你只管到三元区法院起诉，等她提管辖权异议再说。"

李律师按照要求，代理吴建雄到三元区法院提起离婚诉讼，并申请办理了诉讼保全措施。三元区法院行动很迅捷，依据吴建雄的申请，查封了卫建公司的财务账户，冻结了账户内现有资金五亿八千万。而秦卫花针对吴建雄的起诉应对措施却显得反应迟缓，在十五天的答辩期内，秦卫花没有提出管辖权异议；过了十五天的管辖权异议期，李律师悬着的一颗心才放了下来。他知道吴建雄和中州市中院院长秦飞的关系好，如果秦飞能够坚定地支持吴建雄，这场官司还是有胜诉希望的。

李律师提醒吴建雄，要他把和秦飞的关系维护好，不要被秦卫花抄了后路。吴建雄觉得有理，其间多次去法院找秦飞。每次见秦飞，都要在办公室里放上十万甚至几十万不等的现金。每次秦飞都坚决拒绝，但吴建雄置之不顾，执意把钱留下走人。

现在的生物科技鉴定水平真高，不需要胎儿出生就能进行血亲鉴定。案件开庭前，吴建雄申请法院委托司法鉴定机构对秦卫花肚子里的孩子进行鉴定，请求确认孩子和他没有血缘关系。出人意料的是，秦卫花不仅同意，而且还积极配合，但鉴定结果很出乎吴建雄的意料：不排除吴建雄与胎儿有血亲关系。吴建雄认为鉴定结论错误，申请了二次鉴定，二次鉴定结论和第一次鉴定结论一致。吴建雄开始对自己产生了怀疑，难道结扎手术失败了？或许因为手术时间太长，自己现在又恢复生育能力了？但他去看医生，医生给出的结论是他现在的身体状况不具备生育能力。吴建雄再次向法院提出申请，委托司法鉴定机构对他的生育能力进行鉴定，以确认他不具备生育能力，鉴定结论是：吴建雄现阶段不具备生育能力。两份鉴定意见，互相矛盾，法院会以哪份鉴定意见作为裁判依据呢？

　　案件很快被安排开庭。法庭上，吴建雄和秦卫花分别带着各自的律师，坐在原被告席上。

　　吴建雄方要求确认他在卫建公司百分之九十九的股份，属于婚前个人财产，不属于夫妻共同财产，不参与夫妻财产分割；卫建公司在婚姻关系存续期间的经营所得，属于夫妻共同财产，但由于秦卫花在婚内出轨，因此对夫妻关系存续期间的经营增值部分，应当不予分配给秦卫花。

　　秦卫花证据准备得很充分，包括吴建雄当年强奸她的视频、当年求婚时写的保证书、三个月前写的保证书。秦卫花要求法庭依据吴建雄在保证书中的承诺，对财产进行分配，要求把他在卫建公司的股份过户给她，确认公司所有的财产和经营增值皆归秦卫花所有。法庭上双方唇枪舌剑，各不相让，最后法庭宣布休庭，择日宣判。

　　庭审结束的第二天，吴建雄又带了一百万现金去找秦飞，秦飞对吴建雄说："案件处理结果可能对你不利，法官已经把初步处理意见反馈给我了。首先从法律上、证据上，都对你不利；其次，你知道秦卫花请的律师是谁吗？"吴建雄："我知道哇，两个年龄还不到三十岁的乳臭未干的年轻人。"秦飞："哪个律师事务所的你知道吗？"吴建雄："我没太在意，好像是天成。"秦飞："那你知道天成律师事务所的实际控制人是谁？"吴建雄摇摇头，秦飞接着说道："是刘成。他哥是我们中原省法院的副院长。刘成因为回避制度，从来不亲自出庭，你见的那两个出庭律师，都是给他打工的。法律上你不占理，从关系上我又大不过中原省的副院长，如果你相信我的判断，我建议你尽量争取调解。如果判决，结果会对你极为不利。"

吴建雄沉吟了半天，勉强点了点头。秦飞接着说："那我就交代法官尽量组织调解。卫建公司的股份，如果秦卫花坚决不放手，就难以调解成功，把卫建公司全部给秦卫花，你接受不了，我也替你不甘。看能不能通过调解，让秦卫花补偿你一部分钱。如果你不同意，这事我也没法帮你，你也不要在我这儿花钱了。你前几次放我这里的钱，第一次的五十万元被我上交到廉政账户了，其余的都在办公室主任那替你存着呢，如果都上交到廉政账户，你就亏大了。我等会儿让他把钱给你送过来。如果我是你，我会选择放弃拼争，争到最后一定是两败俱伤。如果你在财产分割上不让步，那秦卫花就有可能坚持要求追究你的强奸罪，主审法官说依据视频呈现的内容，可以确定你当时的行为已构成了强奸。我虽然没有看过视频，但我相信我们法官的判断。虽然你们后来结婚了，法律上不能再追究你的强奸罪，但从道义上，你得不到大家的同情和支持。如果帮你，内心会发虚的，人心都有一杆秤。当然这只是我的建议，作为朋友的建议。"

吴建雄瘫倒在沙发上，心里是一万个不服气：怎么会输在了一个小女人手里？让一个女人像玩蚂蚁一样，玩弄于股掌之中而无还手之力。秦飞拿起办公桌上的电话，让办公室主任把东西送过来。

不一会儿，办公室主任来了，手里还拿了一个清单，对吴建雄说："吴总，这是您放在秦院长这里的钱，一共是二百万。您拿回去吧。您和秦院长是朋友，秦院长本来不想让我知道这事儿，计划自己悄悄地把钱退给您，但一直没退掉，只好放在我这里啦。现在也不算惊动组织，只是原本属于您俩人之间的私事，现在变成属于我们三人之间的私事了。现在正是反腐高压期，您是秦院长的朋友，要从保护他的角度出发，多替他考虑考虑。您打官司争的无非是钱，如果因为钱，把秦院长送进监狱，那可是因小失大了。"

吴建雄虽然点头称是，但内心极不舒服，觉得秦飞不应该这样对待他，不应该让办公室主任知道这件事，更不应该把五十万元上交廉政账户。

虽然心里不高兴，但也不便说出来。办公室主任离开后，吴建雄对秦飞说："那就劳烦你交代主审法官尽量调解吧，这事我也不想再去求其他人了，老丢人了。"吴建雄又问了问刘成的情况，后悔当初没有请他做律师，在心里埋怨秦飞当初为什么不把刘成推荐给他。

秦飞仿佛看出了他的心思，说："刘成的哥哥刘院长在全省法院工作会议上说过多次，说他的弟弟不参与任何诉讼案件的代理，如果有人发现，可以直接举报，我也就当真了。从秦卫花委托律师的手续上看，代理律师只是和刘成在同一个律师事务所，看不出来和刘成有什么关系。但审理这个案件的法官向我报告说，刘成嘱托他关照秦卫花，刘院长也因为这个案件，给我打过招呼，我才疑心这个案件实际上是刘成承接的。如果这个案件你有道理，我也敢帮你据理力争，但现实的情况是，就冲着秦卫花提供的那个你强奸她的视频，我都不敢张口帮你说话。中原省上上下下的大领导，你熟悉的比我多，正常情况下，你去请他们帮忙，哪个领导会不给你面子？但如果你如实向他们陈述案情，尤其是与那个视频有关的内容，你看还有人愿意帮你没？你的钱那么多，破小财、免大灾，是明智之举。我今天跟你说的都是肺腑之言，如果你把我跟你说的话泄露出去，我只能等着让人给我穿小鞋啦。"吴建雄听了秦飞的话，觉得刚才误解了他，此刻除了恨自己，好像没有更好的方法。

　　果然，如秦飞所说，刚开始秦卫花坚持不同意法院进行调解，在法官的多次劝说下，终于同意后，又经过多次调解双方才达成了协议，此时，离秦卫花的预产期还有三个月。调解协议的基本内容是：一、吴建雄和秦卫花离婚；二、吴建雄在卫建公司的股份归秦卫花所有，吴建雄配合秦卫花办理股权变更登记手续后一年内，秦卫花补偿吴建雄十亿元人民币，卫建公司的所有者权益归秦卫花所有；三、其他登记在个人名下的财产，归各自所有。协议签订后，法院出具了调解书，吴建雄配合秦卫花办理了卫建公司的股权变更登记手续，秦卫花从卫建公司的账户上先行支付了五个亿给吴建雄，余下的五个亿将在一年内陆续支付完毕，秦卫花成了真正的亿万富翁。

第十一章

1

秦卫花怀的是双胞胎，对她来说，是意外的惊喜。预产期是来年正月二十四，而她却提前近一个月有了临产反应，匆忙入院待产。彼时临近除夕，秦卫花入院后，给我来电话，说她很紧张，希望在她进产房时，我能在产房外等候。她的这个请求让我很诧异，以我对彼此关系的认知，我对于她没有重要到这个程度，但转念一想，产妇进产房，一般等候在产房外的人会是哪些人呢？产妇的丈夫、婆婆、父母。而秦卫花只有父母，且皆是不认字的农民，临时出现什么状况根本不具备应对能力。想到这里，我也认为自己去或许是有用的，就答应了。

放下电话，匆忙赶往中州市妇幼医院，在一间有十多个床铺的待产室里找到了秦卫花。中州市的妇幼医院是家公立医院，病房设施远不如一些私立产科医院豪华，我问她为何不选择私立医院，她笑了笑，说："生孩子，要的是安全，而不是舒服，我对那些以营利为目的的私立医院不放心，没有安全感。这里也有单人的 VIP 病房，只是数量少，我已经预交过钱排队等着了，如果今天下午有人出院，就可以给我安排上了。"我看出秦卫花内心有着深深的恐惧感，就笑着安慰说："生孩子是正常的生理现象，没什么可害怕的。你如果害怕，就直接剖腹产好了，现在技术成熟得很，没有失败的可能性。"秦卫花故作轻松地笑了笑，说："我先自己生吧，医生说自然分娩对孩子的健康有好处。再说，自然分娩身体也恢复得快，我要保护好我的身体，以后有俩孩子需要抚养呢……"

稍事停顿后她继续说道："我在这个时候请您来帮忙，是不是很意外？不怕您笑话，在来医院的路上，我就想，如果我出现意外，俩孩子可以托付给谁。俩姐姐是可以照顾他们生活的，但我的那些财产，如何能确保留给俩孩子，只能靠您和秦小云。小云现在在德国呢，多数时候还得靠您。"

我没说话，但我的眼睛泄露了我的想法，秦卫花看着我的眼说："您是不是觉得我俩的交情还没有深到这个程度？我第一次见您，就知道可以依靠您，因为您眼里有着冷冷的慈悲，不会假装热情，但内心悲悯。允许我骄傲一下，我可是阅人无数的哟。"

人都喜欢听好话，我也不例外，一时竟因得意而口不择言道："好吧，我佩服你，你总能找到恰当的人为你服务。"话刚一出口，我就意识到自己说错话了，但说出去的话，想收回来已不可能了。秦卫花好像并没有因此而感到被冒犯，仍笑盈盈地看着我。

为了降低刚才那句话的伤害性，我忙问道："你现在感觉如何？""早晨起床，我发现见红就赶紧入院了。到现在才有两次宫缩，中间间隔时间有两个小时，医生刚才查房时说，间隔半小时左右一次才让进产房。刚做过彩超，胎位很正，俩孩儿都头朝下，唯一不好的是孩子们都有点脐带绕颈。不过医生说问题不大，因为孩子一直在动，说不定一会儿自己就开了。让您来，不是让您伺候我，我三个月前就请了安姐来帮忙了，已经和她签了五年的服务合同，安姐对照顾产妇月子和孩子很有经验，我刚刚又在医院定下了一个护工，大姐、二姐也都在，伺候我的事由她们来做。请您来是做定海神针的，我担心万一出现了一些意外情况，大姐、二姐不敢下决断，而您能根据现场情形做出最佳选择。"

面对秦卫花的信任，我一时竟不知该如何反应才算恰当，就调侃道："好吧，我把自己当成这俩孩子的爹。"我的话让秦卫花和她的俩姐姐还有安姐都笑了起来，也让几个邻床产妇及家属更加狐疑地看着秦卫花，别的产妇大都有男士陪伴，而秦卫花身边不仅没男人，连个年长的婆婆或娘家妈也没有，在产妇中有点另类。

我问秦卫花她母亲咋没来，她没有回答我，大姐秦卫芝悄悄告诉我说："爸妈不同意卫花把孩子生下来，一直要求她把孩子做掉，所以卫花住院，压根就没让爸妈知道。"待产室里人多嘈杂，不仅没有坐的地方，连站的地方都紧张。时间将近中午，我对秦卫花说："你这种状况，离入产房还早着呢，我们出去，到旁边的咖啡馆坐一会儿，等宫缩间隔时间小于一个小时再回来。我刚才来时，已经观察过医院周边环境了，大门口对面右拐五十米处就有一间咖啡馆。"秦卫花接受了我的建议，准备和我一起去咖啡馆，遂安排大姐、二姐留在待产室等候 VIP 病房的产妇出院，一旦有 VIP 病房空出，她们立即将东西搬进去。关于入住 VIP 病房，秦卫花虽然已经得到护士长的应允，但毕竟一房难求，如果不盯紧，万一被人强占了也是麻烦，安姐陪同我们一起去咖啡馆。

因为明天就是除夕，咖啡馆里的客人极少，考虑到包间大都没窗户，空气不流通，我们在大厅挑了一个朝南的台子坐下，阳光透过落地玻璃窗充裕地洒在宽大的座位上。我对秦卫花说："给你点份牛排吧，生孩子是要用力的，多吃点牛肉，有力气。"秦卫花温顺地点了点头。随后，我们边聊天边等餐，秦卫花悄悄告诉我，因为害怕万一出现意外需要交费，而她又处在不能刷卡的状态，所以身上带了十万元现金。见惯了备受宠爱的临产孕妇们的娇气，面对秦卫花此刻的孤独与坚强，一股悲怆怜悯之情从心底往外翻滚，我的眼泪不受控地开始往外涌，不是因为友情深厚，而是基于女人对女人的无缘慈、同体悲，于是连忙起身，跑到洗手间，等情绪平复后，才回到座位上，我们点的餐已经上来了。

下午三点多，大姐打电话说东西已经搬进 VIP 病房了，让我们回去。病房里备有两张床，一张是为产妇准备的，另一张提供给陪护人员。下午五点多钟，吃过大姐买来的晚饭，医生就安排秦卫花进产房了。我陪她走到产房门口，她进产房前塞到我手里一张纸，我打开一看，竟是遗嘱。虽寥寥数字，但写尽了她的牵挂：一、如果出现危险，在大人孩子之间要做选择的话，保孩子。二、名下所有财产由俩孩子继承，由秦卫芝、秦卫红、秦小云、我共同做孩子的监护人。关于孩子的所有事项由四人协商确定，若出现争议，采取投票方式，遵循少数服从多数的原则。三、每年从遗产中取出二百万，用作父母赡养费，父母所有的医药费也都从其遗产中支付。我的眼泪再次不争气地流了下来。我和秦卫芝、秦卫红、安姐在产房外的长椅上等候，她们三人见我流泪，忙安慰道："不用担心，我们都生过孩子，现在生孩子，没有一点危险，不像电视剧里演的古时候那样。"我点了头，没多说什么。只有自己心里清楚，我并不是因为担心秦卫花生孩子有危险而流泪，是她内心的那份无助和恐惧让我替她难过。世人看到的都是她的富有和风光，她也把自己装扮得十分靓丽光彩，可谁能想到她的内心竟是如此荒凉？

晚上十点三十五分，第一个孩子顺利分娩，是个男孩；十点五十五分，第二个孩子也顺利娩出，是个女孩；十一点三十分，秦卫花和俩孩子被推出产房，我们和护士一起护送她们娘仨回到病房，俩孩子眼睛闭得紧紧的，仿佛不愿意看这个世界似的。秦卫花虽然疲劳，但满脸是欣慰的笑，一副如释重负的样子。"阿弥陀佛，一切顺利平安，邱律师您赶快回家吧，这里没您的事儿了，明天就大年三十啦，您好好在家过年吧。"她满眼温柔和感激地对我说。我笑道："马上就是大年三十啦！"秦卫芝打趣道："这俩狗崽子贪嘴，赶着过年跑来吃好吃的啦，紧赶着和她妈一个属相。"

因秦卫芝、秦卫红、安姐都要求留在医院陪护秦卫花过夜，我便到护士站租了两张折叠躺椅，这样她们仨夜里都可以躺着休息。安顿好这一切，我回到家里已是凌晨一点半，牙不刷，脸不洗，只是洗了洗手，便一头栽倒在床上呼呼大睡起来。

一觉醒来，已是上午十点。我坐在床上给秦卫芝打电话问秦卫花和孩子的状况如何，秦卫芝笑着说："这娘仨到现在没一个睁眼的。刚才医生来查房，让把孩子抱给母亲喂奶，我们把孩子的嘴放在卫花的乳头上，孩子吸着乳头也不睁眼，被孩子吸着乳头的卫花也不睁眼，娘仨现在仍比着睡呢。"放下电话，我仿佛感到了孩子出生前秦卫花的压力，及孩子平安出生后她身心的轻松，孩子们大概有和母亲同样的感受，所以才会这样想多休息会儿。

我坐在床上喊妈，老妈应声进了卧室，我撒娇地说："老妈，我有个朋友昨晚刚在医院生了一对龙凤胎，您给她做碗鸡汤面吧，我给送过去。"老妈喜欢小孩，对四个子女只有四个孙辈一直耿耿于怀，听别人生了龙凤胎，立即羡慕地流口水，却又不无醋意地说："给月子婆娘送饭的吉祥事，是家人至亲的福利，如何轮到你这个外人，别没事上赶着干出力不讨好的事。我不帮你干这没缘法的事。"我说："她至亲都在医院呢，您也给她们下三碗饺子我一起给捎过去，您赶快去做吧，好沾点人家龙凤胎的福气，将来您大孙子给您生一对龙凤胎重孙。"听了我的话，老妈笑呵呵地去做饭了。等我洗漱完毕，我的饺子已经摆在餐桌上了，老妈正在做鸡汤面条和我要带去医院的饺子。我吃完饺子，立即出门往医院赶，老妈在背后喊道："没事早点回来，别耽误吃年夜饭。"

到了医院，俩小宝宝刚拉完第一泡脐带屎，安姐正忙着给他们洗屁股。她说宝宝们一切反应正常，就是不睁眼有点奇怪。我看了看俩宝宝，小脸红红的，呼吸均匀，不时地蹬弹一下小腿腿，动一下小胳膊，就是不睁眼，任凭安姐给他俩擦洗、挪动身子，也不睁眼。秦卫花仍在呼呼大睡，我们说话交流的声音，对她仿佛没有丝毫的影响。

我把三盒饺子从包里拿出来，让秦卫芝她们仨吃饭。我见秦卫红有点心不在焉，便问原因，秦卫红说："我们家原本计划今年在北京过年，一则方便我们家男人春节期间加班，二则俩孩子也可以在北京的家里住上几天。俩孩子上小学时，我们还在北京民办学校将就着能有学上，去年上中学了，因为在北京没有学籍，只能回老家读。俩孩子被迫回来读书是满心的不甘，念念不忘自己的家在北京，所以一放寒假，就迫不及待地回北京了。周家成今天还在单位上班，晚上十点才能回家，我正发愁俩孩子的年夜饭咋办呢。"我对秦卫芝说："你看秦总和孩子一切顺利，而且娘仨都只管闭着眼睡。如果没什么可忙活的，就不需要都在这里了吧？你们商量着这几天如何安排人手？"秦卫芝说："早上医生查完房，我就让她回北京，她坚持等卫花醒了说句话再走，可卫花到现在也不醒。"我笑着对秦卫红说："你们亲姊妹之间，不要太拘礼了，你吃完饺子就直接走吧，等秦总醒了，让她给你电话。"秦卫红抬眼征求大姐秦卫芝的意见，秦卫芝说："我觉得邱律师说得在理，你吃完饺子就走吧。"秦卫红点点头，忙在手机上订火车票，因是大年三十，车票充裕，就订了张一小时后发车的车票。接着，秦卫红三口并着两口吃完了她面前的那盒饺子，亲了亲俩小宝宝又摸了摸秦卫花的额头，就离开了病房。秦卫芝搀着送到医院大门口，帮她拦了辆出租车，才折返回来。

　　秦卫芝和安姐吃完饺子，收拾停当，秦卫花娘仨仍比赛般继续睡。病房的暖气很好，我们仨也都有些发困，便各自认领了床，拉开折叠躺椅，躺下来休息。我醒来时已是下午四点，秦卫花也刚刚睡醒，秦卫芝把我带来的鸡汤面从保温饭盒里拿出来给她吃，饭盒保温效果很好，面条还冒着热气呢。

　　见我醒了，秦卫花笑着对我说："面条真好吃，是我吃过的最好吃的面条，我真没想到您还会做饭！"我笑道："夸错人了，这是我妈的手艺，该你有福，我妈今年在我这儿过年，你可以跟着沾个光。不过，要想继续吃我妈做的饭，你得把和我说话时的'您'改成'你'，你这'您您'地称呼着，搞得我俩像国际友人。"秦卫花笑嘻嘻地说："我只是想表达对您的感激之情，因为我对您的请求超越了我们俩的情谊，我内心很忐忑，不知道您是如何看待我这些请求的，怕您认为我不知轻重。如果我用'你'来称呼，您不觉得是我不尊重您，我以后就改口啦！"那一刻，秦卫花让我感觉我和她仿佛是多年的老友，而实际上我俩认识还不到三年，而在这三年里，我俩虽有交集但并不密切，更没有共同经历风雨，也没有共享荣华或富贵。对于这份分量过重的信任和托付，我也感到意外，却在不知不觉中自然领受了。

　　秦卫花吃完饭，我起身告辞，她说："你这几天不用来了，好好在家享受假期吧。医院有我的产妇饭，大姐、安姐可去门口饭店吃，你的阶段性重要历史使命已经完成。还有一个重要使命得拜托你，你替姐儿起个名字吧？儿子的名字我已经想好了，就叫秦春根。"秦卫芝劝她说："给儿子换个名字吧，不吉利，李春根去世十多年了，你也该把他忘了。"秦卫花幽幽地说："大姐，这些年，从外人的眼里看我，似乎很风光，有谁知道我心里的苦？你们眼中的我仿佛过得轻松自在，哪知我的心一直在刀尖上放着呢，身边没有一处暖和的地方。只有想到春根，我的心才会感到一丝温暖，在我最难最苦的时候，都是靠想着春根才挺过来的。多少次，在夜里、在心里，我偷偷地呼唤着春根……却不敢喊出声，现在给孩子起名春根，我可以随意喊'春根'了。有什么不吉利的？这么多年，春根的在天之灵一直护佑着我，他也会护佑小'春根'健康成长的，小'春根'就是我和春根的孩子，是春根这棵老根发芽长出的新根。"大姐虽然没听懂秦卫花的话，但也不再劝秦卫花给孩子换名字了。或许她实在是看不出妹妹的苦，她眼里的秦卫花是要风得风，要雨得雨，她无法理解妹妹所说所感的苦。

我听见秦卫花说让我给她女儿起名字，高兴得嘴巴都合不拢啦。我特别馋别人生女儿，还有一个爱好，简直可称为嗜好，喜欢起名字，曾替不少朋友新设立的公司起过名字，我更喜给人起名字。给初生婴儿取名是一件很郑重的事情，也是特权，往往是孩子直系长辈血亲的特权，名字里承载着对孩子成长的祝福，而取名本身意味着一种尊重与责任。到目前为止，我只行使过一次这样的特权，就是给儿子取名。孩子他爹因为自己起的名字没用上，耿耿于怀了许久。现在秦卫花授权我为她的宝贝女儿起名字，瞬间我竟生出为秦卫花做牛做马也死而无憾的悲情来。我连忙应承下来，好像生怕她反悔而收回授权，说："我马上回家查字典，晚上的春节晚会我也不看了，专心致志地给小姐起个好名字。"秦卫花笑道："不着急，出院之前起好就行。"我准备离开病房回家，临行前，把秦卫花昨天进产房前放在我手里的那张纸又放回她的手里，笑着说道："用不上啦，销毁吧。"

正月初一，我在家查字典忙了一整天，总算给小姐起了个自以为极妙的名字。初二上午，去商场买了俩婴儿戴的金手镯，下午带着写在红纸上为小姐起的名字，又带上老妈做的鸡汤面条来到医院。

当我把红纸递给秦卫花，两个绿颜色的字——秦果赫然出现在眼前，秦卫花先是迟疑了片刻，嘴角转而露出笑容来，连说："这名字起得好，起得妙。"秦卫芝和安姐也凑过来看，见是这俩字，大概不觉得有什么好，疑惑地望着我，我解释道："名字的第一功用是个人符号，一定要便于别人认识和记忆；二不可以俗；三是要有寓意。小姐是女儿家，女儿就是花，有花无果人生不完美，所以给她名字中用个'果'字，寓意人生圆满。另外，凡果必有因，提示她在人生中注意所有的因，种善因、求善果。"秦卫芝和安姐连忙说好名字。正月初五，秦卫花出院，我去帮忙办理出院手续，孩子的出生证上分别写着：秦春根、秦果。

2

秦卫花孩子的父亲一直是个谜，这个谜是长辉市、中州市，甚至是中原省名流们茶余饭后的谈论热点。

长辉市规划局李局长心情波动很大，从刚开始得知吴建雄因做过绝育手术不认秦卫花怀的孩子时的恐惧，到后来的希望，他隐隐地希望秦卫花有一天会抱着孩子来找他，但他希望的事情一直没有发生。

孙志刚一直幻想秦卫花和吴建雄离婚以后，会看在孩子的面子上，让他入住卫建庄园一号，而秦卫花自从离婚以后，见了孙志刚，仿佛不曾认识过他。

秦卫花不知怎么的，认识了秦飞的母亲秦老太太。老太太很是喜欢她，认了她做干闺女，对她的儿子秦春根更是喜欢。常悄悄地对秦卫花说秦春根和秦飞小时候一个模样。秦卫花只是抿着嘴笑，并不搭话。

秦老太太原本是位农村老太太，因养了个好儿子，也渐渐地多了些脾气。几年前，秦飞的父亲去世，秦飞对母亲一人在乡下独居不放心，就把她接到中州市的家里和自己共同生活，而她和秦飞的夫人——一个原省级干部的女儿，根本无法和睦相处。秦老太太看不惯儿子在媳妇面前低眉顺眼的样子，秦夫人对秦老太太更是各种嫌弃。俩人三天两头闹别扭，一闹别扭，秦老太太就闹着要回乡下去，她明知儿子不可能让她独自回乡下，却偏偏拿这个要挟他。秦飞夹在老妈和老婆间左右为难，原本和睦的夫妻关系，也变得紧张起来。

在秦老太太又一次和儿媳妇闹得不可开交后，突然不再给儿子秦飞打电话诉苦，而是转向干闺女秦卫花。秦卫花挂断老太太的电话，立即赶到秦飞的家里，在征得秦夫人的应允后，把老太太接到了卫建庄园一号。秦老太太竟真的在这儿住下了，仿佛是在自个儿家一般。秦夫人终于甩掉了秦老太太这个包袱，心情也舒畅起来，秦飞又可以经常看见夫人的笑脸了。

秦飞因为要看望母亲，便成了卫建庄园一号的常客，如主人一般自由出入。

现在的秦卫花不仅富有，而且儿女双全，脸上常常挂着幸福的微笑，秦老太太说她现在是生活在天堂里。

第十二章

1

秦卫花出院后的第三天，即正月初七，卫建公司春节后第一天全员开工日，她在卫建庄园一号召开了公司管理层工作会议，并设家宴请大家吃饭。当然，做饭不用秦卫花操心，由卫建温泉酒店的厨师和服务人员负责。

对如今的秦卫花而言，虽然秦老太太长时间住在她这里，但家里有负责做饭洗衣和家务的冯姐、照顾孩子的安姐，一切井然有序，公司的管理却有些混乱。卫建公司原有管理团队人员均来自建雄集团，二人离婚后，管理团队中的核心人员全部跟随吴建雄离开了卫建公司，只有一些原本在公司被边缘化的人、公司成立后新招录的人，因和建雄集团联系不紧密，跟随吴建雄回建雄集团所享受的待遇不会明显改善而选择留在了卫建公司，公司近几个月的经营活动都是靠这帮留守人员在维持。

我受邀列席这次会议，秦卫花在向管理层介绍我时，称我是公司法务总监。我暗想：我啥时候任的职？

会议结束后，管理层吃完饭散去，秦卫花笑着对我说："总监大人，你不能走，今天开会，公司存在的问题你都听清楚了，怎么解决，我等着你帮我拿主意呢。看在我还是个在坐月子的产妇的分儿上，你允许我先睡一会儿。楼上我专门给你配备了个房间，你也去休息一会儿，醒了，我俩再商议公司的事。"说完，不等我应答，就拉着我的手进了电梯，电梯到了二楼，她把我拉进其中一个房间，笑着说："这是我和老吴结婚时的卧房，这屋里原来的床和卫浴设施，我全部清除了，重新配备了新的。这房间除了你不会再让其他人进来，只有冯姐会为房间打扫卫生。我为了带孩子方便，现在住一楼，这个房间就归你了。"我看了看房间，虽然豪华舒适，但内心还是有些不自在。更让我诧异的是，自己的什么行为，竟让她认为拥有天然支配我的权利。但考虑到她还在月子中，我只好调侃道："好吧，看在果果的面子上，我给你当一次奴隶。只是你抛弃了吴建雄，抓我当替补，属于对象错误，我不具备做替补的基本行为能力。"秦卫花笑道："对象正确，我找的就是你这样能帮我发现风险、化解风险的人。被我抓住了，你就别想逃。"

午休醒来，我下楼到秦卫花的卧房，和她商议如何调整卫建公司的管理模式。

公司现在的业务主要分四部分，第一部分业务是地产，主要业务是盖房子和卖房子。当初和政府签订开发协议时，承诺在这片土地上，拿出二百亩土地来建幼儿园和学校，由卫建公司负责投资建设，政府负责接收运营，简称"交钥匙工程"。目前，幼儿园已经建成并投入运营，小学部分的建设也即将完工，秋季开学即可以进行招生。中学部分仍在建设，可在明年春季完工，政府计划明年秋季开学可以同时进行初中和高中部的招生。投资建设幼儿园和学校，看似是亏本的买卖，但实际上增加了公司所建房屋的附加值，如果能吸引中州市的名校在此设分校，可能会助力房屋价格冲上新高，增加已经购房业主和公司的黏性。所以，目前最重要的问题不是建房子，而是如何营销房子，为房子创造增值空间。

第二部分业务是物业服务，一旦交房，就必须有物业服务，之前的物业服务由建雄集团的物业服务公司在做，现在，卫建公司只是安排人打扫卫生，收物业费，并没有成立专门的物业公司。

第三部分业务是酒店管理。因这片土地有地下温泉，卫建公司投资建设的卫建温泉酒店两年前已开始对外营业，之前是建雄集团的酒店管理团队在运营，现在卫建公司只是在勉强让它运转。

第四部分，是湿地公园的管理和运营，投资湿地公园建设，是卫建公司获得建设用地许可的前置条件，公司成立之初就开始投资建设，目前已初具规模。湿地公园虽连门也没有，免费供人游玩，但园区维护也需要成本。目前园区人流巨大，如何充分利用从而创造经济效益，实现园区维护的收支平衡也是个需要解决的问题。

秦卫花半躺在床上，我半躺在床边靠窗的贵妃椅上，手里拿着笔记本和笔，不时把商讨中认为可执行的方案记下来，春根和果果躺在秦卫花床上的左半边。这俩孩子真省心，吃饱了睡，睡醒了由安姐抱起，把泡尿或臭，再吃几口奶，又会接着睡，好像知道妈妈事多，刻意不予打扰。秦卫花的奶水很足，俩孩子足够吃。

我和秦卫花研究了一下午，吃完晚饭，又接着商讨，后来定下以卫建地产公司为母公司，分别成立卫建物业服务公司、卫建酒店管理公司、卫建湿地公园服务公司等三个子公司，对地产公司股权结构进行调整，免费分给管理层一部分股份，使其享有和该部分股份对应的股东权益，但该部分股份在管理层离职时需归还给公司，这样的股权结构可以增强管理层的归属感，调动公司员工积极性。三个子公司的股权设置以此类推。

秦卫花又说："我准备给大姐二姐一部分股份，这一部分股份是终身的，可继承的，这种股权架构你也设置一下。另外，我想给我爸妈一部分股权，但不让他们知道，让大姐二姐代持，你也帮助设计一下吧。"我点了头。秦卫花最后说："你把卫建公司当成你的公司，明天就安排人来做股权设置，我可等着你的锦囊妙计来运转公司呢。"我疑惑地望着秦卫花，她为何如此坦然地命令我干活，而不提费用支付？依据我们的业务收费标准，以卫建公司的资本额，这项股权设计业务，我们的收费至少二百万起步，而她却不提付费的事。秦卫花仿佛看出了我的心事，笑道："不要怪我不付费，因为我认为我即使把全部的钱都给你，也不能表达我的心意，所以就只好不给了。有谁能自己躺在床上，让你到卧室里帮她出谋划策？不付费，是因为我觉得无价，付不起，所以不付。"我想了想，是呀，我会为业务到别人的卧室里和人商讨工作吗？我笑道："高哇，居然有本事让我白给你干活心里还美滋滋的。"秦卫花一脸纯真无邪，说："我现在是为俩孩子打工，你享有了姐儿的起名权，就别想赖着不管他们，俩孩子的成长，你已经认过'股份'了，和我一起免费为他俩打工吧。"秦卫花的话让我无法反驳，我发现我在秦卫花面前只有束手就擒的份儿。暗想，幸亏我不是男人，我若是男人，恐怕会像李春根一样为她去死的。

我从律师事务所抽调三人，入住卫建公司，持续工作了近两个月的时间，帮助卫建地产公司完成股权结构分置及三个子公司的股权架构和设置。我正愁咋向律师们解释这个项目没有收费的问题，负责这个项目的张律师来电问："主任，卫建公司项目完结，公司送我们每人价值五万元的温泉酒店的消费卡和两万元的红包，能拿吗？"我立即说："拿，当然要拿，这个项目因是我朋友的项目，所以我没好意思收费，正愁咋向你们交代呢。"项目律师在电话里沉吟了一会儿，似乎有话要说，但没有说出口。

2

那年的国庆节，陪同丈夫在德国使馆工作的秦小云因丈夫回国述职而得以回国，知道秦卫花有了孩子，特意从北京赶到卫建庄园来看他们。小云也已是两个孩子的母亲。秦卫花请我到卫建庄园小住，帮她陪陪小云。

现在的春根和果果可不像刚出生时那么乖巧啦，满地乱爬，好在家里地方大，有安姐在旁边看着，可以任他们在屋内或院子里自由爬。现在又添了小云的俩孩子，大的三岁多，小的一岁半，刚会走。安姐一个人看四个孩子顾不过来，我们仨便陪着一起照看。白天很难有机会静静地坐在那里说话，谈话聊天只能在孩子们晚上入睡后进行。

三个年龄分属三个时代的女人常常谈话到深夜，我们之间的交流竟如此畅通无障碍，很是费解。现在回想起来，当时谈了什么已记不大清，只记得那几天的天气都很美好，晴天时，和风送爽，各种花香穿过夜色越过窗户将我们包围，我们关了室内的灯，借着穿过落地窗的白月光，在月光浸润的茶台前品尝各种花茶，喝了玫瑰喝牡丹，喝了牡丹喝梅花……我戏言我们三个女人遍尝了百花。阴雨天也有阴雨天的妙，雨夜，听着外面淅淅沥沥的雨滴打在树叶上、花枝上、屋檐上、窗户的玻璃上、院子里的草地上、地砖上，发出不同的声响，仿佛不同音调的音符在跳跃，在室外阴冷氛围的衬托下，我们围坐在茶台旁，望着杯中袅袅溢出的蒸汽，嗅着随着蒸汽而四溢的花香，更觉身上暖融融的。

记得小云曾问秦卫花想不想移民，如果想出国，她可以提供帮助，不仅限于德国，当然去德国更好，她们俩可以经常见面，互相照应。秦卫花说："许多人都劝我出国，可我总下不了决心，我真的很爱这块生我养我的土地，我有时也觉得爱得没来由。你们也看了我们的湿地公园，多美！在这里，我有一种归属感，不知道出去了，还能不能找到这种感觉，等几年再说吧。"小云这次在卫建庄园逗留了半个多月，我也给自己放了半个月的假，每天无所事事却又感觉有源源不断的力量进入身体，滋润心灵，是我人生中一段快乐的时光。那或许也是秦卫花人生中最快乐的时光，我们欣赏彼此的优点，接纳彼此的缺陷，安抚彼此的哀伤和不安。

这样悠然自得的时光是绝少且奢侈的，时间飞快地滑到年底，我像往常一样忙碌。腊月二十八那天，我在单位加班至晚上九点多，整幢大楼好像只剩我一个人了。我到地下车库，偌大的车库也空荡荡的，我的车显得很孤单。想起明天是春根和果果的生日，遂决定不回家了，打电话跟家人请了假，直接开车去秦卫花家。平时拥挤的马路此时畅通无阻，不到半个小时就到了卫建庄园一号。我下车时，秦卫花已经等候在入户门口。春根和果果早已入睡。此时，我才想起忘记给俩孩子准备礼物。我和秦卫花聊了一会儿，告诉她我明早和孩子玩一会儿就得回家，准备一下过年期间的菜品。秦卫花笑道："你会准备个啥，我早安排酒店厨房把你假期要吃的都准备好了，都做成了半成品，你带回去加热一下就可以吃。我刚才还在想看你今晚或明天会不会过来呢，如果不过来，明天下午再派人给你送过去。"我说："不早告诉我，考验我心里有没有记挂俩孩子？放心吧，我想记不住他俩生日都难，腊月二十九的生日，特好记！以后只过农历生日，阳历生日我记不住。"

早晨，我还没起床，冯姐和安姐一人抱一个孩子来到我房间，她们把孩子们放到床上，我被他们萌萌的声响吵醒，瞬间感觉日子是软的。俩孩子刚会扶着东西攒步，已经会喊妈妈，秦卫花教他们喊我大妈妈，喊小云小妈妈，他们现在还不会发拐弯音，喊我也是妈妈。

我喜欢孩子，但在能生孩子的时候赶上了最为严苛的政策，现在允许生二胎了，自己却已失去生孩子的能力。唯一的儿子已经上了大学，对我是敬而远之。这一年来，春根和果果成了我生活中的柔软剂，我几乎每个星期都会抽时间来看他俩一次，不知道是他俩需要我，还是我需要他俩。

吃完早饭，我安排俩孩子抓周，我准备了书、笔、算盘、扫帚、小铲子、红鸡蛋等分别代表文、商、劳、吃的几个物件让他们抓。俩孩子倒兴趣广泛，每样东西都抓在手里把玩了一会儿，大概其他东西以前都见过，唯独算盘是第一次见，好奇，最后把注意力都集中到算盘上。因只准备了一个算盘，俩孩子最后为算盘争夺了起来，我哈哈大笑着对秦卫花说："放心吧，俩孩子将来比你还会打算盘。"

我陪俩孩子吃过中午的生日餐和生日蛋糕，带上秦卫花为我准备的半成品菜品各色吃食，准备迎接春节。

临近年底，各方面工作繁杂，半个月来，几乎每天都在熬夜、超负荷运转。以前这样的强度，休息两天就缓过来了，可女人一过五十，自感身体状况明显大不如前。体力精力的透支导致抵抗力下降，前天就有些受风寒，浑身不舒服，还轻微咳嗽，却还能强打精神。大概知道这是要春节放假了，整个人精神上一放松，不但咳嗽加重，还发起了烧。本不想大过年的跑医院，可实在熬不住了，大夫一诊断，竟是肺炎。

家人的关切里伴着些许埋怨牢骚，因为自己不知爱惜身体，让大家春节都过不轻松，心里多有愧疚。于是，这个春节我彻底蜗居在家，并给自己特赦，节后又请了一段时间病假，借此综合调养，也免得不能自我控制的咳嗽给别人造成心理不适。不出门、不见人，我过起了隐士般的生活。两个孩子都小，更担心影响他们，所以秦卫花家我也忍着没去。

虽不是危及性命的大病，毕竟影响了正常的生活和工作，不眠不休的咳嗽严重影响心情，甚至有时让人有生无所恋的悲情。春节期间，秦卫花带着俩孩子和我几次视频，表达对我的关心，也希望以这种方式宽慰我。而我的状况其实也莫名地影响着她，我甚至可以感受到她比我有着更深的无望与恐惧。有一次，她竟在视频里说我很快就会好起来，倒是她对自己的未来很茫然，并拜托我，如果她什么时候出现了不测，让我担负起俩孩子的监护责任。"大姐、二姐虽可依靠，但只能在生活上给予孩子呵护与照顾，不能在成长道路上适时引领；小云现在遥远的德国，远水不解近渴……"看她说得郑重而悲切，我只好以和她同样郑重而悲切的态度答应。

她似乎意识到这种沉重的"宽慰"事与愿违，便转换思路调整了状态，说："看样子你一时半会儿没法去单位上班了，与其这样消极地耗着，不如正好利用这段时间，把我的故事写出来。你写得投入了就忘了难受和烦恼，写我的故事说不定会成为医治你的灵丹妙药，小说写完了，病也彻底好了。"

我笑道："你真把我当万能工具用了！法律方面的问题让我替你解决，没问题，这是我的专业。孩子让我帮你看，我虽不很专业，但也带过娃，还算有经验。写人吹人我最不会，我的职业习惯是说每句话都需要有证据支撑，让我写你的故事，估计出来像份答辩状或代理词。这样吧，我替你找个专业作家写你，保证把你写得高大上。"秦卫花说："我倒是想活成那样，一直在朝高大上的方向努力，可是越努力，离高大上越远。我很不甘啊，就想让你把我的不甘写出来。这种不甘，只有你和秦小云能懂。其他人写我，只会写个假的我出来，我这几年走的路，你比小云看得更清，你更适合写我。"我笑道："你真是我的牛魔王。"

我知道这看似玩笑的"工作命令"里有她真诚的信任和期待，虽对自己写作的才华和毅力并不抱有多大自信，我却默默"拿起笔"。白天、夜晚，在凡是可以、愿意写作的时候，我便沉浸于秦卫花的故事，键盘的敲击声中、脑海里飞转的情景里、屏幕上进进退退的文字间，恼人的咳嗽似乎真从中得到了缓解，甚至被遗忘。秦卫花的人生故事四十年前就开了头，至今仍在继续中。至于我这个业余选手写她的故事，似乎只要开了头，使命就实现了大半，她不曾催促，我更不着急，成了我们俩一种心照不宣的默契与交流。因为生病，我过了一个历史上最长的假期，一个半月后，在经过医院复查、得到医生大赦后，终于"重获自由"。我迫不及待地先去律师事务所办公室看了一眼，简单处理了一些紧急事务，就往卫建庄园赶，我有四十六天没有抱春根和果果啦。虽然每天都和秦卫花视频，能在视频里见到俩孩子，但和实实在在的亲亲抱抱不可同日而语。时隔四十多天，孩子们突然见到我时竟感到有些陌生，不过不到十分钟，就纷纷抢着往我怀里钻。

晚上，春根和果果入睡后，秦卫花再次提出让我把家搬到卫建庄园二号，卫建庄园现在陆续建了一千八百套别墅，一号占地最大，次之就是二号和三号，各占地一亩半，其余别墅占地都在一亩以下。别墅的户型有二十多种，最小的联排别墅每户占地只有二分，秦卫芝现在住的就是占地二分的联排别墅。

我说不需要，住这地方上下班路上耗时太多，而且我怕收拾卫生，房子面积大，打扫起来都是个难题。秦卫花说："你这次生病，让我意识到我俩必须是邻居的重要性，方便彼此照应。"我说："你可以让你爸妈和你一起住，虽然他们年纪大了，但身体还算硬朗。秦老太太现在一直陪着你，秦院长也可以照应你的。我没有那么必要吧？"秦卫花苦笑着说："我如果说父母不爱我，怕是要诛心的，但我就是不知道他们爱我的幅度和边界。我和老吴结婚时，父母要求我把北京的房子全部过户给我弟弟，说那是我的婚前财产，应当归娘家。所以，我弟想来卫建上班我都不敢让他来，一旦让他帮忙管理卫建，我担心他们会认为卫建就是他们的了。至于其他人，能不能依靠，我想你是清楚的，我的背后只有小云和你两个人。"沉吟了一会儿，秦卫花兴奋地说："哦，告诉你一个好消息，湿地公园来了一对天鹅，现在孵出了七只小天鹅，下午睡过午觉我们一起带孩子去看看吧。"

湿地公园在卫建庄园的东南方向三公里以外的地方，需要驱车前往。秦卫花离婚后就用起了专职司机。我们出门前十分钟，司机小耿就已做好准备，把车停靠在院里了。我抱着果果，秦卫花抱着春根从两边车门同时上了车。湿地公园原本和兰河北岸相连，内有大片水面和沼泽，当初为了抬高卫建庄园的地势，就对那片水面进行了深挖，挖出的土用来垫高卫建庄园的地基，最后挖出了个五百多亩水面的大湖。

在湖边的草丛中，我们见到天鹅一家，一只小天鹅坐在妈妈的背上，妈妈的两个翅膀环绕呵护着它。另外六只小天鹅紧跟着妈妈，天鹅爸爸在小天鹅的后面压轴。天鹅一家列队在湖边慢慢地游弋着，三月的阳光温暖地照在我们身上。举目远眺，远处的湖面在阳光照耀下闪着粼粼的波光，湖面上不时有鸟儿飞起落下。那一刻，让我们暂时忘记了刚刚过去的来势汹汹的各种困扰。春根想去抓天鹅，当然抓不住，就沿着河岸追着在河边游弋的天鹅跑，果果跟在他身后，我和秦卫花一前一后紧张地护卫着他俩。

俩孩子开始会表达情感了，每次见我都争着让抱，我很享受这种被依恋的感觉，往卫建庄园去的次数也更频繁了。秦老太太给我的脸色越来越不好看了，一天，我正抱着俩孩子在客厅的沙发上给他们讲读幼儿画册上的故事，秦老太太坐在对面的沙发上慈祥地看着我们，这时秦老太太的手机响了，手机的闭音效果不好，我听见话筒里传出来一个男声，问孩子们在干什么，秦老太太说我在给孩子们念画册，男声说："邱律师在，我就不去啦。"秦老太太挂了电话，再看我时面露愠色。我猜是秦飞，原本想来，因顾忌我在这里，决定作罢。中午吃饭的餐桌上，我玩笑似的说："吃完饭我就走，再不走就耽误人家看孩子了。"我转脸对秦老太太说："您转告秦院长，我在这儿，他不需要回避，我没有求他的地方，他不要怕。"秦卫花在桌子底下踢了我一脚，说："在饭桌上说话也像在法庭上，呛死人。"

转眼又到冬天了，俩孩子有自己的思想了，我几天不去，就会向妈妈要大妈妈。秦卫花告诉我卫建庄园二号已经替我装修好，家具也配齐了，拎包即可入住，坚持让我去看看。我本不想去，但拗不过她的磨叽，只好去看了看。卫建庄园二号和一号相比，虽然占地面积和建筑面积小，但楼层和一号相同，地下一层地上三层。每层建筑面积有五百平方米左右，配有电梯和步梯，给我一层让我住，我都嫌大，何况四层！我从没动过这房子的念头。秦卫花刚开始让我定装修方案时，我就没理会，她自作主张给装修完了，今天坚持让我去看，说让我春节前搬进去，好在新房子里过年。

整个房屋装修风格简约大气，很合我的口味。更没想到的是，她在一楼给我配备了一间面积近两百平方米的书房，书房四壁全是书架，书架上甚至已放满了书，我问她从哪里一下买了这么多书，她说，不用一本一本地买，市里的新华书店有一项业务，就是装配整体书房，这书就是他们给配的，像书店一样按门类上架，说着把书单递给了我。书房中间放了一张由原木横切面制成的大大的木板，长约五米，宽约一米半，足有十厘米厚。木板用四根等粗的木桩做支撑，十把靠背木椅分摆四周。我搬了搬椅子，很轻，秦卫花介绍说是用我家乡的水曲柳枝干捏成的，没有用一根钉子。不仅椅子没有用钉子，整个书房的家具都没用一根钉子，全部采用榫卯结构。阳光透过朝南方向的落地玻璃窗照到木板和椅子上，落地窗的拐角处放了一个现代化的写字台，已配备了电脑和打印机。

站在书房的那一刻，我在想：我何时对秦卫花讲过家乡水曲柳捏的椅子，以及我对它的魂牵梦萦？我善于和人作战，不善于和人拥抱。站在书房里，看着秦卫花，我竟不知道用什么样的语言来表达此时的心情，出于惯性说出了我最会说的伤人的话："我是不会住进来的，虽然喜欢，但不敢住。这几年，我没受你任何好处，还被你使得像个皮猴子，一旦得了你这么大的好处，还不知道你咋琢磨着使我呢！"秦卫花并不介意，笑说："你还有啥价值可供我榨？你就懂点法律，能帮我在管理公司方面出个小主意；虽然偶尔帮我逗逗娃，不是你帮我，是我给你提供的逗娃福利，别的你还会啥？"是呀，我能干的，都已干过，不给好处也干，为啥不要这大好处？我只好认真说："你知道我的生活方式是环保低碳，一向反对奢侈浪费的生活方式，让我住这么大的房子太惶恐了，和我一贯的物质理念冲突，你还是把它卖给合适的人吧。"我离开卫建庄园时，秦卫花把庄园二号的房屋钥匙放进我的包里，说："你要是不要这房子，可以把钥匙扔河里。"

3

成年人的世界里，时间是加速度向前推进的，日子不经意地一晃，就来到了腊月二十八。我们单位年前最后一个工作日，我早晨离家出门时，把儿子小时候读的画册带了两本，准备下午结束工作后直接去卫建庄园，明天陪俩孩子过生日。现在，我每次去时俩孩子已经知道欢迎我了，我走时却需要偷偷的，不然他们会因为我的离开大哭一场。

腊月二十九中午，吃完生日蛋糕，哄孩子们上床，等他们睡着后，我才悄悄出门，带上卫建温泉酒店厨师为我准备的两箱半成品菜品回家。因为这两个孩子，春节于我，有了新的内容和节奏。这一年的春节，涌动的暗流之上是平静的波面，一切与往年似，又不似。

日子如水，卫建公司一切运转正常，盛夏时节的春根和果果已两岁半啦。这个夏天，中原省的雨水特别多，隔三差五地下雨，颇有江南风韵。七月上旬开始，持续下雨，连续下了三天，仍没有停下的意思，卫建庄园原本就建在兰河滩涂上，地势较低，秦卫花担心大水内灌，导致房屋进水，组织安排卫建物业和在卫建地产工地盖房子的工人们装了大批沙袋，将所有房子负一层地下室的窗子全部用沙袋堵死，避免水通过窗子进入地下一层。针对业主已装修好却暂未入住的别墅，让工人把所有入户门都用沙袋堵死，避免水通过入户门往室内进。还为有人居住的别墅、多层住宅一楼的业主配备了大量的沙袋，以备万一水位升高时之需。

然而，秦卫花对雨势的估计还是不足。十五日中午，水位突然暴涨，已到卫建庄园一号入户门的三层台阶上，还剩一层台阶，水就要进屋了，秦卫花意识到问题的严重性，立即电话安排卫建公司全体员工准备防汛，通知业主储水储电，把湿地公园湖上的游乐船只全部集中到温泉酒店附近待用。彼时，尚未停水停电，她安排冯姐、安姐将家里所有能装水的东西全部装满水，将充电宝、应急灯都充满电。又让司机把汽车油箱里的油抽到一个塑料桶里，提到屋内，将一楼的入户门关死，用事先备好的沙袋从屋内将入户门堵住，一楼窗户关死。水位渐渐超过入户门的门口，但没有渗入屋内，秦卫花带着孩子、秦老太太、冯姐、安姐还有秦卫花的司机小耿一同上了三楼。三楼的房间原是做收藏用的，房间分门别类地用来存放不同的藏品，有的放画、有的放瓷器、有的……只有一间房里面放了张可以拉开的沙发床。好在是夏天，从二楼拿些床单、席子铺在地上就可以就地休息。

小耿要求住一楼，说便于观察水势，有漏水之处便于早发现早采取措施。秦卫花想了想，为了安全起见，让他在二楼休息，既安全又方便时常下楼查看。刚安排停当，水电就都停了。秦卫花给我发信息，告诉我她的状况。我想，生活不便是肯定的，但生命应当不会有危险，因为那房子是她自己建的，墙体整个是混凝土浇筑的，房子不会倒，水无论如何也不可能到三楼。

雨一直在下，到十七号早晨才小了些，水位已经将一楼的墙体全部淹没，直逼二楼。有救援部队开着冲锋舟前来营救，接大家去集中安置点。秦卫花拒绝了。入户门在水下，开门反而会让家里进水。人若离开，只能通过二楼或三楼的窗子，这样对家里的财产来说是不安全的。而家里的食物和水包括生活用水准备得很充裕，堵门前，又让酒店送了两个汽油炉、两个酒精炉和一些固体酒精，可以用来做饭。

被堵在屋内的日子里，饭仍在厨房做，吃饭也仍在一楼餐厅，只是隔着巨大的玻璃窗看着水位已将一楼的玻璃窗全部覆盖，像在水底世界吃饭。俩孩子不知恐惧，反觉兴奋开心。为了保存手机的电量，他们只让一个手机保持开机，每天早晚对外报一次平安。二十号以后，水位开始下降。八月一号，水位才退到入户门槛以下。八月中旬，水才全部退去。

这次的大雨对所有的建筑质量是一次巨大的考验，卫建庄园交出了漂亮的答卷。当初，做建筑设计时，吴建雄主导下的建雄集团的工程师们充分考虑了这片土地的特殊性，以及洪灾对建筑的影响，将所有建筑规划在地势较高的地带，先从地势高的地方开始建设房屋，又从湿地公园取土将所有建筑的地基垫高。所有房屋的建筑墙体用混凝土浇筑，门窗用的均是高密封度材料，一句话概括，卫建庄园房屋在这次水灾中进的水极少。

我虽然拒绝入住庄园二号，但还是惦记书房里的书，秦卫花告诉我，书安好，水被挡在了房门外。后来听说，与中州市邻近的长平市，在这场雨灾中，从人员生命财产到城市建筑设施损失惨重。卫建庄园所在区域在这次水灾中却无人员伤亡。

水灾过后，秦卫花做了一项重大决定，待卫建庄园已经开工建设的房子建成交工后，暂停已经规划、尚未开工建设的房子，请专家根据地理条件重新评估研判，寻找比建房更加合适的用途。此时，卫建公司已建房屋大都成功销售，卫建地产的现金流充裕。秦卫花决定不再继续建房，同时拨出五亿资金设立卫建兰河湿地保护基金，用于兰河沿岸的生态环境保护，又斥资三亿元成立了卫建教育保障基金，作为卫建投资建设的学校在移交政府后的后期维护费用。

又到腊月二十九，我同往年一样，在卫建庄园为春根和果果过生日。吃完蛋糕，俩孩子上床午休，秦卫花让我看她手机上的一个让人揪心的视频，一个精神失常的女人被常年锁在一间小黑屋里，眼神空洞无望中似乎又隐约透露着企盼。看罢视频，同为女性的我们被女人凄惨的境遇和那意味深长的眼神深深地搅动和撕扯着，久久不能平复。我们交流、讨论着相关的话题，秦卫花甚至提出要帮助她，送她去条件优越的医院救治，让她过上正常人应有的日子。

"这女人太可怜了！不知怎么的，会不由自主地联想到如果我是她，会怎样。我们把她接出来，送医院救治好不好？需要多少钱，我负担。你搞法律的，肯定有办法。这两天就出发，我把小耿和车派给你随意调遣，钱、物、人，还需要什么尽管说。把她救出来，她过的简直不是人过的日子。"秦卫花激动地说。

我愣了一会儿，说："不是我不愿意，是我实在没有这个权力和能力……"我没听秦卫花的建议去解救那个女人，但她的眼神一直在我眼前晃悠，似乎要向我倾诉什么、祈求什么……

春节期间，秦卫花每次和我通话，都要与我商讨如何救助那个女子，我总是拿话敷衍她，在我面前一直温顺的秦卫花因为我的敷衍而骂我冷血，我不以为然地挖苦她："四十岁的女人了却长了颗十四岁少女的玻璃心。"她则指责我说："你的冷血让我感到无限悲哀，我怀疑你是不是被别人偷取了灵魂，只剩下了躯壳。"对于她的指责，我只能无奈地苦笑。

我对这件事漠然的态度给她带来的悲哀愤懑超过了我的预判。

她试图通过跑步让身体疲劳以排解精神上的愤怒和无力感。湿地公园今年又多了三家天鹅，看看天鹅的温情和谐，她的心情会好些。

初六，我去了一趟卫建庄园，下午陪秦卫花跑步去看天鹅。晚上，秦卫花对我说，想成立一个全国性的妇女救助基金组织，救助那些因被精神疾病困扰而丧失生活能力的人，救助包括病情救治和生活安置。我说："这种事我还没经验，你准备出多少资金？你的钱再多，也经不起全国范围的救助损耗，如果不做成开放性的可接受社会捐款的基金，即使设立，也是短命的，达不到你预想的目的。那种开放的可接受社会捐赠的基金，一般不允许个人或民企设立，我需要先研究一下相关法律政策，拿出可行性方案再来和你商量。"初七早晨，我离开卫建庄园回单位上班。

几天后的一个下午，我在法院开庭，庭审结束已经近七点半了，我打开手机，发现秦卫花在下午四点多给我发了一个位置。点开一看，是兰河湿地公园天鹅们常活动的沼泽区，我想大概她想告诉我她在看天鹅，跟我分享一下她的心情。我给她打电话，却无人接听。在开车准备回家时接到赵二春的电话，让我赶快去庄园，我问啥事，他说等我到了再说。一种不祥的预感顿时浮上心头。我到卫建庄园时，秦卫花已经被拉走了……

一切都是我事后了解到的。

那天下午，秦卫花在湿地公园附近跑步，看见一只受伤的天鹅，卧在沼泽中的一片泥地里。她大概认为沼泽泥地因天冷被冻住了，可以支撑她走过去。可结果，泥地塌陷，她越试图挣扎陷得越深。她给司机小耿和兰河湿地公园的经理打电话求助，并发了塌陷的位置。可等大家赶到时，她的脑袋已经全部陷在泥里……等救上来时，人已经不行了。

我在哀痛中整理秦卫花的遗物，发现了她新立的遗嘱，立遗嘱的日子是刚过去不久的正月初二，这已是第四份遗嘱了。孩子出生前她就曾立下一份遗嘱，孩子顺利出生后，第一份遗嘱自然作废。孩子一岁生日后的正月初二，她又立了份遗嘱，孩子们过完两岁生日，她销毁了旧遗嘱，又立了份新遗嘱。今年正月初二，孩子们刚庆祝过三岁生日，她又立了一份新遗嘱。和之前每次立遗嘱时一样，她在心里默默祈祷这份遗嘱的命运也是被销毁，然而不幸的是，它成了我们处理她遗产的依据。遗嘱中指定秦卫芝、秦卫红、秦小云和我共同做两个孩子的监护人。和遗嘱放在一起的还有几封信，一封是给秦卫芝和秦卫红的，一封给我，一封给秦小云。

　　……

　　今天就写到这吧，因为痛苦撕咬着我的心，我写不下去了。春根和果果刚刚还在哭着向我要妈妈，现在虽然已经睡着了，但泪水还挂在脸上。